FANTASY FRONTIER SPIRIT

아르카디아

대륙 기행

아르카디아 대륙 기행 2
오병일 판타지 장편 소설

초판 1쇄 찍은 날 § 2004년 7월 9일
초판 1쇄 펴낸 날 § 2004년 7월 19일

지은이 § 오병일
펴낸이 § 서경석

편집장 § 문혜영
편집책임 § 김희정
편집 § 장상수 · 권민정 · 서지현
마케팅 § 정필 · 강양원 · 이선구 · 김규진 · 홍현경

펴낸곳 § 도서출판 청어람
등록번호 § 제1081-1-89호
등록일자 § 1999. 5. 31
어람번호 § 제1-0517호

주소 § 경기도 부천시 원미구 심곡1동 350-1 남성B/D 3F (우) 420-011
전화 § 032-656-4452   팩스 § 032-656-4453
http://www.chungeoram.com
E-mail § eoram99@chollian.net

ⓒ 오병일, 2004

ISBN 89-5831-175-4 04810
ISBN 89-5831-173-8 (SET)

아르카디아 대륙 기행

오병일 게임 판타지 소설

Fantastic Game Adventure
Fantastic Game Adventure Fantastic Game Adventure Fantastic Game Adventure
Fantastic Game Adventure 00110200200011010200100201002000200200011010
00011020020001101020010020100200011020020001101020
Fantastic Game Adventure

Contents
어둠의 문

1장
이함브라 길드전

아함브라 길드전

1

휘이잉!

서쪽으로 강하게 부는 바람에 구름들이 하늘을 가득 메운 채 열병하
듯 줄지어 달려가고 있었다. 덕분에 이글거리는 태양 아포스의 열기는
피할 수 있었지만 대지에서 뜨겁게 달아오르는 강렬한 열기는 오히려
더욱 거세지며 피할 수가 없었다. 완만하지만 곳곳에 울퉁불퉁 솟아오
른 언덕 군과 커다란 바위들이 듬성듬성 산재해 있는 평원에는 긴장과
불안감이 미묘한 흥분과 어우러져 대치해 있는 6만의 유저와 멀리서
관전하고 있는 수십만의 유저 사이를 흐르고 있었다. 각기 3만의 용병
역시 개미 떼처럼 몰려 있는 상대 진영을 바라보며 정렬해 있었고, 그
사이에서 몇몇 전령과 지휘를 맡은 이들이 고함치며 자신이 맡은 부대
원들을 독려하고 있었다.

피이잉!

　날카로운 소음을 내며 샐러맨더 길드와 실버 소드 길드의 본진에서 신호용 마법 불꽃과 화살이 하늘로 솟구쳐 올랐다. 구름 덮인 하늘 아래 푸른색 마법 불꽃과 붉은색 불꽃을 뿌려대는 신호용 화살이 교차하며 상대 진영을 향해 비행하다가 중간 지점의 대지에 떨어져 내렸다. 6만 쌍의 눈동자가 긴장의 감정을 담고 마법 불꽃과 화살의 궤적을 따라 시선을 옮겼다. 그들의 시선 끝에 대치해 있는 상대 진영의 용병들이 아스라이 보였다.

　차차착!

　무의식적으로 무기를 잡은 손에 힘이 들어갔는지 곳곳에서 건틀릿과 무기와의 작은 마찰음이 들려왔다. 한 명이 내는 마찰음은 별것 아니지만 3만에 이르는 사람들이 거의 동시에 내는 마찰음은 약간의 시간 차로 인하여 기묘한 음률을 내며 커다란 울림으로 모두의 고막을 두들겨 댔다. 용병 생활을 오래 하며 길드전과 같은 집단전의 경험이 많은 이들 중 일부는 전투를 앞두고 긴장과 불안감 속에서 터져 나오는 이 기묘한 울림에 약간 몽롱한 기분에 빠져드는 이들이 있었다. 그들은 격렬한 전투를 앞두고 예외없이 터져 나오는 이 울림에 순간적으로 온몸을 관통하듯 흐르는 짜릿한 쾌감을 느끼며 동시에 전의를 불태우고 있었다. 그들은 이런 흥분을 느끼기 위해 매번 길드전이 열리는 곳을 찾아드는 전쟁 마니아들이었다.

　자크마도 그런 이들 중 하나였다. 최첨단 시스템이 통제하는 현대전에서 서로 누구의 전자 장비가 우수한가에 따라 전쟁의 승패가 결정되고 상대 적군의 모습조차 보지 못하고 죽어야 하는 대부분의 군인들 중 한 명이 자크마의 현실상의 모습이었다. 이른바 직업 군인이었다. 마치 현실인 양 얼굴을 맞대고 상대의 눈동자를 노려보며 서로의 급소

를 노려 무기를 내지르고 이마에서 턱 끝으로 흐르는 땀방울의 뜨거움
과 귓전을 울리는 거친 상대의 숨소리를 들으며 격전을 벌일 수 있는
아르카디아의 길드전은 자크마에게 마약보다 강한 유혹이었다.

그는 초창기부터 규모가 큰 길드전마다 참가해 무기를 휘두르며 전
장을 누볐으며 거친 전장의 장엄한 향기를 즐겼다. 그러다가 전쟁의
또다른 묘미를 느끼기 위해 길드에 가입하여 일개 용병이 아닌 집단전
의 지휘관이 되어 상대와 전략과 전술을 겨루며 의표를 찔러 승리를
얻는 새로운 전쟁의 즐거움을 느껴갔다. 현역 군인으로서의 그의 직업
은 이런 길드전에 있어 눈부신 성과를 이루어내었다. 덕분에 그의 길
드는 제법 규모가 커져 갔고 그의 명성도 더불어 올라갔다.

아함브라의 마법사 길드 연합에서 용병대의 편성과 지휘를 위해 자
크마를 찾아왔을 때 그는 또다른 전쟁의 묘미를 느낄 수 있다는 흥분
에 기꺼이 승낙하고 그날로 아함브라에 텔레포트해 왔다. 그는 이번
길드전의 주역이지만 사실상 전력에 보탬이 되지 않는 샐러맨더 길드
원 500명을 후방 본진에 두고 그들의 호위를 위해 1,500명의 용병을
배치하였다. 전사들이 부족한 상황에서 1,500명은 많은 인원이었기에
마법사 길드 연합에서 우려를 표명해 왔지만 자크마는 개의치 않고 미
소만을 지었다. 그리고 전군을 4개 부대로 나누어 중앙군 8,000, 좌우
군을 각기 7,000명씩 편성하여 전방을 맡게 하고 자크마 본인은 마법
사 2,000명, 용병 3,000명으로 이루어진 후방 지원군과 함께 중앙군의
뒤쪽에 따로이 포진하고 있었다. 3만 명 중 5,000명에 이르는 마법사
는 후방 지원군에 2,000명, 중앙군과 좌우군에 1,000명씩을 포함시켜
배치해 놓았다. 그리고 일종의 저격 부대로 1개 조가 궁사 5명과 마법
사 5명, 호위를 위한 용병 10명으로 이루어진 저격조 50개 조를 별도

로 편성하여 전선에 고루 분포시켰다.

그들의 임무는 실버 소드 용병대 지휘관들의 저격으로 전황에 상관 없이 1개 조마다 독립적으로 움직이게 하였다. 그리고 전군은 100명 씩 1개 백인대로 묶어 그들 중 한 명에게 지휘를 맡겼다. 백인대 10개 는 1개 천인대를 이루고 천인대는 중앙군과 좌우군을 지휘하는 지휘 관의 통제를 받게 하였다. 편성 자체는 급조한 것치곤 체계적으로 이 루어졌다. 문제는 상대는 거의 단일 길드들의 연합으로 정예 병력으로 조직이 탄탄하고 상호 협력과 분담이 유기적으로 이루어지고 있다는 것이다. 급조한 병력으로 이들에 맞서서 얼마만큼 자신의 뜻대로 움직 일 수가 있을지가 이번 길드전의 변수였다. 그가 편성한 부대가 그들 에게 쉽게 무너지지 않을 때 기회가 올 것이다.

'이젠 부딪쳐 봐야 알겠지.'

자크마는 불안감으로 자신을 주시하고 있을 샐러맨더 길드와 마법 사 길드 연합 마법사들의 시선을 등 뒤로 느끼며 오른손을 치켜들었다.

"전군 진격!!"

그의 손이 힘차게 전방으로 향하며 진격 명령이 떨어졌다. 하늘 위 로 붉은색과 푸른색, 황금색의 커다란 세 가지 마법 불꽃이 솟구쳐 오 르더니 폭죽처럼 터지며 구름을 아름답게 물들었다.

"와아아아아!"

순간 샐러맨더 길드의 용병대 3만 명의 고함 소리가 하늘을 우렁차 게 울리며 전군이 무기와 방패를 두들겨 대며 서서히 실버 소드 길드 의 진영으로 진군해 나갔다. 샐러맨더 길드의 용병대들이 질서 정연하 게 실버 소드 길드의 진영으로 진군을 시작했을 때 실버 소드 길드의 후방 본진이 자리한 높다란 언덕 위에서 팔짱을 긴 채 전장을 오연히 주시하는 이가 있었다. 은색의 하프 플레이트 아머를 입고 있었고 머리에는 실버 풀헤름을 눌러썼으며 부는 바람에 붉은색 망토를 휘날리고 있는 인물이었다. 그의 허리에는 전형적인 일본 도가 비껴 채워져 있었다. 그는 바로 이번 길드전의 주역인 실버 소드 길드의 배후 격인 쇼군 길드의 길드장인 무라시마였다. 언덕에 올라 전장을 오연히 주시하고 있는 그의 주위로 30명의 전사가 한쪽 무릎을 땅에 대고 마치 그를 호위하는 대형인 듯 반원형을 이루며 자리하고 있었다.

"초반 기세가 제법이군. 어떻게 생각하나, 와타나베?"

"하잇! 저들이 서부의 메이아 왕국에서 몇몇 지휘관 급 용병을 영입해 온 듯합니다만 그들로서 대세를 막지는 못할 것입니다. 우리의 정예 부대와 맞붙는 순간 오합지졸로 돌아갈 것이 분명합니다."

무라시마의 질문에 그의 오른편 가장 가까운 곳에 있는 와타나베가 즉시 대답했다. 쇼군 길드에서 아함브라에 거점을 마련하기 위해 파견했던 와타나베는 현재 길드전을 위해 임시로 창설된 실버 소드 길드의 길드장을 맡고 있었고 길드전의 주 제거 대상인 골든 파이브 중 하나였다. 그것을 증명하듯 그의 머리 위로 실버 소드 길드의 문장이 황금색으로 빛나고 있었다.

"그것은 그들도 어느 정도 예측하고 있을 거야. 그럼에도 저렇게도 기세가 당당하다는 것은 왠지 꺼림칙하군. 그들은 자신들의 마법력을 과신하는 것일까, 아니면 미처 내가 모르는 새로운 것을 준비하고 있다는 것일까?"

무라시마는 무기와 방패를 두들기며 도발하듯 실버 소드 길드의 진영으로 진군해 오는 샐러맨더 길드의 용병대를 지켜보며 독백하듯 중얼거렸다. 확실히 전쟁에서의 고위급 마법은 일면 공포스러울 정도의 대량 살상력을 지니고 있었다. 특히 아함브라처럼 고위급의 마법사가 넘치는 곳에서 마법 병단이라 불리울 정도로 많은 마법사의 집단적인 마법 난사는 상대 측에서 미처 접근전을 시도하기도 전에 몰살을 당할 수도 있는 커다란 위협이었다.

'그렇지만 마법만을 믿고 있다가는 오늘의 일전을 크게 후회하게 될 것이다, 음침한 마법사들이여!'

마음속으로 중얼거리던 무라시마는 와타나베를 돌아보았다.

"와타나베!"

"하잇!!"

"계획대로 너는 네가 지휘하던 흑암조 1,000명과 함께 이곳에 남아라. 만약을 위해 수라조 인원 중 절반을 남겨놓겠다."

"주, 주군, 수라조는 주군의 호위를 위한 존재. 어, 어찌 제가 감히……."

와타나베가 고개를 들어 무라시마를 바라보며 당황한 얼굴로 제대로 말을 잇지 못했다. 쇼군 길드는 최초 결성 시 클로즈 베타 테스터였던 무라시마와 나중 오픈 베타 후 그가 직접 모집하고 키우다시피 한 49명의 유저로 시작되었다. 49라는 숫자는 일본의 전통 설화를 바탕으로 일본의 전통극인 가부키와 영화 등에 무수히 각색되어 막이 오르고 상영되는 '49인의 사무라이'에 기반을 두고 있었다. 오래전 이웃 영주에게 피살된 영주의 복수를 하고자 피살된 영주의 부하 49인이 모여 복수를 다짐하고 마침내 이웃 영주의 목을 베어 복수를 이룬 49인의 사무라이가 자신의 주군이었던 영주의 묘 앞에서 일제히 할복 자살을 하며 끝을 맺는 내용은 오랫동안 일본인들에게 사랑받는 무사의 표상이었다. 무라시마가 영주 격인 길드장이 되고 49명의 길드원이 49명의 사무라이가 되어 출범한 쇼군 길드는 어느새 5만의 정예 부대를 지닌 길드로 성장해 있었다. 길드장인 무라시마를 제외한 길드 내 서열 1위부터 49위를 차지하고 있는 49명의 핵심 맴버 중 상위의 19명은 길드 내의 대내외적인 업무를 맡아보며 각 부대를 지휘하는 부대장의 역할을 수행하고 있었고, 나머지 30명은 영주 격인 길드장인 무라시마의 호위를 담당하고 있었다. 그만큼 무라시마의 안위는 그들에게 중요한 것이었다. 그런데 수라조라 별도로 불리우는 그들 30명 중 15명을 자신의 호위에 투입하겠다고 하자 와타나베가 놀라는 것은 당연했다. 아무리 그가 49명 중 서열 2위로 흑암조라 불리우는 별동대를 지휘하는 위치에 있더라도 감히 그런 특혜를 누릴 수는 없는 일이었다.

"이번 길드전은 보통의 경우와 다르다. 나보다 와타나베 흑암조장의 안위가 더욱 중요하니 만약을 대비하는 것이다. 천려일실의 우를 범하지 않으려는 나의 고심을 이해하고 만전을 다해라!"

"하잇! 명심하겠습니다!"

"존명!!"

와타나베와 수라조라 불리우는 무라시마의 호위대원 30명이 결의에 찬 눈빛을 번뜩이며 우렁차게 외쳤다. 무라시마는 몸을 돌려 언덕 아래, 곧 전장으로 변할 평원을 내려다보며 중얼거렸다.

"이미 시작된 전쟁, 붙어보면 결과가 나오겠지. 위대한 대화혼으로 무장한 사무라이들로 하여금 아르카디아 전역에 나의 영지를 세우리라. 이곳 아함브라를 시작으로 웅비의 날개를 펼치리라. 이번 길드전은 우리 쇼군 길드의 도약의 발판이 될 것이다."

챙!

무라시마가 허리에 차고 있던 일본도를 힘차게 빼어 들어 검끝을 하늘로 치켜세웠다. 그리고 전방을 향해 칼을 내리며 외쳤다.

"전군 진격하라!!"

동시에 오색의 불꽃을 뿌려대는 화살이 실버 소드 길드의 본진에서 하늘 높이 솟구쳐 올랐다. 무라시마가 와타나베와 그를 호위할 수라조원 15명과 흑암조 1,000명을 남겨두고 자신이 지휘하는 후군에 합류할 즈음 이미 선봉을 맡은 이번 길드전의 동맹 길드인 레드 호크 길드의 부대가 50개의 방진을 형성하며 전방으로 힘차게 진군하고 있었고 그 뒤를 적정한 거리를 유지하며 3개 군이 대오를 이루며 이동을 시작하고 있었다.

2

레드 호크 길드는 아함브라에서 멀리 떨어지지 않은 이웃 도시 도트란에서 활약하고 있는 길드로 이탈리아 유저들이 주축을 이루고 있었다. 레드 호크 길드의 길드전에서의 전투 방식은 고대 로마 제국 병사들의 전투 방식인 방진을 응용한 것으로 레드 호크 길드가 도트란 시 제일의 길드로 성장하며 겪은 수많은 길드전에서 승리를 안겨주었다. 고대 로마 제국이 로마 시민의 상류층이 명예와 의무를 긍지로 여기고 솔선수범하여 유럽을 제패한 것처럼 레드 호크 길드의 길드원은 자신들의 길드에 자긍심을 가지고 단결력이 강하기로 유명했다. 레드 호크 길드에 정식으로 길드원이 되려면 먼저 하위 길드인 실버 호크 길드에 가입하여야 한다. 그곳에서 일정 기간 퀘스트의 공동 수행이나 타 길드전에 용병 참여 등을 통해 나름대로 검증된 이들이 레드 호크 길드에 충원된다. 이때 정식 길드원으로 가입 시 길드에서 새로 충원되는 길드원에게 방패와 검을 지급하며 길드 내의 각 군단에 배속시킨다. 방패는 카이트 방패로 통일하여 4클래스 급 마법 방어가 걸려 있었고 검은 근력 증가와 데미지 강화 마법이 걸려 있는 쇼트 소드와 롱 소드의 중간 형태인 과거 로마 병사들이 애용하던 글라디우스를 지급받는다. 글라디우스는 짧은 검이 그렇듯이 베기용보다는 집단전 시 찌르기용으로 쓰이는 검이었다. 길드전 시 갑옷은 중갑 계열로 입는 것을 선호하나 별 제약은 없다. 다만 지급받은 방패와 칼은 반드시 착용하여 참전해야 한다. 그들이 전투 시 구성하는 방진을 이루는 중요한 요소이자 전투력의 극대화를 노리기 위해서였다.

실버 소드 길드의 용병대로 참전한 레드 호크 길드의 제1군단 5,000명은 1개 조 100명으로 이루어진 50개 조를 이루어 샐러맨더 길드의 진영으로 맞서 나갔다. 100명으로 이루어진 대열의 외부—전후좌우—에 있는 이들은 외부로 방패를 겹겹이 세우고 대열의 안쪽에 있는 이들은 방패를 들어 머리 위에 눕혀 얹는 방식으로 방패로 대열의 내부를 보호하며 진군해 가는 그들의 모습은 마치 커다란 강철 벽돌을 연상케 해주었다. 레드 호크 길드는 고대 로마 제국이 했던 것처럼 부대 명을 그냥 1군단, 2군단이라 부르고 있었다. 각 군단은 5,000명을 정원으로 1군단부터 10군단까지 편성되어 있었다. 이번 길드전에 참가한 1군단은 평소 자신들의 애칭을 카이사르 군단으로 부르며 자긍심이 높았는데 레드 호크 길드의 초창기부터 활약해 온 그들의 단결력과 전투력은 길드 내 최강이었다.

쇼군 길드의 무라시마가 내건 미끼를 덥석 문 레드 호크 길드에서

성의 표시로 이번 길드전에 1군단을 투입시켜 무라시마를 흡족케 해주었다.

휘리리릭!

피히히잉!

샐러맨더 길드 진영에서 수백, 수천의 마법 빛줄기가 솟아올라 다가오는 실버 소드 길드의 진영으로 날아갔다. 형형색색의 아름다운 마법의 빛줄기는 구름이 덮여 약간 어두운 대지를 밝게 채색하며 실버 소드 길드의 용병대 머리 위로 내리꽂혔다. 투명한 유리 막 같은 실드 마법이 실버 소드 길드의 용병대 위로 무수히 생겨났다.

콰콰콰쾅!

쿠쿠쿠쿠!

순간적으로 눈이 부시게 밝은 폭발 섬광이 태양 빛처럼 강렬하게 피어올랐다.

"크하아아!"

"커억!"

마법의 사정거리에 진입했던 실버 소드 길드 용병대의 선두 부분의 이곳저곳에서 비명이 터져 나왔다. 마법사들이 대응하여 실드 마법을 걸었지만 실드 하나에 수십 발이 넘도록 달려드는 마법 공격에 그만 실드가 견뎌내지를 못하고 깨어져 버린 곳이 많았기 때문이다.

그러나 그 와중에도 선두에서 진군하던 레드 호크 길드의 1군단 카이사르 군단의 벽돌 모양 방진은 건재함을 과시하고 있었다. 원래 1개 조가 100명인 카이사르 군단의 방진 1개 조는 현재 1개 조가 105명으로 편성되어 있었다. 무라시마가 보내준 마법사들이 1개 조마다 5명씩 투입되어 있었기 때문이다. 그들은 벽돌형의 방진 위로 5겹의 실드 마법을 걸어주어 방진을 보호하는 임무를 맡고 있었다. 5겹의 실드 마법과 마법 방어가 걸려 있는 방패로 보호받는 50개의 벽돌형 방진은 대형의 속도를 속보로 하여 빠르게 샐러맨더 길드 진영으로 향했다. 샐러맨더 길드의 후방 지원군에서 전황을 지켜보던 자크마는 벽돌형 방진을 이루고 있는 카이사르 군단이 매우 위험한 존재임을 직감할 수 있었다. 용병대에 의존도가 낮은 일반적인 길드전과 달리 이번은 용병대들 간의 결전으로 승패가 결정되는 길드전이었다. 샐러맨더 길드의 용병대는 급조한 병력이었고 저들은 정예의 병력이었다. 어느 정도 피해를 입히지 못하고 맞붙는다면 백전백패는 샐러맨더 길드의 몫이 될 것이 자명했다. 그는 지휘관 급에게만 허락한 길드 채팅 창을 열었다.

[전방 부대의 마법사들은 적의 일반 부대에 마법을 집중하라! 선두의 밀집된 방진은 후방 지원군의 마법사들이 상대하겠다!]

전방 부대에 명령을 하달한 자크마는 자신이 지휘하는 후방 지원군에 편성되어 있는 2,000명의 마법사에게 선두의 방진에 집중 공격하라고 지시했다.

휘리리릭!

피히히힝!

다시금 샐러맨더 길드 진영에서 아름다운 마법의 빛줄기가 솟아올랐다. 샐러맨더 길드의 전방 부대에서 솟아오른 마법 불꽃은 카이사르 군단의 후방을 뒤따르는 실버 소드 길드의 용병대를 향하고 있었고 후방 지원군에서 솟구친 마법 불꽃은 카이사르 군단의 방진을 목표로 날아갔다.

콰콰콰콰!

쿠쿠쿠쿵!

또다시 갖가지 아름다운 빛으로 대지를 채색하며 날아든 마법 빛줄기가 실버 소드 길드 진영에 직격하며 밝은 폭발 섬광을 뿌려대었다.

"크아아!"

"크큭!"

갖가지 비명성이 사방에서 난무하며 날아든 돌에 깨어진 유리창처럼 맥없이 깨어진 실드 마법 아래 위치했던 실버 소드 길드 소속의 용병들이 새까맣게 그슬려 쓰러진 채 강제 로그아웃되었다. 그러나 그 외중에도 레드 호크 길드의 카이사르 군단 50개 조의 방진은 별다른 피해 없이 어느새 샐러맨더 길드 진영으로 근접해 오고 있었다.

"8클래스 마법이 가능한 마법사들은 적 밀집 대형을 고위급 마법으로 요격하고 나머지 마법사들은 후방의 뒤따르는 용병대를 공격하라!"

자크마는 급히 그가 지휘하는 후방 지원군의 마법사들에게 수정, 지시했다. 다음 순간 샐러맨더 길드 진영에서 다른 마법의 빛줄기보다 더욱 굵고 선명한 붉은색 화염 줄기 서너 개가 하늘로 솟구쳐 올라 자신들에게 바짝 접근한 카이사르 군단의 머리 위로 떨어져 내렸다. 동시에 하늘에서 굵은 번개 줄기 3개가 카이사르 군단의 선두 방진 위로 매섭게 내리꽂히고 있었다. 8클래스 급의 헬파이어와 라이덴 마법이었다. 마법 협회장인 태세온을 제외한 각 길드의 길드장을 맡고 있거나 고위직의 8클래스 마법사들이 이번 길드전에 직접 참가하고 있었다. 역시 마법사의 도시답게 8클래스 마법사들의 숫자가 제법 되었기에 가능한 일이었다. 그리고 하늘 가득 덮인 구름을 뚫고 꼬리에 불꽃과 검은 연기를 매달고 있는 운석 2개가 역시 카이사르 군단을 노리고 떨어져 내리고 있었다. 대인용의 8클래스 급 메테오였지만 그 파괴력은 1개 방진을 부수기에 모자람이 없어 보였다. 마법사들 역시 다급한 마음에 마나 소모량이 큰 8클래스 급 마법을 급히 시전한 것이다. 약간의 시간 차를 두며 8클래스 급 마법들이 거침없이 샐러맨더 길드를 향해 오던 카이사르 군단의 방진 위로 쏟아져 들었다.

콰지지직!

쿠콰콰콰!

강한 폭발음과 눈부신 섬광이 번뜩이는 가운데 강력한 마법에 직격된 방진이 폭발하는 불꽃과 함께 산산이 부서졌다.

쿠쿠쿠쿵!

메테오 마법에 소환된 운석이 또다시 한 발 선두에 있는 방진에 직격했다. 동시에 붉은 화염을 동반한 강한 폭발이 방진 중앙에서 하늘로 숫구치며 바윗덩어리와 흙먼지, 검게 그슬린 카이사르 군단병들이 이곳저곳으로 튕겨져 날아갔다. 순식간에 밀려들던 카이사르 군단의 방진 중 절반이 넘게 마법에 직격되어 파괴되어 버렸다. 그러나 카이사르 군단은 멈추지 않고 전의를 불태우며 더욱 빠르게 샐러맨더 길드로 짓쳐들고 있었다. 마법 공격에 절반 이상, 혹은 1/3 이상 파괴된 방진의 잔여 인원은 주변 다른 방진의 잔존 인원들과 결합, 새로운 방진을 결성하여 그 뒤를 따랐다. 31개의 방진이 마법 공격에 파괴되었으나 피해가 없는 방진 19개는 샐러맨더 길드의 선두 부대와 접촉하려 하고 있었다. 그 뒤를 파괴된 31개의 방진에서 모인 인원이 새로이 결성한 13개의 급조된 작은 방진이 뒤따랐다. 개미 떼처럼 밀집되어 있는 샐러맨더 길드의 용병대에 카이사르 군단의 벽돌형 방진이 파고들어 오자 외부의 방어를 위해 첩첩이 두르고 있는 방패에 샐러맨더 용병대원들의 무기가 무수히 작렬하며 불꽃을 튕겼다.

카카카캉!

“크흐흑!”

“흐아아아!”

금속성이 귀청을 울리는 가운데 단발마의 비명 소리가 연속적으로 터져 나왔다. 면밀하게 방진 외부를 방어하고 있는 방패와 방패 틈새에서 느닷없이 짧은 글라디우스가 튀어나와 근접해 있는 샐러맨더 길드 소속의 용병대의 갑옷을 뚫고 그들의 몸에 깊숙이 상처를 안겨주고 있었다. 방진 주변에 몰려들었던 샐러맨더 길드의 용병들이 우수수 쓰러져 갔다.

“이얍!!”

거친 고함 소리와 함께 샐러맨더 길드 소속의 건장한 용병 한 명이 육중해 보이는 배틀 엑스를 힘차게 내리찍었다.

쿠앙!

용병이 휘두르는 힘찬 배틀 엑스의 공격에 방진 외부를 방어하고 있던 카이트 방패 하나가 구겨진 채 벗겨지며 방진 내부에 있던 카이사르 군단병 한 명이 드러났다.

카카캉!

“크흑!”

순간 주변에 있던 샐러맨더 길드 소속의 용병들이 내지른 무기의 집중적인 공격에 모습이 드러난 방진 내부의 카이사르 군단의 용병은 순식간에 강제 로그아웃이 되어버렸다.

“우워워!”

잠시 기분 좋게 승리의 함성을 내지른 배틀 엑스를 든 건장한 용병이 장애물이 제거된 방진의 한쪽을 뚫고 들어갈 목적으로 구멍이 난 방진 내부로 재차 거칠게 배틀 엑스를 휘둘렀다.

깡!

순간 방진 내부에서 새로운 방패가 빈자리를 채우며 나타나 그의 배틀 엑스를 튕겨냈다. 동시에 동료를 죽음으로 이끈 그에게 복수하듯 미처 중심을 잡지 못하고 있는 배틀 엑스를 든 건장한 용병에게 방진 속에서 세 자루의 글라디우스가 매섭게 튀어나왔다.

헉!

가슴과 복부에 세 군데의 치명상을 입은 채 건장한 체구의 용병이 배틀 엑스를 바닥에 떨구며 쓰러져 로그아웃이 되었다. 양파 껍질을 벗기고 나면 새로운 껍질이 나타나듯이 방패를 걷어내고 한 명의 용병을 제거하면 새로운 방패가 내부에서 나타나 그 빈자리를 메우는 카이사르 군단의 로마 식 밀집 방진에 샐러맨더 길드의 용병들은 전전긍긍하며 접근전의 서막을 열었다. 한편 샐러맨더 길드의 마법사들이 연이은 마법 난사에 고갈된 마나 게이지를 마나 포션을 마시며 채우느라 마법 공격이 잠시 주춤해 있는 동안 선두에선 방진과의 벌어진 거리를 좁히며 실버 소드 길드의 용병대는 샐러맨더 길드 용병대에 근접해 갔다.

"으드득!"

실버 소드 길드의 용병대 후군을 직접 이끌고 있는 무라시마는 이를 바득 갈아대었다. 전황을 살펴보니 상대와 얼굴을 맞대고 칼질 한번 못해보고 약 5,000명의 용병을 잃어야 했다. 5,000명이면 현재 실버 소드 길드 소속으로 참전한 용병들의 1/6 이나 되는 숫자였다.

'섣부른 승리의 잔을 들지 마라, 음침한 마법사들이여. 진정한 전투는 이제부터 시작이다.'

내심 중얼거린 무라시마가 전군에 명령을 내렸다.

"전군 착궁하라!!"

순간 25,000의 병력에서 2만의 병력으로 줄어든 실버 소드 길드 소속 용병들은 들고 있던 무기를 롱 보우나 크로스 보우 등으로 바꾸어 들었다. 다시금 무라시마의 명령이 떨어졌다.

"발사!!"

순간 2만 발의 화살이 하늘을 새까맣게 물들이며 샐러맨더 길드의 진영으로 날아들었다.

휘리리릭!

실버 소드 길드 진영에서 발사한 2만여 발의 화살이 하늘을 새까맣게 물들이며 장마철의 장대비처럼 샐러맨더 길드 진영으로 떨어져 내렸다. 예상치 못했던 적의 대량 화살 공격에 마법사들은 급히 실드 마법을 전개하였다. 화살 공격이야 길드전에서 자주 쓰이는 공격 방식이지만 하늘을 새까맣게 뒤덮으며 끊임없이 실드의 방어막을 두드리는 화살 공격은 가뜩이나 길드전의 경험이 적은 샐러맨더 길드의 마법사들을 당황시켰다.

후두둑!

미처 실드 마법을 걷고 상대 진영에 마법을 날리기도 전에 새로운 화살비가 실드의 겉면을 향해 날아와 튕겨 나가고 있었다. 화살은 샐러맨더 길드 진영으로 파고들고 있는 카이사르 군단의 밀집 대형 위에도 떨어져 내렸으나 머리 위를 방패와 실드 마법으로 보호받고 있는 그들에게 피해를 안겨주지는 않았다.

"이, 이런."

샐러맨더 길드의 용병대를 지휘하고 있던 자크마는 당황해 일시지간 적절한 명령을 내리지 못했다. 상대와 대등한 접전을 펼치기 위해서는 접근전이 벌어지기 전에 마법으로 최대한 적을 타격하여 상대의 숫자를 절반 정도 삭감해야 하는데 이동하며 날리는 적의 수만 발의 화살에 머리 위의 실드 마법을 해체할 수가 없었다. 아마도 전문적인 궁사가 아니라 일반적인 궁사의 초급 장비인 롱 보우나 크로스 보우를 장비하여 쏘고 있을 거라는 것은 상대가 어느 정도 피해를 감수하고 적정 거리에 접근해서 화살을 날리기 시작한 것을 보고 짐작할 수가 있었다. 그렇지만 그것도 어느 정도 되어야 무시할 수가 있는 것이었다. 수만 발의 화살비 공격은 실드 마법이 감당할 수 있는 한계를 넘어서 유리창에 금이 가듯 균열이 일어나 이중 삼중으로 재차 실드 마법을 걸어야 할 정도의 데미지를 주고 있었고, 당장 실드 마법을 해제하였을 때 일어날 병력의 손실은 상당히 뼈아픈 손실이 될 터였다.

자크마가 순간적으로 이러지도 저러지도 못하고 혼란에 빠져 있을 무렵 실버 소드 길드의 용병대는 샐러맨더 길드의 마법사들이 실드 마법으로 머리 위를 방어하고 있는 틈을 타서 끊임없이 화살을 날리며 이동하였다. 실버 소드 길드의 용병대는 추가적인 손실 없이 카이사르 군단과의 벌어진 거리를 좁혔고 이내 길게 늘어진 전선에 합류하였다. 활에서 다시 자신들의 주 무기로 교체한 실버 소드 길드의 용병들이 샐러맨더 길드의 용병들과 거칠게 육박전을 벌여갔다. 길게 늘어진 전선을 따라 수많은 사람이 개미 떼처럼 몰려 두 마리의 용이 다투듯 꿈틀대는 듯한 형상으로 격렬하게 무기를 휘두르며 얽혀들었다.

카카캉!

전선 곳곳에서 무기와 무기가 교차하며 불꽃이 튀었다.

"으아아!"

"케헥!"

사방에서 비명 소리가 메아리치듯 울리며 무기를 들고 전투를 벌이고 있는 이들에게 공포와 분노를 일으키게 했다.

"제기랄."

전황을 지켜보던 자크마의 입에서 무심코 욕설이 튀어나왔다. 용병대의 전력이 상대에 비해 열세인 것이 확연하게 드러나고 있었다. 전선 곳곳에서 샐러맨더 길드의 용병들이 주춤주춤 뒤로 밀려나고 있었다. 어느 한곳이라도 뚫리게 된다면 길드전 패배라는 치명적인 결과로 이어질 것이 분명했다. 자크마는 접근전이 벌어지기 전에 상대의 전력을 절반 정도로 삭감하지 못한 것이 무척 아쉬웠다. 여러 각도로 예측했던 전황의 예상도에서 일단 최악의 수순으로 전개되고 있기 때문이었다. 예상치 못한 공격으로 접근전을 쉽게 허락해야 했던 것이 마음에 걸렸다.

'제법 머리를 굴리는 자가 상대에 있었구먼. 결국 최후의 패를 일찍 내보일 수밖에 없는 건가?'

자크마는 순간 자신이 감추고 있는 마지막 히든카드를 써야 하는지 고민했다. 그러나 지금은 아무리 보아도 적절한 상황이 아니었다. 전선이 아직 두터웠고 상대의 후군이 전선의 뒤에서 굳건하게 버티고 있기 때문이었다. 그러나 마냥 기다리다가는 시기를 놓치게 된다. 위협적으로 전선 곳곳에서 샐러맨더 길드 진영을 뚫어오고 있는 밀집 대형에 먼저 구멍이 뚫린다면 패를 내밀기도 전에 패배를 선언해야 하는 상황으로 몰릴 수가 있기에.

'기회를 만들어야 할 텐데.'

자크마의 속이 새까맣게 타 들어갔다.

이 순간 안은 우측 전선의 언덕 위에 세워져 있는 작은 유적지에 있었다. 영국 스톤헨지의 축소판이라고 할 수 있는 유적지는 어른 5명이 팔을 벌려 안을 수 있는 높이인 4~5m의 돌기둥이 원을 이루며 세워져 있었고, 얀은 그 한가운데에 있었다. 얀은 자크마가 별동대로 편성한 저격조에 속해 있었다. 초보 궁사인 보우 맨들이 쓰는 레더캡에 얼굴을 가리는 레인져 마스크와 블랙 레더 아머를 착용하고 지난번 퀘스트에서 받은 롱 보우, 신궁 슈페리어를 들고 있었다. 새파랗게 빛나는 롱 보우는 찾아보기 힘들기에 얀의 활은 여러 사람의 시선을 끌었으나 초보 보우 맨이나 중급 아처들이나 쓰는 롱 보우라 별다른 관심을 유도하지는 않았다.

그러나 신궁 슈페리어는 일반 롱 보우에 비해 엄청난 비거리(화살이 날아가는 거리)를 지니고 있었고 막강한 공격력을 지니고 있었다. 일반적으로 화살을 날릴 때 신성력 데미지를 줄 수 있는 홀리 에로우 스킬이 자동적으로 발동되어 언데드나 암흑 계열에 추가 데미지를 줄 수 있었고, 별도로 5클래스 급의 마법 화살들을 쏘아 보낼 수 있었다. 공격을 위해 잡는 활대의 손잡이 부근에 세 가지 보석이 박혀 있는데 공격 시 푸른색 사파이어를 누르며 화살을 날리면 라이트닝 에로우가, 붉은색 루비를 누르면 파이어 에로우가 발사되며, 투명한 수정 보석을 누르면 아이스 에로우가 발사되었다. 그리고 무기 창에 슈페리어를 장착 시 얀의 스킬 창에 2개의 스킬이 자동으로 생성된다.

그중 한 가지인 가이드 에로우라는 스킬은 공격 시 빗나가더라도 스스로 근처의 적을 쫓아가서 적을 타격하는 다중 공격에 유용한 스킬이었고, 다른 하나는 신성력을 극대화하여 언데드 계열에 강한 타격을 주는 스킬이었다. 부가 옵션으로 민첩성을 +100 해주고 체력을 +100, 모든 궁사 스킬을 +5 해주는 신급 아이템이었다.

유적지 안에는 얀과 같은 저격조 3개 조의 궁사들과 마법사들이 모여 언덕 아래에서 아군과 접전을 벌이며 밀려들고 있는 실버 소드 길드의 용병대에 화살과 마법으로 공격하고 있었다. 저격조의 궁수와 마법사를 보호하는 임무를 맡고 저격조에 편성된 전사 계열 용병들은 유적지의 돌기둥 사이사이마다 방패를 세워 적의 공격을 방어하고 있었는데 아직은 언덕 아래의 샐러맨더 길드의 용병대가 상대 실버 소드 길드의 용병들과 접전을 벌이고 있어 묵묵히 자리를 지키며 언덕 아래의 전황을 지켜보고만 있었다.

휘익!

얀의 슈페리어에서 화살 한 대가 매섭게 쏘아졌다.

"크흑!"

샐러맨더 길드를 압박하며 밀려오던 실버 소드 길드의 용병대 중에서 부대원을 독려하던 백인대장인 듯한 용병 한 명이 그의 화살 공격에 가슴을 부여잡고 쓰러져 로그아웃이 되어버렸다. 제법 튼튼해 보이는 실버 플레이트 아머를 입고 있었지만 얀의 슈페리어에서 발사되는 화살을 방어해 주지는 못했다. 얀은 그가 서 있는 언덕으로 일직선으로 밀고 전진해 오는 카이사르 군단의 방진으로 시선을 돌렸다. 100명 완편의 방진이 아닌 마법에 피격되어 다시 급조한 듯 60명 정도의 중간급 방진이었다. 그러나 방패로 면밀하게 방어하며 서서히 밀고 들어오는 방진에 언덕 아래의 샐러맨더 길드의 용병들은 전전긍긍하며 뒤로 계속 밀려나고 있었다. 언덕의 우측에서는 또 하나의 방진이 접전을 벌이고 있었는데 언덕을 약간 우회하여 샐러맨더 길드 진영을 뚫으며 길을 개척하고 있었다. 그 뒤를 따라 실버 소드 길드의 용병들이 기세등등하여 무기를 휘두르며 전진해 오고 있었다. 얀은 먼저 그가 속해 있는 저격조들이 몰려 있는 언덕을 목표로 다가오고 있는 중간급 방진에 슈페리어를 조준하였다. 그의 엄지손가락이 푸른색 사파이어를 지그시 누르고 있었다.

휘릭!

파르스름한 라이트닝 마법이 걸린 화살이 방진의 외부를 방어하고 있는 방패와 방패의 틈새로 파고들었다.

콰지직!

"흐어억!"

"헉!"

순간 얀의 화살이 파고든 방진 내부에서 푸른 섬광이 번뜩이더니 강력한 방전이 일어나며 방패를 들었던 카이사르 군단의 용병 3~4명이 쓰러지거나 비틀거렸다. 그들의 전신에서 푸른색 스파크가 튕겨져 나왔다. 방진에 밀려나던 샐러맨더 길드의 용병들 중 제법 전투 경험이 많은 용병 한두 명이 구멍이 뚫린 방진 내부로 재빨리 무기를 밀어 넣었다.

"컥!"

미처 방패로 방어를 못한 방진 내부의 용병 한 명이 그들의 무기에 희생되어 로그아웃이 되었다. 다음 순간, 그 자리를 내부에서 나타난 방패가 방어벽을 구축하며 구멍을 메웠다. 그러나 얀의 라이트닝 에로우는 방패들의 작은 틈새를 연이어 날카롭게 파고들고 있었다.

"크허억!"

"흐으으!"

여태껏 기세등등하게 샐러맨더 길드 진영을 밀고 들어오던 방진의 이곳저곳이 얀의 화살 공격에 흔들리며 곳곳에 빈틈을 드러내기 시작했다. 밀려나던 언덕 아래의 샐러맨더 길드의 용병들이 눈을 빛내며 순간적으로 빈틈을 드러내는 방진 내부로 앞 다투어 무기를 쑤셔 넣고

있었다. 유적지가 있는 언덕을 확보하기 위해 밀고 들어오던 방진이
빠르게 붕괴되어 갔다. 얀은 이제 그들에게 측면을 보이며 샐러맨더
길드의 진영으로 향하던 우측의 카이사르 방진으로 슈페리어의 방향을
바꾸었다.

③

[우측 전선은 적의 방진을 다수 격파, 위치 사수하고 현재 역습을 준
비 중!]

[중군에 파고든 방진에 아군이 고전 중! 지원 요망!]

[좌군 지휘관 사망, 부대 통제력 상실, 1선에 꼬리를 남겨두고 2선으
로 급속 후퇴, 방어선 개편 중임. 지원군 및 지휘관 재임명을 급히 요
청함.]

후방 지원군에서 전선을 둘러보며 지휘 중인 자크마는 현재 2개의
창을 열어두고 있었다. 그중 시계의 우측에 열어놓은 투명한 길드 채
팅 창으로 급박한 전선의 소식이 밀려들고 있었다. 뇌파를 이용한 게
임 운영 시스템에 있어서 구시대적인 타자 채팅 게임의 전유물이라 할
수 있는 채팅 창이나 파티 창, 일반 대화 창이 아직 유용하게 쓰이고
있는 것은 그 효용성 때문이었다. 수많은 인파가 몰린 곳에서 원하는
정보를 일일이 귀 기울여 듣기란 여간 어려운 일이 아니었다. 누가 물
건을 판다고 외치는 것을 듣고 돌아서서 찾아도 수많은 인파에 원하는
물건을 파는 이를 찾기란 지난한 노력이 요구되는 일이 될 수밖에 없

었다. 그렇기에 게임 내에서 타자 채팅 시스템은 사라졌지만 대화 시 옵션 설정에 따라 대화 내용이 일반 채팅 창이나 길드 채팅 창으로 자동 등록되어지는 방식으로 채팅 창이 활용되고 있었다. 원하는 물건을 사려면 대화 창을 불러 띄워놓고 누가 그런 물건을 판다고 외쳤는지 찾는 식으로 채팅 창은 아직도 유용하게 활용되는 게임 시스템이었다.

또한 채팅 창은 길드전 시에도 지휘 계통의 명령 전달의 신속성과 정확성 면에서도 유용하게 사용될 수 있기도 했다. 현재 길드전에 돌입 전 길드 채팅 창은 몇몇 지휘관 급에게만 대화 내용의 채팅 창 입력이 허용되고 나머지 대부분은 명령 수령을 위해 열람만을 할 수 있도록 옵션을 사전 조정하여 길드전에 임하고 있었다. 길드전에 있어서 명령 체계의 혼선을 방지하고 신속한 정보 전달을 위해서였다.

현재 샐러맨더 길드의 좌, 우, 중군의 지휘관은 겨우 중급 정도의 용병으로 그들의 임무는 호위대 격인 백인대의 엄호 하에서 후방 지원군을 직접 이끌며 전선을 지휘하는 자크마의 명령을 받아 단위 부대인 천인대와 백인대에게 명령을 중계해 주는 위치에 있었다. 별도로 각군의 후방에는 정탐병이 3인 1조로 파견되어 전황이 그들에게서 자크마에게로 보고되고 있었다. 실버 소드 길드의 예상치 못한 화살 작전과 동맹 참전한 카이사르 길드의 선전으로 샐러맨더 길드는 초전에 무척 고전하고 있었다. 길드전이 시작되고 2시간 정도 흐른 초반전에 이미 좌군은 안전한 위치에 있던 지휘관이 사망하고 부대는 오합지졸처럼 2선으로 후퇴하고 있었으며 중군은 많은 사상자를 내며 뒤로 밀려나고 있었다. 그나마 우군에서 지형적으로 유리한 고지를 발판 삼아 적군을 적절히 방어해 나가고 있는 듯한 모습이 병력 운용에 있어 약간의 도움이 되어주고는 있었다.

[자크마님, 좌군이 무너지기 일보 직전입니다. 대책을 세워주셔야 할 것 같습니다.]

자크마의 시계 우측에 띄어놓은 길드 채팅 창에 비해 거의 글 한 줄 올라오지 않고 있던 좌측의 파티 창에 마법 협회 회장인 태세온의 우려 섞인 글이 떠올랐다.

"태세온님, 걱정하지 마십시오. 아직 위험한 상황은 아닙니다. 곧 지원군을 이끌고 제가 좌군을 지원하도록 하겠습니다."

"중군과 좌군이 너무 쉽게 밀리고 있군요. 조금 불안하군요."

태세온이 길드전 패배를 염두에 둔 듯 무거운 어조로 말꼬리를 흐렸다.

"아직 걱정하실 단계는 아닙니다. 그리고 우리에게도 비장의 한 수는 남겨져 있습니다."

자크마는 태세온의 불안감 어린 어조에 밝은 톤의 목소리로 답했다.

현재 파티를 맺고 파티 창을 공유하고 있는 인원은 4명이었다. 자크마와 마법 협회장인 태세온, 길드 마스터이자 길드전의 골든 파이브 중 한 명인 샐러맨더 길드의 길드 마스터 다미오와 그들 본진을 수비하고 있는 수비대의 수비대장 아케임이었다.

"자크마님만을 믿겠습니다. 작전 중이신데 제가 너무 시간을 뺏었군요."

"별말씀을."

자크마는 태세온에게 답례하며 길드 채팅 창을 지켜보며 전황을 파악해 나갔다.

"켈리, 우측 전선은 어떠한가? 당분간 버틸 수 있겠나?"

"네, 자크마님. 현재 아군의 방어선이 견고하고 적의 예봉을 무력화하고 있습니다."

켈리는 우군에 투입된 정탐조의 조장이었다.

"알겠네. 수고해 주게."

"중군은 꼬리를 남겨두고 2선으로 후퇴하여 방어를 견고히 하라!"

"후방 지원군의 마법사 1진은 중앙군의 후미를 따라붙는 적군에 마법으로 엄호하라!!"

"후방 지원군의 마법사 2진은 적의 후방에 포진된 부대를 요격하라!"

"후방 지원군의 마법사 3진은 좌군으로 합류하여 포효 작전을 준비하라!"

"후방 지원군의 마법사 3진의 지휘관이 임시로 좌군을 지휘하라!"

"후방 지원군의 전사 1진은 중앙군에 합류하여 방어선을 견고히 하고 전사 2진은 좌군을 지원하라!!"

자크마는 숨 돌릴 틈도 없이 작전 지시를 하였다. 침착성을 유지하려 했으나 약간의 불안감에 그의 목소리 톤이 조금 높아졌다. 그의 명령에 따라 마법사들이 마법을 캐스팅하고 전사들이 전선으로 달려나갔다. 이제 승부수를 띄울 시간이었다. 이대로라면 샐러맨더 길드의 패배가 자명하겠지만 그의 작전이 먹힌다면 샐러맨더 길드에 유리하게 전황이 바뀔 수도 있을 것이다. 물론 전쟁이란 항상 예측 불가의 요소가 잠복해 있고 적들에게도 숨겨진 한 수가 남아 있을지 모르기에 섣부른 판단을 내리기엔 아직 이른 시간이었다. 준비된 비장의 한 수 '포효와 분노' 작전이 얼마만큼 성공을 거둘 수 있을지 자크마는 조금 불안했지만 이미 던져진 주사위였다.

[아케임, 분노의 화살을 준비하게!]

자크마가 파티 창에 지시를 내렸다.

[알겠습니다, 자크마님.]

그가 글루디오에서 데려온 아케임이 짤막하니 힘있게 대답했다. 언제나 그에게 믿음직한 모습을 보여주던 아케임의 모습이 눈앞에 보이는 듯했다. 자크마는 등 뒤의 본진에 있는 아케임을 향해 보이지도 않을 미소를 지어 보이며 길드 채팅 창으로 명령을 내렸다.

[좌군 지휘관은 '광기의 포효' 작전을 실시하라!!]

'놈들이 의도대로 따라와 줘야 할 텐데…….'

준비했던 반격 작전의 지시를 내리는 자크마의 입술이 바짝 타 들어갔다.

후방 지원군에서 샐러맨더 좌군으로 급히 이동한 마법사 500명은 인벤 창에서 각기 길드전 직전에 한 장씩 지급받은 붉은색 스크롤을 꺼내 들었다. 붉은색의 스크롤은 일반적으로 저주 마법 계열을 나타내는 스크롤 칼라였다. 500명의 마법사는 샐러맨더 좌군 2선에 선별되어 정렬하고 있는 전사 500명에게 한 명씩 1:1로 다가서서 그들의 머리 위에 붉은색 스크롤을 찢으며 주문을 영창했다.

"그대들의 분노로 적을 후려칠지니, 크라이 오브 버서커!!"

순간 스크롤이 찢어진 곳에서 번뜩 불꽃이 일더니 붉은색 연기가 퍼져 나오며 전사들을 뒤덮었다.

"케케케케!"

"크하하하!"

"쿠르르르!"

붉은색 연기에 휩싸여 검은색 그림자만이 보이는 전사들의 입에서 괴성이 터져 나오기 시작했다.

"다들 물러서라!"

좌군의 지휘관이 급히 주변의 병력을 뒤로 물러서게 하였다. 그러자

붉은색 안개에 휩싸여 있는 전사들 앞으로 카이사르 길드의 방진과 실
버 소드 용병대들이 몰려들어 왔다.

"쿠카카카!"

"다 죽이리라! 카카카!"

그들 실버 소드 길드 용병대가 붉은 안개에 몰려들던 기세를 죽이며
주춤거릴 무렵 안개 속에서 괴성과 함께 검은 그림자들이 쏟아져 나왔
다. 그들은 조금 전 스크롤에서 쏟아져 나온 붉은색 연기에 휩싸였던
전사들이었다. 그들의 모습은 조금 전과 판이하게 달라져 있었다. 파
르스름한 눈빛을 흘리며 연신 눈을 희번덕거리며 입에서는 흐느끼는
듯 괴성을 흘리고 있었다. 드러난 피부는 온통 푸른색 힘줄이 터질 듯
부풀어 올라 보기에 섬뜩한 모습이었고, 입가로 침을 주르륵 흘리며 괴
성과 함께 광포한 기세로 전방으로 달려나가는 모습에서는 광기 어린
거센 힘이 느껴졌다.

"크르르르!"

"케케케! 주, 죽어라! 쿠쿡!"

"헉! 괴물들이다!"

장시간에 걸친 공방 끝에 샐러맨더 좌군에 심각한 타격을 입히고 2선
으로 황급히 달아나는 적들을 사냥하듯 몰아치며 기세등등하게 몰려들
던 실버 소드 길드의 용병들은 갑자기 적진에서 튀어나온 괴인들을 보
고 순간 당황해했다.

"버, 버서커다!"

"피해! 정면에서 상대하지 마라!"

"미, 밀지 마! 흐아아악!"

순간 샐러맨더 길드를 압박해 오던 실버 소드 길드의 용병들이 폭풍

이 몰아치듯 거센 힘에 이곳저곳으로 튕겨져 나갔다. 그들이 걸치고 있던 갑옷은 깊게 패어져 있었고 날아가 땅에 떨어진 이들은 의식을 차리지 못하고 로그아웃이 되어버렸다. 500명의 버서커 전사에 의해 실버 소드 길드 소속 용병대의 선두가 진군을 멈추더니 이내 무참히 학살당하며 전열이 무너지기 시작하였다.

"버서커라니? 희한한 작전을 내세우는군, 마법사 녀석들."

샐러맨더 길드의 좌군을 맞아 몰아쳐 가던 실버 소드 길드 우군의 지휘관인 다케시마가 중얼거렸다.

'같이 죽자는 물귀신 작전인가? 그렇지만 서로 피해를 입으면 결국 우리에게 유리할 텐데……'

다케시마는 상대 길드에서 들고 나온 이번 버서커 전사들을 이용한 작전이 언뜻 이해가 되지 않았다. 버서커 스킬은 전사 계열 공통의 스킬이었지만 거의 쓰이지 않는 스킬이었다.

한번 발동하면 체력과 체력 회복 속도, 상대에 대한 물리 데미지가 3~4배 상승하며 막강한 공격력을 자랑하지만 민첩성과 마법 저항력은 1/3 감소한다. 근접전에 있어서는 같은 레벨의 전사 3명을 우습게 상대할 수 있지만 원거리 화살 공격이나 마법 공격에는 거의 무방비로 당할 수밖에 없었다. 그러나 지금과 같이 밀집된 공간에서는 원거리 공격을 할 수 없으니 버서커 전사들에 의한 공격력에 극심한 피해를 입을 수밖에 없었다.

그러나 그가 알기에 이 피해는 그들만이 당하는 것이 아니었다. 막강한 공격력을 자랑하는 버서커 스킬이 전사들에게 외면당하고 어쩌다 모르고 잘못 익힌 몇몇을 제외하고는 거의 익히는 이 없이 사장되다시피 한 것은 버서커 스킬의 부작용과 패널티 때문이었다. 레벨에 따라

30분에서 1시간가량 유지되는 버서커 스킬의 발동 시간 동안 버서커 전사는 피아를 구별 못하고 움직이는 모든 것을 적으로 인식하여 무기를 휘두르며 공격해 들어가게 된다. 즉 버서커 전사 이외에는 모두 적이 되어버리는 것이었다. 그렇기에 동료와 협동으로 싸울 때 버서커 스킬은 오히려 동료에게도 짐이 되는 스킬이었다. 또한 원거리 공격에 취약해 일반의 넓은 필드에서는 누구든 쉽게 버서커 전사들을 상대할 수 있었다. 그리고 버서커 스킬에서 풀리고 나면 스킬 발동 시간의 3배에 해당되는 시간 동안 손끝 하나 움직이지 못하고 그 시간이 지나야 회복되는 극악의 패널티에 누구든 외면하고 마는 스킬이 버서커 스킬이었다. 그 시간에는 포션으로도, 힐링 마법으로도, 신성력으로도 회복이 되질 않는다. 오로지 시간이 지나가길 기다릴 수밖에 없다. 그래서 전사들에게 버서커 스킬은 오히려 저주로 인식되어지는 스킬이었다. 그렇기에 다케시마는 이 상황을 이해하지 못하고 있었다.

자신들에게도 막대한 피해를 입힐 이런 작전을 상대에서 왜 시행한 것인지 다케시마가 의아해하고 있을 무렵 전황은 다케시마의 생각대로 움직여지고 있지를 않았다. 아군 적군을 가리지 않고 살육을 위해 날뛸 거라 예상했던 버서커 전사들은 오로지 자신들 머리 위에 떠 있는 길드 마크와 다른 길드 마크를 지닌 실버 소드 길드의 용병들에게만 무지막지한 힘으로 무기를 휘두르고 있었다.

카카카캉!

"크하학!"

"이 괴물들 같으니! 흐아아!"

그동안 거침없이 샐러맨더 길드에 피해를 입히던 카이사르 길드의 방진조차 버서커 전사들에게 벌써 2개의 대형이 무너지고 무참히 학살당하고 있었다.

"파이어 볼!"

"캐캐캑!"

"꾸악!"

깨어진 방진 안에서 마법사들이 나와 버서커 전사들에게 마법을 난사했다. 방진 내부에서 실드 마법으로 방진을 보호하던 마법사들이었다. 그들의 마법에 버서커 전사 3명이 불길에 휩싸여 로그아웃이 되어버렸다. 그러나 마법사들 역시 곧바로 날아든 무기에 비명조차 지르지 못하고 쓰러져 로그아웃이 되어버렸다. 빽빽이 밀집된 공간에서 체력이 약한 마법사들이 물러설 공간조차 없기 때문이었다.

버서커 전사들 덕분에 한숨 여유를 찾은 샐러맨더 길드 좌군이 전열을 재편하여 실버 소드 길드에 맞서왔다. 특히 전사들의 후방에 자리 잡은 마법사들은 버서커 전사들에게 힐링과 리커버리 마법을 걸어주며 체력 회복과 상처 치료를 해주며 전투를 도와주고 있었다. 그 모습을 지켜보던 다케시마의 입에서 신음성이 터져 나왔다.

"이럴 수가? 버서커 전사들이 어떻게? 어떻게 이런 일이 일어날수가? 서, 설마 버그?"

다케시마의 예상대로 버서커 스킬은 일반적인 경우와 달리 길드전 시 버그가 있었다. 그러나 익히 쓰여지지 않는 스킬이었기에 그 버그를 상용화 1년이 넘어가는 시점에서도 발견하여 수정하지 못하고 있었다. 그런데 마법사들 중 저주 계열을 연구하던 흑마법사 한 명이 우연히 버그를 발견하여 혹시 나중에 써먹을 일이 없을까 하여 묻어두고 있었는데 이번 길드전에 직접 참가하기보다는 간접 참가를 희망하던 마나의 법칙 길드에서, 길드전에서 사용 시의 버그에 대한 설명서와 함께 500장의 버서커화 저주 스크롤을 보낸 것이었다. 샐러맨더 길드 용병대를 지휘하는 자크마는 이 설명서와 버서커화 저주 스크롤을 보고 반색하여 그의 작전에 곧바로 반영하게 되었다. 아마도 다음 패치에 곧바로 수정되어 이 버서커 스킬을 이용한 작전은 그가 처음이자 마지막으로 써먹은 지휘관이 될 가능성이 많았다.

좌측 전선은 새로 지원군마저 합류한 샐러맨더 길드의 기세에 실버 소드 길드가 막대한 피해를 입으며 점차 뒤로 밀려나기 시작했다.

4

무라시마는 갑자기 변한 전황에 지휘봉을 내려놓고 고심해야 했다. 느닷없는 버그성 버서커 전사들의 출현으로 실버 소드 우군은 커다란 타격을 입고 후퇴하여 전열을 재편하고 있었다.

길드전에 들어와 실버 소드 길드에 시종 유리한 국면을 만들어준 레드 호크 길드의 카이사르 군단이 그들의 방진으로 버서커 전사들을 막아내어 결국 공멸의 길을 택했다.

카이사르 군단의 방진을 희생 삼아 결국 숨을 돌린 실버 소드 길드의 우군은 기세가 오른 샐러맨더 길드의 좌군과 팽팽한 접전을 벌이고 있었다. 실버 소드 길드의 좌군은 언덕을 점거한 샐러맨더 길드의 궁사들과 마법사들의 저격에 초반부터 별 기세를 올리지 못하고 지지부진한 모습을 보여주고 있었다. 그나마 밀리지 않고 있는 것을 다행이라고 해야 할 지경이었다.

중군은 무라시마의 쇼군 길드의 정예가 투입된 곳이라 압도적으로 상대를 밀어붙였으나 적들의 간계에 빠져 버리고 말았다. 제법 버티던 적들의 기세를 꺾은 후 2선으로 후퇴하는 적의 뒤를 쫓아가던 실버 소드 중군은 후퇴하지 않고 자리를 지키고 서 있는 800명의 마법사 부대를 만나게 되었다. 800명의 마법사는 간단한 실드 마법조차 발동치 않고 방어를 도외시한 만큼 남아 도는 마나를 모조리 공격 마법에 투자하여 뒤쫓아오던 실버 소드 중군에 퍼부어대었다. 이른바 자살 부대라고나 할까? 그들은 죽는 그 순간까지 마법을 퍼부어대며 칼날 아래 쓰러져 내렸다. 마법사들의 카미카제 식 마법 공격의 주된 목표는 역시 그들에게 상대 곤란한 카이사르 방진에 집중되었다. 마법에 직격되면 그 주위로 퍼져 나가는 부가 공격의 효과가 있는 체인 라이트닝 마법 공격 수백 줄기가 카이사르 방진을 연달아 덮치자 5겹의 실드와 마법 방패진으로 보호된 카이사르 방진도 결국 깨어지고 푸르스름한 체인 라이트닝의 마법에 숯덩이로 구워져 로그아웃이 되어갔다.

800명의 마법사를 모조리 대지에 눕혔을 때는 이미 중군 1,500명가량이 희생된 이후였다. 물론 그 숫자 안에는 든든한 방패막이였던 카이사르 방진도 포함되어 있었다. 그들은 밀집되어 있었기에 한번 구멍이 뚫리자 저항하지 못하고 한꺼번에 몰살당해 버리고 말았다. 중군은 이제 방패막이를 잃은 채 2선으로 후퇴 후 숨을 돌려 재차 맞서 나오는 샐러맨더 길드를 맞아 힘겹게 접전을 벌여 나가고 있었다. 적들은 기세가 오른 이점을 살리려는 듯 후방에서 대기하던 병력이 중군과 실버 소드 길드의 우군 쪽으로 합류하고 있었다.

무라시마는 빨리 결단을 내려야 했다. 샐러맨더 길드의 후방 지원군의 남아 있던 마법사 500명이 무라시마의 후군에 집중적인 마법을 쏘아 올리고 있기 때문이었다. 갖가지 색으로 이루어진 마법들이 영롱한 빛을 뿌려대며 무라시마가 있는 후군의 좌측 부분에 치중되어 날아오고 있었다. 이미 화살이 떨어진 이상 후군이 뒤에서 남아 있다가는 적의 마법 공격의 제물이 될 것이 뻔했다. 하늘에서는 언제 소환됐는지 메테오 마법으로 소환된 운석 2개마저 그들에게로 향하고 있었다.

"이즈하라!"

"하잇!"

무라시마의 부름에 길드 서열 2위의 이즈하라가 복명했다.

"후군의 절반을 네게 맡기겠다! 중군을 지원하여 길을 뚫어라! 암혼조를 데려가라! 그들에게 길을 열어주도록!"

"존명!"

실버 소드 길드의 후군이 두 갈래로 나뉘어 이즈하라가 중군을 지원하기 위해 달려갔다. 그들 후미에 암혼조라 불리우는 저격조가 따라붙었다. 무라시마는 샐러맨더 길드의 후방지 원군의 합류로 점차 뒤로 밀리고 있는 좌군을 향해 부대를 이끌고 지원을 나섰다.

콰콰콰콰!

그들이 급히 떠난 자리에 수백 발의 마법 줄기가 떨어져 내리며 하늘 높이 먼지구름을 피워 올렸다. 샐러맨더 길드의 후방 지원군에 마지막으로 남아 있던 마법사 500명은 적이 그들의 의도대로 중군과 실버 소드 우군 쪽으로 향하자 지시받은 대로 마법사들이 몰살하다시피 한 중군으로 재빨리 합류해 갔다. 대단위 마법은 쓰지 못하더라도 아군에 힐링이나 리커버리 같은 회복 마법, 헤이스트나 스트랭스 같은 민첩성을 올려주거나 근력 증강 마법을 걸어주어 아군의 공격력에 도움을 주기 위해서였다.

"자크마님, 적의 후군이 중부와 좌측 전선으로 향했습니다."

정탐병의 보고를 받은 자크마의 입가에 미소가 어렸다. 적들이 그의 의도대로 움직여 준 것이었다. 이제 계속된 전투로 가장 엷어진 우측 전선으로 더 이상 투입될 적의 지원 병력은 없는 것이다.

[아케임, 적의 심장에 화살을 날리게.]

자크마가 파티 창에 명령을 내렸다.

"알겠습니다."

자크마에게 대답한 아케임은 뒤를 돌아보았다.

"제군들, 준비되었나?"

아케임의 말에 도열한 1,500명의 전사는 건틀릿으로 가볍게 무기를 3번 두들기는 것으로 대답을 대신했다. 1,500명의 인원이었지만 그 소리는 한 사람이 낸 듯 잡음 하나 없었다. 자크마는 믿음직스런 표정으로 고개를 전방으로 돌리며 외쳤다.

"서부 전사들의 기백을 보여줄 시간이다! 전원, 승마! 돌격하라!!"

두두두두!

지축을 울리는 듯한 소음을 내며 자크마의 양옆으로 가벼운 체인으로 만들어진 방어구를 걸친 말을 타고 1,500명으로 이루어진 페가수스 길드의 3대 기병대—블랙, 레드, 트윈—중 하나인 트윈 페가수스 기병대가 중갑의 방어구를 걸친 채 늠름한 표정으로 질주해 나가기 시작했다. 얀은 달려드는 적들에게 활시위를 당기다가 등 뒤에서 울리는 소리에 고개를 돌렸다.

'저들은?'

아르카디아에서 보기 힘든 기병대가 페가수스 두 마리가 서로 날개를 교차하고 있는 깃발을 앞세우고 그가 있는 우측 전선으로 빠르게 달려오고 있었다.

　‘후방의 본진에서 왔으니 우군이 분명한데, 저만한 병력이라면 본진에 남아 있던 수비 병력인가? 제법 위장을 잘했군. 말 1,500마리를 숨기기가 쉽지 않았을 텐데.’

　얀은 본진 주변에 있던 작은 숲을 떠올렸다. 주변에 더 좋은 위치가 있음에도 왜 굳이 숲 주변에 본진을 설치했는지 그제야 의문이 풀렸다. 두 마리의 페가수스가 그려진 깃발을 보니 저들은 서부의 버려진 황무지 주변에서 명성을 떨치고 있다는 페가수스 길드의 3대 기병대 중 트윈 페가수스 기병대인 것 같았다.

　압도적인 파괴력으로 적의 기선을 제압하는 레드 페가수스와 후방에서 적을 교란시키는 전술이 특기인 블랙 페가수스 기병대, 그리고 적진에 파고들어 내부에서 적을 혼란케 하고 중요 요인들을 요격하는 것이 특기인 트윈 페가수스 기병대는 페가수스 길드가 버려진 황무지 입구에 위치한 도시 글루디오에서 최강의 길드가 되는 데 부족함이 없도록 만들어준 일등 공신들이었다. 아르카디아에서 대단위 기병대를 보유한 길드는 2개의 길드밖에 없었다. 바로 서부의 페가수스 길드와 남부의 유니콘 길드였다.

　일단 일반 말과는 달리 전투마는 시끄러운 전투 상황에서도 놀라지 않고 주인의 통제에 따를 수 있도록 훈련을 받아야 한다. 만약 훈련이 되지 않은 일반 말을 전투에 투입한다면 놀라 날뛰는 탓에 낙상하거나 동료들에게 큰 피해를 입히기 때문이었다. 문제는 유저가 탈 수 있도록 훈련된 일반 말조차 보통 100만 골드가 넘어가는 형편에 그보다 더욱 희귀한 전투마는 그야말로 500만 골드는 우습게 넘어가는 고가품이었다. 그렇다고 말만 있다고 기병대를 조직할 수 있는 것이 아니었다. 일반 승마 스킬과는 달리 전투 승마란 스킬을 배우지 않고서는 전투에 말을 이용할 수가 없었다.

원래 야생마가 많이 출몰하는 남부 공포의 계곡 주변과 서부의 버려진 황무지 주변에는 이런 야생마를 잡아 일반 여행용의 말을 생산하는 길드가 여럿 있었다. 그들은 일반 길들이기 스킬에서 발전한 여행 말 길들이기 스킬을 제조, 보유한 길드였다. 그런데 그들 길드 중 더욱 발전한 전투마 길들이기 스킬을 먼저 확보한 길드가 바로 유니콘 길드와 페가수스 길드였다. 그들은 전투마를 제한적으로 훈련, 생산하여―실패율이 높음. 실패 시 일반 말로 활용―자신들의 무력을 강화하기 위해 기병대를 만들어 길드전에 활용하거나 용병으로 참전시켜 짭짤한 부수입을 올리는 것으로 유명했다(참고로 여행용 말이나 전투마의 귀를 보면 어느 길드에서 생산된 말인지 길드 마크가 새겨져 있어 알 수 있다).

"기병대와 합류할 병력은 유적지 아래로 이동하라!"

3번째로 바뀐 샐러맨더 우군 지휘관이 소리쳤다. 약 500명의 병력이 그의 말에 후방에서 집결되어 합류할 시기를 기다렸다.

두두두두!

뒤로 먼지구름을 일으키며 기병대가 달려왔다. 문득 5기의 말이 일렬로 기병대에서 뛰쳐나왔다.

일렬 횡대로 늘어선 5기의 기병은 기다란 랜스를 허리의 걸쇠에 걸어 고정시킨 뒤 기병 대열을 등 뒤로 하여 빠르게 달려 접전을 벌이고 있는 전선으로 뛰어들었다.

"샐러맨더 1천인대는 즉시 접전을 피하고 좌우로 길을 열어라!"

샐러맨더 우군 지휘관의 말에 1천인대 병력은 접전을 피하고 분분히 좌우로 몸을 날렸다. 그들이 급히 이탈한 좁은 틈으로 기병 5기가 랜스를 앞세우고 거칠게 실버 소드 길드에 부딪쳐 갔다.

카카캉!

히히힝!

"크허억!"

무기 부딪치는 거센 금속음과 말이 울부짖는 소리, 용병들의 비명 소리가 먼지와 함께 난무했다. 중갑을 착용하고 말과 함께 달려든 그들의 충격력은 상상 이상이었다. 아직 우측 전선에 남은 몇몇 카이사르 방진 중 하나가 기병대의 육탄 돌격에 맥없이 허물어졌다. 충격력이 얼마나 대단했는지 최선두에 있던 용병 중 하나는 거의 10m를 날아가 땅에 메어꽂혔다. 아마 바로 로그아웃 되었을 것이 분명했다.

두두두두!

달려오던 기병대에서 2번째로 5기의 기병이 역시 일렬로 튀어나왔다. 그들은 먼저 5기가 몸으로 길을 뚫어간 자리로 역시 거센 충격력을 발휘하며 부딪쳐 갔다.

"막아라! 길을 열어주면 안 된다!"

"창이 있는 사람은 창을 세워 막아라!"

실버 소드 길드의 용병 중 지휘관이 위기의식을 느껴 고함치듯 명령을 내렸다.

"카이사르 방진을 전면에 내세워라! 크, 크흑!"

칼을 들고 지시를 내리던 그 지휘관은 얀의 화살에 목이 관통되어 쓰러져 버렸다. 그리고 2차로 기병 돌격조가 전선에 부딪쳤다.

"크아아!"

비명 소리와 말들이 투레질을 하는 소리, 금속들이 서로 부딪쳐 내는 거센 금속음이 먼지 속에서 터져 나왔다.

두두두두!

3번째 5기의 기병이 기병대의 앞에서 튀어나왔다.

'대단하군.'

안은 언덕 위의 유적지에서 유적지 바로 옆을 관통하며 길을 내는 기병대를 보며 감탄했다. 달려오는 속도와 중갑의 무게는 막강한 파괴력을 자랑했다. 기다란 랜스를 앞세운 5기의 기병 돌격조가 5번째 출격하자 마침내 전선에 구멍이 뚫리고 말았다. 그 뒤를 중갑을 걸친 기병들이 한 손으로 고삐를 잡고 한 손으로 칼과 메이스 등을 휘두르며 달려들어 구멍을 넓히며 적의 후방으로 빠져나가기 시작했다.

"후방 교란조 500명은 기병대의 뒤를 따르라!"

우군 지휘관의 명령이 떨어지자 대기하고 있던 500명이 기병대의 뒤를 따라 달려갔다.

"타핫!"

그들 후방 교란조 500명이 거의 유적지 아래를 지나갈 무렵 안은 몸을 날려 그들 500명의 뒤에 합류하였다. 마침내 기다리는 순간이 온 것이다. 대규모 길드전이 열리는 와중에 그가 상대편의 가장 중요한 지휘관을 만날 수 있는 기회는 거의 얻기 어려웠다. 아마도 만나러 가기도 전에 화살 공격이나 마법 공격에 만신창이가 되거나 체력이 소진되어 제대로 겨루지도 못하고 한칼에 목이 날아가기 쉬울 터였다. 그러나 지금 이들을 따라간다면 아마도 본진을 수호하기 위해 되돌아올 무라시마를 만날 수 있을 것이다. 안은 달리며 히죽 미소를 지었다.

무라시마는 적진의 후방에 새로운 병력이 나타났다는 보고에 잠시 뒤로 물러나 보고가 들어온 전선을 바라보았다. 마치 두터운 성벽을 연상시키는 듯한 전선의 한쪽, 무라시마가 있는 우측 전선의 반대편인 좌측 전선의 후방에 가늘고 길게 무리를 이룬 병력이 마치 화살이 날아들 듯이 빠르게 접근하는 것이 보였다.

'……?'

무라시마가 미처 생각을 정리할 틈도 없이 화살처럼 보이는 한 무리의 병력이 좌측 전선으로 강하게 부딪쳐 갔다. 무라시마는 그들이 서서히 몰리기 시작하는 샐러맨더 길드의 후속 지원 부대라 믿고 싶었지만 이어지는 상황은 그의 믿음을 배신하고 있었다. 두터운 성벽같이 견고해 보이던 전선의 후방으로 파편처럼 후두둑 실버 소드 길드의 용병대가 튕겨져 우왕좌왕하는 모습과 산개하여 대열을 정돈하는 와중에 가는 선을 이루고 전선을 덮친 한 무리의 병력이 거침없이 그 사이를 통과해 나가는 모습이 시야에 잡혔다. 그 광경은 두터운 종이를 관통해 날아가는 강철 화살을 보는 듯했다.

"무라시마님, 적의 기병대로 보이는 병력이 전선을 통과, 아군 본진으로 향하고 있습니다!"

무라시마는 한 무리의 병력이 아군의 방어를 뚫고 지나가는 모습을 지켜보며 미처 대응할 방법에 대해 생각을 하지 못하고 있다가 좌측 전선의 지휘관에게 보고를 받고 찬물을 뒤집어쓴 듯 정신이 번쩍 들었다. 놈들이 아무래도 최후의 숨겨놓은 패를 쓰는 듯했다. 상대는 그를 멀리 유인하고 회심의 일격을 날린 것이다. 만약 저 병력을 막아내지 못한다면 그들이 길드전에서 지는 것이다. 날카로운 적의 화살은 아군의 심장으로 빠르게 달려가고 있었다. 와타나베가 흑암조 1,000명과 남아 있고 만약을 대비하여 수라조 30명을 남겨두었다지만 저들의 기세를 보니 결코 안심할 수준이 아닌 듯했다.

"이즈하라!"

"하잇!"

무라시마가 중군의 지휘관인 이즈하라를 호출했다.

"나는 본진을 구원하러 가겠다! 즉각 암혼조를 적의 본진에 투입하라!"

"하잇!!"

이즈하라 역시 상황이 다급해진 것을 눈치 챈 듯 아직 중앙의 돌파구를 마련하지 못했음에도 암혼조를 투입하라는 무라시마의 명령에 아무 이의를 달지 않았다.

무라시마가 호위대 1,000명을 빼어 후방 본진으로 달려갈 즈음 실버소드 길드의 중군에서 검은 천으로 몸을 감싼 날렵한 그림자들이 솟아올라 샐러맨더 길드의 후방으로 파고들어 갔다. 그들은 무라시마의 쇼군 길드에서 양성 중인 이른바 닌자 부대로 대부분 중급 이상의 어쌔신들이었다. 특이하게도 그들은 몸에 겨우 레더 아머 정도의 방어력을 지닌—무게는 약 1/2 정도 가벼운—검은 천과 두건을 착용하고 있었고 무기는 단검과 던지는 암기용인 슈리켄 100개를 지니고 있었다. 방어를 도외시하고 오로지 상대의 목숨을 노리는 전형적인 닌자 집단의 모습이었다.

"일조 투척!!"

휘릭!

가벼운 소리와 함께 길의 개척을 맡은 선두 암혼조원들의 손에서 독이 박린 슈리켄이 날아갔다.

"헉!"

"크흐윽!"

허파에서 바람 빠지는 듯한 단발마의 신음성이 터져 나오며 목과 가슴에 슈리켄을 맞은 용병들이 우수수 쓰러져 내렸다. 그 사이를 그림자처럼 은밀하고 빠르게 암혼조원들이 빠져나가고 있었다.

화르륵!

퍼퍼펑!

마법의 폭발이 일어나며 폭음과 함께 무서운 열기를 동반한 화염이 피어올랐다.

"컥!"

"흐윽!"

막 선두의 샐러맨더 용병대를 통과하려던 암혼조 10여 명이 그들의 앞으로 덮쳐드는 마법 공격에 불꽃이 되어 쓰러졌다. 후방의 지원을 위해 합류한 마법사들이 그들을 막아선 것이다.

"2조, 3조는 마법사들을 처리하라!"

퍼퍼펑!

순간 폭음과 동시에 이곳저곳에서 연막이 뿜어져 나왔다. 그 속을 은밀한 그림자들이 쾌속하게 움직였다. 연막탄을 터뜨린 암혼조원들이 어둠 속에서 샐러맨더 길드의 용병들과 마법사들에게 가차없이 죽음을 선물하고 있었다.

지하드는 후방 지원군에서 중군으로 투입된 마법사들을 지휘하는 7클래스 유저의 고위급 마법사였다. 그의 주변에는 같은 길드 소속으로 이번 길드전에 용병으로 참가한 황금 스태프 길드원 5명만이 남아 있었다. 나머지는 짙은 연막에 누가 우군인지 적군인지도 불분명한 상태였다. 사방에서 숨 가쁜 비명 소리가 연막 속의 그들을 공포에 질리게 만들고 있었다. 잠시 후 연막이 점차 바람에 날아가며 주변의 시야가 확보되자 그들은 주춤 뒤로 뒷걸음질을 쳐야 했다. 어느새 그들 주변의 동료 마법사들은 검은 그림자들에게 거의 학살당한 듯 대부분 쓰러져 뒹굴고 있었고 눈동자가 붉게 충혈된 검은 두건을 눌러 쓴 자들이 그들에게 달려들고 있었다.

"파이어 월!"

지하드는 발작적으로 자신의 장기인 범위 마법 파이어 월을 시전했다. 화르륵 하고 불의 장벽이 그의 손짓에 생성되어 덮쳐드는 그림자들 전면에 솟아올랐다. 별다른 방어구가 없던 암혼조 수십 명이 미처 불의 장벽을 피하지 못하고 그대로 불길에 휩싸여 로그아웃이 되었다.

"윈드 커터!"

"프리즌 스피어!"

"파이어 필드!"

곁에 있던 동료 마법사들이 그제야 마법을 시전하여 지하드를 도왔다. 연막에서 노출된 암혼조원들이 그들에게 덮쳐들다가 불꽃에 달려드는 부나방 떼처럼 화염 마법에 직격당하여 불타올랐다. 하지만 그 모습에 마나를 모으며 내심 안도하던 지하드와 동료 마법사들은 곧 눈을 부릅뜨며 뒤로 쓰러져 내려야 했다.

그들의 전신에는 몸이 불타오르는 와중에도 암혼조들이 던진 슈리켄과 단검이 빼곡히 꽂혀 있었다.

"적의 본진에는 겨우 몇 명의 마법사만이 있을 뿐이다! 서둘러라!"

암혼조를 이끄는 스즈끼가 조원들을 독려하며 쓰러진 지하드의 몸을 타 넘어 달렸다. 그 뒤를 전선 돌파에 성공한 200여 명의 암혼조가 뒤따라 샐러맨더 길드 본진으로 달려갔다.

트윈 페가수스 기병대의 뒤를 따라 전선을 돌파한 500명의 샐러맨더 길드의 용병대는 적의 본진과 전선의 중간에 자리 잡고 본진을 구하러 달려오는 실버 소드 길드의 용병대를 차단하는 임무를 맡고 있었다. 그들은 기병대가 적의 본진을 유린하는 동안 시간을 벌어주기 위해 실버 소드 길드의 중군에서 먼저 달려온 병력 500명과 일차로 접전을 벌이고 있었다. 그 뒤로 무라시마가 이끄는 우측 전선의 병력 1,000명이 그들에게로 빠르게 달려오고 있었다. 하지만 샐러맨더 길드의 후방 교란조 500명은 중군에서 달려온 500명을 맡아 전투를 벌이기에도 힘겨운 상태라 감히 한눈을 팔 틈도 없었다.

카캉!

급히 달려온 실버 소드 용병의 거친 숨소리가 귓전을 울리는 와중에 마주 겨눈 무기는 쉴 새 없이 휘둘러지고 있었다. 현실에서, 그리고 게임에서 나름대로의 삶을 사는 그들이지만 지금 이 전장에서의 그들은 상대의 피를 원하는 전사가 되어 있었다.

마사무네는 이 게임이 정말 좋았다. 오사카의 조그만 검도 도장의 사범으로의 그의 생활은 보잘것없었다. 자본주의 사회에서 월세 아파트 임대료와 생계비만 겨우 되는 월급은 부인과 두 살 난 딸을 둔 가장인 그의 얼굴에 나이답지 않은 주름을 깊게 새기는 나날을 보내게 했다. 그러다가 우연히 후배의 권유로 시작한 게임은 그에겐 구원이 되어주었다. 현실과 유리된 또 하나의 세상인 이곳 아르카디아는 마사무네에게 새로운 의욕을 안겨주었다. 40년 검도 생활로 길러진 실전 감각은 그를 타고난 전사로 이름을 날리게 해주었고, 그의 명성을 듣고 가입을 권한 쇼군 길드에 든 이후로는 현실의 부족한 생활비를 아르카디아에서 벌어들인 게임 머니로 가득 채우고도 오히려 풍족할 정도였다. 그리고 길드에서는 그를 길드원들의 훈련 교관으로 임명하여 수만의 길드원에게 존경과 위엄을 누릴 수 있게 해주었다. 그는 자신에게 희망을 안겨준 길드를 위해 늘 길드전에 참가하여 길드의 승리에 자신의 힘을 보태어왔다. 그것이 그의 인생에 희망을 준 길드에 대한 마사무네의 보답 방식이었다.

슈카칵!

나름대로 전형적인 일본 도의 모습으로 잘 제련된 마사무네의 칼이 허공에서 세 줄기 궤적을 그려내었다. 동시에 잘 벼려진 그의 칼날에 한 방울 피가 검면에 파여진 혈조를 따라 흐르고, 그의 앞길을 막아섰던 덩치 큰 용병이 허리가 잘려 쓰러졌다. 힘만 믿고 가시 돋친 커다란 메이스를 휘두르며 덤벼든 상대는 마사무네의 칼을 세 번도 받아내지 못했다.

"쩝!"

입맛을 다시던 마사무네는 현재 길드의 본진이 위험에 빠진 상황임을 기억해 내고 바삐 걸음을 서둘렀다. 그의 앞으로 검은색 본 헬름과 검은색 레더 아머를 입고 검은색 망토를 두른 전사가 롱 소드를 땅에 늘어뜨린 채 다가와 길을 막고 있었다.

얀은 신나게 칼을 휘두르고 있었다. 길드전이 시작한 지 몇 시간째 화살만 날려대다가 칼을 손에 잡으니 몸이 저절로 춤을 추듯이 움직여졌다. 역시 그는 검사가 체질에 맞는 듯했다. 물론 궁사도 나름대로 가끔씩 해볼 만한 재미는 있었지만 칼을 들고 있을 때만큼 긴장되고 즐겁지는 않았다. 경쾌하게 댄싱 스텝을 밟으며 춤추듯이 휘둘러지는 롱 소드에 그를 노리는 무기들이 팅겨져 나갔다. 한동안 궁수 노릇을 하며 활을 다룬 덕분에 민첩이 많이 올랐는지 칼이 마음먹은 대로 부드럽게, 그러면서도 기세를 잃지 않고 움직여 주었다. 본진을 구원하러 달려온 실버 소드 용병대들은 잔뜩 독이 올라 있었다. 그런 그들을 맞아 샐러맨더 길드의 후방 교란 부대로 투입된 500명은 어느새 겨우 200여 명만이 남아 있을 뿐이었다. 상대도 절반가량 인원이 줄어들었지만 그들의 뒤로 1,000명의 추가 증원군이 빠르게 다가오고 있었다. 그 선두에 달려오는 은색의 갑옷을 입고 붉은색 망토를 휘날리고 있는 무라시마의 모습을 보며 얀은 흥분과 약간의 불안감을 억누를 수가 없었다.

'이거 이러다 지는 건 아닐까? 미리 몸 좀 풀어야 하나?'

얀은 가늘게 떨리는 가슴을 진정시키며 몸을 비틀어 오른쪽으로 두 번 회전하였다. 그의 목과 가슴을 노리던 바스타드와 소드 브레이크의 칼날이 그가 벗어난 공간을 예리하게 찌르고 베며 그를 스쳐 지나갔다. 회전하던 축이 되는 오른발이 멈춤과 동시에 그의 왼발이 살짝 땅을 디디며 잠시 체중을 분담해 주는 틈에 오른발이 후방으로 반걸음 물러나 앞 발꿈치를 세워 땅을 디디며 다시금 체중을 분담함과 동시에 땅을 밀며 얀의 몸에 강한 돌진력을 만들어주었다.

"십자베기!"

얀의 롱 소드가 아직 허공을 찌르고 미처 회수를 못한 소드 브레이크의 주인의 팔을 단칼에 자르고 나아가며 바스타드를 거칠게 휘두르다가 옆구리가 훤히 노출된 용병의 옆구리를 단숨에 두 동강 내어버렸다. 그와 동시에 얀은 그의 주변에 감도는 흉포한 기세를 느낄 수 있었다. 얀은 어느새 샐러맨더 길드의 용병들이 모여 접전을 펼치고 있는 곳에서 벗어나 실버 소드 용병대의 한가운데에 와 있었다. 그러나 얀이 일부러 그 속에 뛰어든 것이 아니라 얀의 주변에 있던 10여 명의 샐러맨더 용병이 상대에게 몰살했기에 마치 일부러 얀이 뛰어든 양 적들 한가운데에 위치하게 된 것이었다. 그들은 얀이 단숨에 동료 두 명을 해치운 것에 흠칫하면서도 인원 수를 믿는 듯 거친 살기를 뿌려대며 얀과의 간격을 좁히며 무기를 휘둘러 왔다.

"헛!"

캉!

혼전 중에 날아온 단검이 얀의 다급한 회피 동작에 비껴 맞으며 팅겨 나갔다. 그 바람에 자세가 무너진 얀의 등을 노리고 클레이모어가 얀을 두 동강 내겠다는 듯 떨어져 내리고 있었고, 독이 발린 듯 녹색으로 번들거리는 검날의 세이버가 얀의 목을 베어 들어왔다. 그리고 그 외중에 얀의 사각을 노린 듯 자세를 낮추어 붉은색 핸드 엑스를 양손에 거머쥔 용병이 뛰어들 듯 얀의 발목과 하체를 노려왔다. 마치 여러 번 연습한 듯 톱니바퀴처럼 정교하게 맞물려 덮쳐드는 공격에 얀은 순간 얼굴이 굳어졌다.

텅!

얀은 순간적으로 오른발을 들어 그의 발목을 노리는 핸드 엑스를 피하며 왼발로 핸드 엑스를 들고 있는 용병의 가슴을 걷어참과 동시에 그 타력을 이용하여 몸을 오른쪽으로 날렸다.

쿠쿵!

순간 얀의 발길에 걷어차인 용병이 얼굴을 찡그리며 뒤로 주춤 물러서고 얀이 오른편으로 빠르게 빠져나가자 클레이모어가 얀이 있던 자리에 거친 굉음을 내며 땅에 깊숙이 박혀들었다.

“질럿! 위험해!!”

누군가 외치는 소리에 클레이모어를 땅에 꽂은 용병이 고개를 들다가 안색이 변했다.

“크흐윽!”

얀을 노리던 독 발린 세이버가 얀을 놓치고 그 자리를 차지하고 있던 클레이모어를 든 질럿이란 이름의 용병의 가슴에 1/3 이상 깊숙이 박혀들고 있었다. 순간적으로 일어난 일이라 미처 세이버를 거둘 수가 없었기 때문이다.

챙그랑!

질럿이란 이름의 용병이 급히 땅에 꽂은 칼을 들어 방어를 하려다가 손에서 클레이모어를 놓치며 얼굴을 녹색으로 물들인 채 고통스런 표정으로 로그아웃이 되었다.

“이런, 지, 질럿!”

세이버를 들었던 용병이 동료를 해친 상황이 되자 당황해 어쩔 줄 몰라 했다. 그들은 3명이 함께 모여 용병 생활을 하다가 쇼군 길드에 가입한 사이였다. 3명이 합세해 한 명을 다굴하는 조금 전의 전법은 그들이 많이 쓰던 방식이지만 오늘 같은 일은 처음이었다.

“이런, 마크! 정신 차려!”

핸드 엑스를 들었던 용병이 덤벼들며 어쩔 줄 몰라 하며 서 있는 마크란 용병에게 고함쳤다.

‘……?’

순간 마크란 이름의 용병은 목이 화끈하단 느낌과 동시에 동료인 트란빌이 거꾸로 달려오는 모습을 보며 멍한 눈을 껌벅이더니 로그아웃이 되어버렸다.

타타탕!

 멍하니 서 있던 용병의 목을 자세를 바로잡기 무섭게 날려 버린 얀은 그에게 덮쳐드는 핸드 엑스 2개를 손쉽게 받아내며 내심 한숨을 내쉬었다. 잠시 방심하다가 개죽음을 할 뻔했던 것이다. 얀은 등에 식은 땀 한줄기를 흘려야 했다. 역시 전장에서의 방심은 그 어떤 상황에서도 위험했다.

 "타핫! 스피드 소드 어택!"

 얀은 거칠게 그의 반격에 물러서는 핸드 엑스를 든 용병에게 덤벼들었다.

 "헉!"

 트란빌은 핸드 엑스를 십자로 교차하며 상대의 공격을 막아내려 했지만 눈앞의 상대가 잔상을 남기며 둘로 나뉘는 순간 상대를 잃어버리고 말았다. 얀은 더블 스텝으로 순간적으로 상대의 눈을 교란시키며 트란빌의 등 뒤에 모습을 나타내었다. 그의 등 뒤로 트란빌이 가슴에 핸드 엑스를 교차시킨 방어 자세로 얼굴을 땅에 묻으며 쓰러졌다. 그의 목에 한줄기 혈흔이 비치고 있었다. 그러나 얀은 이미 등 뒤의 쓰러진 상대에게 신경을 거둔 지 오래였다. 실수는 한 번이면 족했다. 그는 매섭게 주변을 흘겨보며 잠시 머뭇대고 있는 주변의 실버 소드 길드의 용병들에게 롱 소드를 번뜩이며 달려들었다.

6

얀은 약간 서두르고 있었다. 어느새 그와 같이 남았던 후방 교란 부대는 150명 정도로 줄어 있었다. 그에 비해 달려온 실버 소드 길드의 용병은 아직 200명이 남아 있었기에 뒤따라오고 있는 무라시마가 이끌고 있는 용병 1,000여 명은 얀이 접전을 벌이고 있는 장소를 무시하고 후방의 본진 쪽으로 바로 투입될 가능성이 높았다. 그러면 얀으로서는 기껏 길드전에 참석한 보람이 없어지는 경우가 돼버리고 마는 것이기에 얀은 점차 안색을 굳히고 빠르게 주변을 제압해 갔다.

"흐억!"

육중한 풀 플레이트 메일로 전신을 보호하고 꽤 무거워 보이는 그레이트 엑스로 얀을 단숨에 두 동강 낼 듯이 덤비던 전사가 가볍게 댄싱 스텝으로 피한 얀에게 먼저 그레이트 엑스를 든 팔목이 날아가고 다시 칼끝을 돌린 얀의 롱 소드에 가슴을 부여잡고 쓰러져 내렸다.

쿵!

쓰러지는 그의 풀 플레이트 메일의 가슴 부위가 예리하게 베어져 있었다. 그를 마지막으로 얀이 자신 주변을 에워싼 10여 명을 그의 롱 소드로 짚단 베듯 베어 넘기고 한숨 돌릴 겸 주변을 살피려 고개를 돌렸다.

'응?

얀의 눈에 몇 명 남지도 않은 샐러맨더 길드의 후방 교란 부대를 무 베듯이 베고 다니는 전사가 보였다. 마사무네였다. 마사무네는 무라시마가 오기 전에 거치적거리는 샐러맨더 용병들을 처리하려고 열심이었지만 얀의 입장에서는 무라시마의 발걸음을 잡아둘 귀중한 걸림돌들을 청소하듯 쓸어내고 있는 마사무네가 곱게 보이지를 않았다. 얀은 롱 소드를 단단히 거머쥐고 마사무네의 앞길을 가로막았다.

흠칫!

마사무네는 거침없이 눈앞의 장애물들을 치우며 전진하다가 강한 기세를 느끼고는 급히 방어 자세를 갖추었다. 그의 눈앞으로 검은색 본 헬름과 검은색 레더 아머를 입고 검은색 망토를 두른 전사가 롱 소드를 땅에 늘어뜨린 채 다가와 길을 막고 있었다.

'이런.'

마사무네는 상대를 보며 문득 길드전을 전전하며 다닌다는 한 인물을 떠올렸다.

'다크 나이트라 했던가?'

길드전이 벌어진 지 벌써 몇 시간이 흘렀는지 모른다. 이때까지 겨우 초급 장비로 보이는 장비만을 입고 버티고 있다는 것은 상대가 결코 초보 용병일 수는 없다는 것이 마사무네의 생각이었다. 더군다나 사범 생활을 하며 다져진 감각으로 이미 상대에게서 여태껏 보지 못했던 무서운 기세를 느낄 수 있었다. 그러나 마사무네 역시 나름대로 자부심이 있는 검사였다. 비록 아직 마스터에는 들지 못했지만 누구에게 검을 꺾여본 일이 없었다. 그의 무수한 실전 경험이 그의 자부심에 명예를 드높여 주었다.

"그대의 이름은?"

마사무네는 상대에 대한 예의로 이름을 물었다. 그것은 인정하는 상대에 대한 사무라이로서의 예의였다.

"다크!"

상대가 고개를 끄덕이며 이름을 말하자 마사무네는 역시 고개를 끄덕이며 눈빛을 굳게 했다. 아마도 본명은 아니겠지만 상대는 그를 인정해서 이름을 말해 준 것이다.

"나는 마사무네, 그대와 명예로운 칼의 길을 논하겠소."

서로 대련할 때나 쓰는 말을 뱉으며 마사무네는 칼을 들어 손잡이를 이마까지 들어 올리며 몸을 우측으로 살짝 비꼈다. 마사무네가 현실에서 몸을 담고 있는 검문 일도운검파의 기수식이었다. 잘 알려지지는 않았지만 오사카에서 300년의 전통을 자랑하며 내려오는 지방의 명문으로 마사무네는 자신의 일도운검파에 자부심을 갖고 있었다. 그는 초급 스킬들을 엮어 펼치는 방법으로 그의 일도운검파의 일수삼검초식을 재현하여 자신의 주 공격 스킬로 활용하고 있었다. 쇼군 길드에 가입하기 전까지 그의 일수삼검 스킬에 무수한 이들이 쓰러져 로그아웃이 됐고 그중에 자신보다 레벨이 높은 이들도 상당했다. 길드에 가입 후 아르카디아 대륙에 자신의 도장을 열기 위해 문하생들의 교육에 거의 전념했지만 그의 칼은 더욱더 업그레이드되고 날카로워져 있었다. 오늘 그의 칼은 그의 명예를 지켜줄 것이다. 마사무네는 자잘한 공격을 펼치기보다는 일검에 승부를 걸기로 했다. 어설픈 공격은 상대에게 오히려 틈을 주어 이롭지 못할 것 같았다.

"타핫!"

마사무네는 검을 품에 안듯이 하여 칼끝을 얀에게 향하며 간격을 좁혀왔다.

휘잉!

마사무네의 칼끝이 마치 연검처럼 흐느적거려 보였다. 칼끝은 뱀의 머리처럼 흐느적거리며 얀의 전신 세 곳에 살기를 뿌리고 있었다.

'……'

얀은 안색이 약간 굳어졌다. 별도의 스텝을 밟지 않고 천천히 걷고 있는 것보다 약간 빠르게 뛰어오는 상대의 칼끝이 뱀처럼 꿈틀대고 있는 것이 예사롭지 않았다. 상대는 일격 필살의 의지로 덤벼들고 있었다. 무라시마를 상대하며 자신의 성과를 보려 했는데 생각지도 못한 곳에서 껄끄러운 상대를 만나게 된 듯했다. 상대의 칼끝이 이마와 가슴, 하체를 번갈아 노려보며 덮쳐드는데 어느 쪽을 방어해야 할지 일순 난감했다.

얀이 당황하여 일시지간 몸을 굳히고 있을 무렵 마사무네는 가속도를 붙여 얀에게 빠르게 덮치며 회심의 미소를 지었다. 그의 일수삼검은 세 군데를 노리는 쾌검으로 근접전에서 아주 위력적인 것이었다. 상대는 그의 칼끝이 자신의 어느 부위를 노리고 오는지 알아채지 못해 보통은 잠시 몸이 경직된다. 그사이 그의 칼은 상대의 바로 지척에 근접해서 번쩍 변화를 일으키게 된다. 근접전에서 잠시의 머뭇거림은 아주 큰 핸디캡으로 웬만한 적들은 미처 그 이유도 모르고 쓰러지는 것이 다반사였다. 상대는 그의 칼이 변화를 일으키기만을 기다리다가 자신의 공격 타이밍을 잡지 못하고 치명적인 상처를 입고 쓰러지는 것이다. 상대방이 본 헬름을 쓰고 있어 얼굴 표정은 알 수 없지만 마사무네는 상대방의 몸짓으로 그가 당황해 허둥대고 있음을 느낄 수 있었다.

번쩍!

마사무네는 미소를 지으며 아직 그의 공격에 제대로 대응할 방법을 찾지 못한 것으로 보이는 얀의 이마와 가슴, 복부에 세 개의 구멍을 뚫었다.

'......?

마사무네는 숙련된 동작으로 회심의 일격을 날리다가 문득 짓고 있던 입가의 미소를 지우며 당혹해했다. 분명 자신의 칼은 상대의 몸을 관통했건만 그의 손에 아무 감촉이 남아 있지 않았다. 다급히 얼굴을 일그러뜨리며 자세를 가다듬는 그의 목에 서늘한 감촉이 느껴졌다.

"컥!"

싸늘한 금속이 그의 목을 예리하게 베어내는 것을 느끼며 마사무네는 로그아웃이 되었다. 쓰러지는 그의 눈동자엔 그러나 고통보다는 지금의 상황에 대한 의문의 빛이 가득했다.

"휴우~"

얀은 본 헬름을 쓰고 있음에도 무의식 중에 이마의 땀을 닦아내는 행동을 취했다.

캉!

건틀릿과 본 헬름이 부딪치며 약한 금속음을 내었다. 그제야 투구를 쓰고 있음을 상기하며 얀은 다시금 호흡을 가다듬었다. 쓰러진 전사의 스킬에 당황해 미처 대응 방법을 찾지 못하다가 상대의 칼이 번뜩 변화를 일으키는 순간 다급히 무조건 뒤로 한 걸음 물러섰던 것이다. 마사무네의 칼은 얀이 방금 서 있던 공간에 세 번의 칼침을 놓았지만 아슬아슬하게 얀은 그 칼끝을 피할 수 있었다. 바로 눈앞으로 겨우 1센티미터의 간격만을 두고 상대의 칼끝을 바라보던 심정은 말로 표현하기 힘든 느낌이었다. 그때 마사무네가 연결 동작으로 얀을 쫓아왔다면 얀은 허무하게 로그아웃이 됐을지도 몰랐다. 그러나 마사무네는 그 순간 자신의 공격이 성공했음을 자신했는지 공격 후 방심하여 얀이 그랬듯 몸이 굳어져 있었다. 공격 후 내밀어진 무기를 빠르게 회수하거나 연결 동작을 해야 하는데 마치 승리 포즈를 잡듯이 여유를 너무 부렸던 것이다. 그 순간 얀의 롱 소드는 마사무네의 목을 베어 넘기며 연속 동작으로 롱 소드를 머리 위로 하여 방어하며 자세를 숙인 채 회전하여 마사무네의 허리를 재차 베어 넘겼다.

'이거야 원, 이래서야 무라시마를 상대나 할 수 있을까?'

이겼지만 얀은 얼굴을 굳히며 내심 중얼거렸다. 많은 몬스터와 접전을 벌이며 레벨을 올렸지만 방금 전의 일전을 떠올리니 왠지 약간 자신감이 없어졌다. 단순한 몬스터보다는 역시 유저들이 까다로웠다. 레벨이 낮은 이들은 튼튼한 방어구와 상대보다 월등한 체력과 민첩성으로 여유있게 상대했지만 상위의 랭커들에겐 그런 요행을 바라기가 어려울 것이다.

얀이 얼굴을 찌푸리며 더욱 수련에 매진해야 할 필요성을 절감하고 있을 무렵 무라시마와 1,000명의 본진 구원대가 달려왔다.

"무라시마님, 전방에 적의 교란 부대가 있습니다."

무라시마는 앞서 달리고 있는 길드원의 보고에 전방을 주시했다. 약 100여 명의 병력이 아군 200여 명과 접전을 벌이고 있었다.

"다케이찌는 용병 100명을 데리고 전방의 잔여 적을 소탕하라! 나머진 본진으로 향한다!"

무라시마는 적의 수가 많지 않음을 보고 일단의 병력을 떼어 소탕케 하고 나머지 병력을 본진으로 투입시켰다. 다행히 본진을 지키는 와타나베가 아직까지 잘 버텨주어 무라시마는 늦기 전에 구원군을 본진에 투입할 수 있었다. 무라시마가 이끌고 온 병력이 이미 돌격력이 상실되어 말에서 내려 접전을 벌이고 있는 페가수스 기병대의 후미를 급습해 들어갔다. 언덕 위를 질주해 오르며 실버 소드 길드의 골든 파이브 3명을 죽이는 전과를 올린 페가수스 기병대는 독이 오른 실버 소드 길드의 용병들에게 에워싸여 무참하게 학살되고 있었다. 무라시마는 본진이 위험에서 벗어나자 굳이 본진에서 페가수스 기병대의 학살에 참여하기보다는 전선으로 되돌아가기 위하여 발걸음을 돌리려 하였다.

"끼아아아아!"

순간 가슴을 후벼 파는 듯한 소름 치끼는 소리가 그가 일단의 병력을 투입한 적의 교란 부대 쪽에서 들려왔다. 무라시마의 눈에 맹렬하게 회전하는 둥근 물체가 밀집되어 있는 아군을 헤집고 다니는 것이 보였다.

"크하악!"

"커흑!"

맹렬하게 회전하는 타원형의 물체는 아군의 두터운 갑옷도, 내려치는 무기도 마치 종잇장을 찢듯이 가볍게 찢으며 돌아다니고 있었다. 밀집되어 있는 아군의 입에서 고통스런 비명이 흘러나오며 이곳저곳에서 털썩털썩 쓰러져 로그아웃이 되어갔다. 그리고 몇몇 남은 아군이 공포에 질린 듯한 얼굴로 뒷걸음질치고 있었고 그 뒤를 검은색으로 투구부터 발끝까지 치장한 인물이 걸어나오고 있었다.

샐러맨더 길드에서 회심의 일격으로 준비한 페가수스 길드의 트윈 페가수스 기병대가 실버 소드 길드의 본진에 기습하여 실버 소드 길드의 골든 파이브 5명 중 3명을 제거하였지만 결국 본진의 남아 있는 수비 병력과 본진을 구원하기 위해 달려온 병력에 골든 파이브 중 나머지 2명의 제거에는 실패하였다. 돌격력이 상실되고 주변을 포위당한 트윈 페가수스 기병대는 분노한 실버 소드 용병대에 의해 무참히 학살당하고 있었다. 그 무렵 샐러맨더 길드의 길드장 다미오가 있는 샐러맨더 길드의 본진으로 스즈끼가 이끄는 200명의 암혼조가 빠르게 덮쳐들고 있었다. 본진의 호위 병력을 가장하던 트윈 페가수스 기병대가 빠져나간 본진의 수비에는 샐러맨더 길드원 500명이 있었다. 얼핏 2배 가량인 숫자의 우위에 돌격해 들어오는 암혼조의 공격이 가소롭게 여

겨질 만도 한 상황이었지만 전투의 전개는 역시 일반적인 상식에서 벗어나 있었다. 샐러맨더 길드의 길드원 500명이 다급히 메모라이즈한 마법의 시동어를 캐스팅하고 있을 때 200명 중 50여 명이 암혼조의 앞으로 튀어나와 샐러맨더 길드 속으로 파고들어 왔다.

"마법의 정교한 공격력을! 매직 미사일!"

"순수한 불길의 공포를! 파이어 볼!"

"바람의 날카로움을! 윈드 커터!"

"하늘을 가르며 뻗어 나가는 마법의 나뭇가지여! 체인 라이트닝!"

각자의 취향만큼 다양한 마법들이 그들의 앞으로 돌격해 오는 암혼조원 50명에게 쏟아져 내렸다.

"크흑!"

"컥!"

회색의 연막탄을 던져 몸을 숨기며 접근하던 50명의 암혼조원은 미처 샐러맨더 길드의 본진에 다다르기 전에 대부분이 몰살당해야 했다. 샐러맨더 길드원들은 맥없이 쓰러지는 암혼조원들의 모습에 일순 자신감을 얻는 듯했다. 이제 본진에 난입한 적들은 200명에서 겨우 150명으로 줄어들었기에 그들의 얼굴에 깃든 미소는 당연한 것인지도 몰랐다. 아직 샐러맨더 길드의 수비 병력 500명은 손실이 없는데 적은 한 번의 마법 공격에 1/4의 병력이 줄어들었기 때문이다. 그러나 먼저 투입되어 마법 공격에 몰살한 50명이 터뜨린 회색 빛 연막에 숨은 암혼조원 중 50명이 갑자기 연막을 뚫고 나오는 순간 그들은 당황해야 했다. 아직 마법 공격을 펼치고 나서 미처 다음 마법 공격을 위한 마법을 캐스팅하지 못한 이들이 많았기 때문이다.

"혼돈을 일으키는 대지의 시샘이여! 디그!"

누군가 때마침 펼친 디그 마법으로 땅이 푹 파이며 50명의 암흔조원이 구덩이에 떨어져 일시지간 허둥대었다. 그들에게 마법사들의 마법이 집중되었다.

"크흑!"

단순한 경장비만을 입고 있던 암흔조원들은 전신이 새까맣게 그슬리거나 얼음 조각이 되어 구덩이 안에서 로그아웃이 되어갔다. 그러나 죽기 직전까지 그들은 마법사들이 밀집된 지역으로 연막탄을 던져 대었다.

퍼퍼펑!

마법사들이 밀집된 공간에 작은 폭음과 함께 연막이 피어올랐다. 그런데 조금 전까지의 회색 빛 연막과는 달리 이번 연막 색은 녹색이었다.

"당황하지 말고 뒤로 물러서라!"

"정령 마법을 익힌 마법사는 실프를 소환해!"

웅성거리는 마법사들 속에서 나름대로 침착한 목소리가 재빨리 지시를 내렸다. 마법사들은 시기 적절한 지시에 뒤로 로브를 펄럭이며 물러나기 시작했다.

"헉! 자켈! 네 몸이 이상해! 몸이 녹색이야!"

"로이터 너도 마찬가지야! 무슨 일이지?"

연막을 빠져나온 마법사들 대부분이 녹색으로 피부가 변색되어 있었다. 그들은 서로 녹색으로 변한 모습을 보며 당혹해하고 있었다.

"오, 온몸이 가려워!"

"이런, 체력 게이지가 빠르게 줄어들고 있어!"

"로뮤야, 나, 누, 눈이 안 보여!"

“제기랄! 독이다! 연막에 독이 있었어!”

마법사들은 갑자기 체력 게이지가 줄어들며 나타나는 각종 중독 증상에 공황 상태가 되어 허둥대었다.

“크흑! 저, 적이다!”

“죽을 때 죽더라도 놈들을 통과시키지 마라!”

마법사들이 중독 증상으로 허둥대고 있을 때 다시금 회색의 연막이 사방에서 터졌다. 검은 그림자들이 연막을 누비며 마법사들을 재빨리 베어 넘겼다. 3차로 투입된 암혼조 50명이었다. 그들 역시 독이 섞인 연막을 통과하며 녹색으로 전신이 물들어 있었고 눈에는 고통의 빛이 가득했다. 그러나 그들은 연막 안에서 독과 연막에 허둥대는 마법사들을 공포로 몰아넣으며 묵묵히 칼을 휘두르기에 전념하고 있었다. 그들은 독에 중독된 마법사들에게 치료할 시간적 여유를 주지 않으려는 목적으로 투입된 자살 부대였다. 그들 역시 연막에 섞여 살포한 독에 대한 면역력은 없었다. 마법사들은 그런 상대의 의도에 그만 속아 넘어가 미처 치료도 하지 못하고, 짙은 연막 안에서 암혼조원들에게 등에 칼침을 맞아 쓰러지거나 사방으로 움직이는 모든 것에 마법을 난사하다가 체력 게이지가 떨어져 로그아웃이 되어갔다. 어느새 연막이 걷혔을 땐 본진을 수비하고 있던 샐러맨더 길드원 500명과 50명의 암혼조원 대부분은 대지에 신체를 눕힌 채 투명하게 사라지고 있었다.

“이, 이런 일이…….”

독 연막탄이 터지기 전 외곽에 있어 살아남은 몇몇 마법사가 믿기 힘든 사실에 아연해하고 있었다. 방금 전까지 투지에 불탔던 500명의 마법사가 불과 20명도 안 남고 몰살해 버린 것이다.

“빨리 뒤로 후퇴하라!”

전황을 지켜보며 본진에 머물고 있는 길드의 핵심인 골든 파이브 5명과 마법 협회의 회장 태세온, 동맹 참전한 마법 길드의 길드장 등 10여 명, 본진을 수비하다가 살아남은 그들 20명에게 다급하게 후퇴를 명했다.

퍼퍼펑!

그러나 어느새 스즈끼가 이끄는 마지막 암혼조원 50명이 녹색의 연막을 터뜨리며 샐러맨더 길드의 본진에 모습을 드러내고 있었다.

"이런 지독한 것들 같으니!"

같이 죽자는 듯 독이 섞인 연막을 다시 사용하며 덮치는 암혼조의 모습에 고개를 내저으며 태세온과 다미오 등 본진에 있던 마법사들은 재빨리 플라이 마법을 펼치며 하늘로 날아올랐다. 아래에서는 미처 피하지 못한 마법사 20명의 비명이 이곳저곳에서 터져 나오고 있었다. 이렇듯 본진이 위험에 빠질 줄 알았다면 9클래스에 오른 태세온이 적이 몰려오는 것을 저지했겠지만 그도 이런 상황을 미처 예상치 못했기에 피해가 커진 것이다.

비록 본진에 남아 있던 500명의 마법사는 몰살하다시피 했지만 다행히 플라이 마법으로 몸을 피해 길드전의 핵심인 골든 파이브 등은 무사했기에 그나마 다행이라는 생각을 했다. 태세온 일행은 연막이 걷힌 대지로 내려앉았다. 이미 독에 중독되어 로그아웃 됐는지 연막이 걷힌 대지에는 아무도 남아 있지 않았다.

파파팟!

태세온 등이 안심하여 플라이 마법을 해제하고 대지에 발을 디딜 때 갑자기 주위의 흙이 하늘로 솟구치며 서너 명의 검은 그림자가 땅속에서 뛰쳐나왔다.

“이런, 적이다! 크흑!”

“어서 피하라! 큭!”

긴장을 풀었던 마법사들은 돌연 땅속에 숨어 있다가 모습을 드러낸 암혼조원들에게 순식간에 몇 명이 피해를 입고 쓰러졌다. 겹겹이 실드 마법을 몸에 건 채 다시금 플라이 마법으로 하늘로 몸을 피한 마법사들은 이내 허탈해졌다. 불과 5명만이 몸을 피한 것이다. 쓰러져 로그아웃이 되어버린 이들 중에는 골든 파이브에 속한 샐러맨더 길드원이 3명이나 포함되어 있었다. 마지막 기습이었는지 몸을 피한 마법사들이 공격을 위해 마법을 쓰기도 전에 공격에 나섰던 스즈끼 등 마지막까지 버티던 암혼조원 4명은 녹색의 물이 되어 대지에 녹아들고 있었다. 그러나 살아남은 마법사들은 안심하지 못하고 플라이 마법을 유지 한 채 디그 마법으로 땅을 헤집으며 파이어 필드 마법으로 일대를 30분간이나 불태우고 있었다.

마사무네를 꺾은 후 얀은 쇼군 길드의 무라시마에게 향하려고 하였다. 그러나 실버 소드 길드의 잔여 병력 200명이 얀의 앞길을 막아섰다. 그리고 무라시마가 지휘하는 병력 중 100여 명이 추가로 얀이 있는 곳으로 달려왔다. 물론 그중에 무라시마의 모습은 보이지 않았다. 얀이 살펴보니 무라시마는 증원군을 본진에 보내고 몸을 돌려 다시금 전선으로 향하려는 것 같았다. 그렇게 되면 얀으로서는 기껏 바쁜 와중에 길드전에 참여한 보람이 없어지는 것이다. 언제 잔챙이들을 일일이 상대해 가며 무라시마를 다시 찾아나선단 말인가? 더구나 이제 길드전에 허용된 시간도 얼마남지 않은 듯싶은 와중에 말이다. 그러나 다케이찌 등 100여 명이 증원된 300명의 용병을 헤집고 나가기가 만만치 않았다. 샐러맨더 길드는 용병이 겨우 30명도 남아 있지 않았고 대부분 더 이상 전투에 대한 의욕도 없는 듯했다. 이미 본진으로 향한 기병대가 학살당하고 있는 것이 그들에게도 보였던 것이다. 의욕이 꺾인 샐러맨더 길드의 용병들을 실버 소드 길드의 용병들이 압도적인 병력이 가진 여유를 보이며 조롱하듯 하나씩 팔다리를 끊어 로그아웃을 시켜가고 있었다. 그나마 접근하면 위험한 얀을 피하며 먼저 주변을 정리하고 있지만 그들을 정리하고 나면 칼끝을 얀에게 돌릴 것은 불을 보듯 뻔했다.

'이놈들이?'

얀은 자신을 포위망에 가두고 접전을 피하며 주변을 정리하고 있는 그들에게 점차 화가 나기 시작했다. 순간 얀이 칼을 내려뜨리며 움직이던 몸을 멈추고 왼팔에 스몰 쉴드를 장착했다. 얀이 자리에 멈추어 서자 포위하고 있던 실버 소드의 용병들도 몸을 세우고 그를 중심으로 조금씩 압박해 들어왔다. 얀의 주변에는 겨우 학살을 모면한 샐러맨더 길드의 용병 3명만이 남아 있었다. 그들은 나름대로 자부심이 있는 중상급의 용병들인지 아직 눈을 빛내며 적들을 기다리는 듯 무기를 거머쥔 손에 힘을 가득 주고 있었다. 고개를 숙이고 실버 소드 용병들의 접근을 허용하던 얀이 고개를 들었다.

'……?'

금빛으로 빛나는 빛줄기 2개가 본 헬름 안에서 뻗어 나오고 있었다. 그 눈빛과 마주친 이들이 분분히 걸음을 멈추어 선 채 시선을 돌렸다. 얀이 그들의 모습에 비릿한 미소를 띠었다.

"끼아아아!"

문득 얀의 입이 열리며 소름 끼치는 소리가 터져 나왔다.

'이게 뭐야? 귀신 곡하는 소리라니. 흑!'

본 헬름의 투구 안에서 얀의 표정이 일그러졌다. 이왕이면 스킬 구현 시 멋진 효과음을 집어넣어 주면 어때서 귀신 호곡성 소리가 됐는지…….

얀은 웬만하면 쓰고 싶지 않았던 스킬을 쓰며 얼굴을 일그러뜨렸다. 그러나 얀의 일그러지는 얼굴과는 다르게 얀의 주변에서 얀에게 점차 압박하며 접근 중이던 실버 소드 길드의 용병들은 다른 의미로 얼굴이 일그러지고 있었다. 이상한 소리가 얀에게서 퍼져 나와 대기에 공명하며 그들의 귓전에 천둥 치듯 울려 고통을 주었고, 아울러 급격하게 전의가 상실되고 힘이 빠진 듯 몸이 흐느적거리며 축 늘어지는 듯했다. 그러나 얀과 같은 길드전 마크를 머리 위에 띄우고 있는 샐러맨더 소속의 용병들은 오히려 눈빛이 강해지며 체력이 회복되는 듯 전신에 힘이 솟는 것을 느끼고 있었다. 얀은 어느새 귀곡성(?)을 멈추고 왼팔을 들어 올렸다. 300명의 실버 소드 용병이 멍한 눈빛으로 그의 왼팔의 움직임에 시선을 옮기고 있었다.

"날아라! 그리고 피와 공포를 취하라! 쉴드 스트라이크!!"

얀의 왼팔이 크게 휘둘러지며 그의 왼팔에 장착되어 있던 스몰 쉴드가 허공에 몸을 띄웠다. 얀의 팔에서 벗어난 스몰 쉴드는 회전하며 테두리를 따라 톱니 모양의 칼날을 삐죽이 드러내고 있었다.

기이잉!

스몰 쉴드가 점차 회전 속도를 빠르게 하며 얀의 주변을 맴돌다가 점차 그 범위를 넓혀갔다.

"크악!"

"헉!"

멍하니 무기력하게 서 있던 실버 소드 길드 용병들의 입에서 비명

소리가 터져 나오기 시작했다. 드래곤 본과 강도에 큰 차이가 나지 않을 드래곤의 비늘로 만들어진 스몰 쉴드는 날카로운 이빨을 회전시키며 육중한 갑옷을 종잇장 찢듯이 가볍게 찢어 둘러싸고 있던 실버 소드 용병들에게 죽음의 공포를 안겨주고 있었다.

"어림없다! 더블 햄머 어택!!"

제법 레벨이 높은 듯 일찍 얀의 드래곤피어(&드래곤 아이) 스킬에서 벗어난 전사가 자신에게 회전하며 덮쳐 오는 스몰 쉴드에 무기를 휘둘렀다.

카캉!

"크아아!"

그러나 매섭게 대응하던 전사의 육중한 무기는 간단히 잘려지고 전사는 가슴 부근이 두 동강이 난 채 쓰러져 내렸다.

착!

얀의 스몰 쉴드가 회전을 멈추고 얀의 왼팔에 회수되어 왔다.

"이럴 수가?"

"이런 스킬이 있었다니?"

얀의 등 뒤에서 살아남은 샐러맨더 길드 소속으로 참전한 용병 3명이 질렸다는 듯 중얼거렸다. 그들의 눈앞에 펼쳐진 광경은 그야말로 놀라운 것이었다. 기세등등하게 자신들을 압박해 오던 300명의 용병 대부분이 예리하게 두 동강이 나서 땅에 쓰러져 투명하게 로그아웃이 되어가고 있었다.

저벅!

얀이 저 멀리 전선으로 향하다가 고개를 돌리고 있는 무라시마를 보며 걸음을 옮겼다.

"으아아! 사람 살려!"

감당하기 힘든 충격적인 결과를 지켜본 살아남은 실버 소드 길드의 용병 10여 명이 주춤주춤 뒷걸음질치다가 얀과 시선이 마주치자 무기를 내팽개치며 도망치기 시작했다. 그들에게서 이날의 공포는 한동안 게임을 접게 할 정도로 각인되어 버렸다. 그날 이후로 전쟁 마니아 다크 나이트란 명칭은 전쟁의 공포 다크 나이트로 업그레이드되어 버렸다. 이날 도망친 10여 명과 얀의 등 뒤에서 그를 경외의 시선으로 바라보고 있는 용병 3명에 의해 벌어진 일이었다.

휘이잉!

바람이 매캐한 냄새를 풍기고 있었다. 마법 공격에 초원의 이곳저곳에서 아직 불길이 치솟고 있었다. 바람에 실버 하프 플레이트 메일을 입고 서 있는 무라시마의 붉은색 망토가 뒤로 펄럭이고 있었다. 그의 앞으로 검은색으로 전신을 치장한 전사가 롱 소드를 늘어뜨린 채 검은색 망토를 펄럭이며 다가오고 있었다. 무라시마의 머리 속에 한 사람의 명칭이 떠올랐다.

전쟁이 일어나는 곳에 그가 나타난다.
전쟁을 일으키는 이여, 그를 기억하라.
전쟁에 밀리는 자여, 그를 기원하라.
어둠에서 갑자기 일어나 검을 든다.
전투의 중심에서 반전이 시작된다.
전장을 배회하는 어둠의 공포,
그의 이름은 다크 나이트.

‘다크 나이트라……. 제기랄.’

무라시마가 마음속으로 욕을 내뱉으며 칼자루를 힘차게 움켜쥐었다.

챙!

날카로운 예기를 뿌리며 그의 애검 혈루가 모습을 드러내었다.

‘오라, 다크 나이트. 너의 허명을 깨뜨려 주마.’

휘이잉!

바람이 서로 무기를 겨눈 은색과 검은색의 전사 사이로 긴장하며 빠져나가고 있었다.

7

이미 실버 소드 길드와 샐러맨더 길드의 길드전은 혼전에 혼전을 거듭하고 있었다. 서로가 숨겨두었던 모든 패를 꺼내어 쓴 이후였고 피아를 분간하기 힘들 정도로 엉겨 붙은 양 길드의 용병들은 오로지 자신들의 본진 쪽으로 향하는 상대방 용병들을 저지하는 데 바빴다. 이미 얽히고설킨 전장은 명령 계통이 상실되어 있었다. 오로지 공포와 죽지 않으려는 몸부림으로 상대방을 베고, 찌르고, 쓰러져 갔다. 군데군데 불꽃이 넘실거리며 검은 연기가 매캐한 내음으로 코를 자극하고 귓전에는 사방에서 울려 퍼지는 강한 금속과 금속이 서로 부딪치는 소음에 귀가 멍멍할 정도였다. 서로의 눈은 마주 오는 사람의 머리 위에 떠오른 아군인지 적군인지 판별할 수 있는 가장 쉬운 식별 부호인 길드 마크를 재빨리 살피며 운이 좋다면 제법 강한 용병과 한동안 등을 맞대고 몰려드는 적들과 눈먼 아군의 공격을 막아낼 수도 있었다. 다이오는 처음 길드전에 참가했다는 경력에도 불구하고 아직도 버티고 있는 자신이 스스로도 대견스러웠다. 그와 함께 길드전에 출병한 쇼군 길드 가입 동기 25명 중 같이 뭉쳐 움직이는 인원은 이제 겨우 5명이었다. 나머지는 무기에 맞아 쓰러지거나 혼전의 와중에 휩쓸려 사라졌다. 주변의 4명의 동료와 다이오는 안전 지대를 찾아 혈로를 뚫고 있었다. 그들의 앞으로 상대가 없는 3명의 샐러맨더 용병대가 보였다. 그들은 물러서지 않으려고, 그리고 다이오 등이 서 있는 곳의 등 뒤로 향하려고 강한 의지를 보이며 덤벼들었다. 이상한 건 그들 말고 주변의 아군과 적군들도 기어코 다이오 등이 있는 쪽으로 서로 상대를 제치고 오려는 듯 보였다는 것이다. 다이오가 보기에 그들의 뒤는 샐러맨더 길드와 실버 소드 길드의 용병 수천 명이 엉겨 붙어 한 걸음을 내딛는 동안 3번의 죽을 고비를 넘기는 지옥 같은 전장이었다. 그러나 다이오 등이 나아가려 하는 곳은 서로 얽힌 몇 명만 제친다면 전장의 외곽이 분명했다. 서로 죽자 사자 달라붙어 싸우는 그들의 뒤로 아무도 없는 듯한 빈 초원이 푸르게 펼쳐져 있었기 때문이다.

'바보들, 이곳은 중요한 곳도 아닌데 저렇게 기를 쓰고 싸울 필요가 있을까?

다이오 등은 그들이 기를 쓰고 싸우는 것을 이해하지 못하고 맞서오는 3명과 비스듬히 교차하며 무기를 휘둘렀다. 3명은 다이오 등에 비해 인원이 모자랐지만 제법 효과적으로 방어하며 버텨내고 있었다.

츠츠츠츠츠츠!

그들이 한차례 격돌 후 숨을 고르며 마주 보고 있을 때 다이오 등이 목표로 삼고 있던 곳에서 무언가 땅에 긁히는 듯한 기묘한 소리가 들려왔다. 순간 다이오 등은 그들 주위의 아군과 적군의 표정이 일순 창백해지는 것을 볼 수 있었다.

‘……?’

츠츠츠츠츠!

기묘한 소리가 일순 그들에게로 가까워졌다.

"제길! 피해!"

마주 얽혀 있던 용병들이 상대를 서로 밀치며 다이오 등이 길을 열며 빠져나온 곳을 향하여 서로 들어서려 안간힘을 썼으나 촘촘하게 얽힌 전장에서 그들이 쉽게 파고들 공간은 거의 없었다.

취히이이이!

"크흑!"

"으아아아아!"

순간 멀리서 들리던 기묘한 소리가 갑자기 크게 울리더니 외곽에서 전장의 안으로 밀려들려던 용병들의 등 뒤에서 흙먼지가 피어올랐다. 동시에 십여 명의 용병이 갑자기 몸이 두 동강이 나며 쓰러져 로그아웃이 되어버렸다.

‘……’

다이오 등은 순간 벌어진 이 현상에 대해 멍한 표정만을 보일 수밖에 없었다.

"저기를 봐!"

동료인 다꾸앙이 용병들이 사라져 훤히 드러난 공터를 가리켰다. 다꾸앙이 가리킨 손가락 끝에 제법 넓은 공간에서 서로 빠르게 격돌하고 있는 두 명의 전사가 보였다. 실버 아머를 입고 붉은색 망토를 입은 이는 다이오가 존경하는 길드장 무라시마가 분명했다.

그런 길드장과 당당하게 맞붙고 있는 저자는 누구란 말인가?

다이오가 내심 궁금해하고 있을 때 빠르게 서로를 향해 무기를 겨눈 채 견제하느라 원을 그리며 주변을 돌던 두 명은 한걸음에 하늘로 도약해 서로 무기를 교차하였다.

카캉!

붉고 푸르스름한 검기가 맺힌 두 자루의 검이 허공에서 강하게 부딪쳤다. 동시에 그들 주변 사방으로 검기의 파편이 터져 나갔다.

츠츠츠츠!

다이오 등이 서 있는 자리 옆으로 검기 한줄기가 땅을 헤집으며 지나갔다.

"큭! 제기랄!"

결전을 벌이고 있던 용병 3명이 등 뒤에서 달려든 눈먼 검기에 욕설과 함께 쓰러졌다. 다이오 등 5명은 그제야 주변의 용병들이 다이오 등이 지나왔던 길로 기를 쓰고 몰려들었던 이유를 알 수 있었다. 그들은 고래 싸움에 새우 등 터지는 꼴이 되기 싫어서 이를 악물고 다이오 등이 보기에 지옥 같던 전장의 중심부로 파고들려 했던 것이다.

'개구멍을 파도 하필 이런 곳으로 파고 나왔을 줄이야.'

다이오는 이쪽으로 방향을 잡은 일행 중 다꾸앙에게 속으로 투덜거리며 몸을 돌렸다. 그도 고래 싸움에 등 터지는 새우 꼴이 되기 싫었기 때문이다. 방금 전까지 기를 쓰고 뚫고 나왔던 지옥으로 다이오 등 5명이 무기를 휘두르며 파고들었다. 눈먼 검기가 자신들 쪽으로 오지 않는지 귀를 등 뒤로 열어두고서.

카카카카!

짧은 순간 허공에서 3번의 칼질을 교환한 얀과 무라시마는 서로가 도약한 반대편에 착지하여 재빨리 몸을 돌려 상대를 경계했다.

'생각보다는 약하군, 다크 나이트. 역시 소문은 믿을 게 못 되는가?

무라시마는 상대가 제법 소드 익스퍼트 등에 비해선 날렵하고 검로가 안정되었으며 공격력이 세다고 느꼈다. 하지만 생각 외로 강력하지는 않음을 느낄 수 있었다.

'하긴 어설픈 마스터도 그 아래 등급에는 강력한 위력을 발휘할 수 있겠지. 그렇지만 지금의 상대는 바로 나, 누구보다 전장을 많이 누빈 무라시마다. 오늘 너의 허명을 벗겨주마!'

내심 중얼거리던 무라시마는 자신의 주 공격 스킬인 혈전삼검을 펼치기로 마음먹었다. 아직 마스터에 올라 그에 걸맞는 공격 스킬조차 없는 듯한 상대에게 마스터의 공격 스킬의 위력을 보여줄 생각이었다. 그의 혈전삼검 스킬은 8개의 스킬을 조합해 만든 8등급 조합 스킬이었다.

그 위로는 9개의 스킬을 조합해 만드는 9등급 조합 스킬과 10개로 만드는 마스터 급 조합 스킬이 있었지만 8등급 스킬은 가끔 보여도 마스터 급은커녕 9등급 스킬조차 누가 만들었다는 소문조차 거의 없을 지경이었다.

얀은 갑자기 상대의 기세가 변하며 붉은색의 소드 오라—검기—가 상대의 검에 가득 맺히는 것을 보자 긴장감이 들었다. 드디어 올 것이 오고 만 것이다.

'이런, 내가 변변한 대인 공격 스킬이 없는 것을 눈치 챘나 본데? 재미없겠는걸?'

  그동안 소드 마스터에 오르면 생성되는 검기 스킬을 일반 공격 스킬에 활성화시켜 상대해 왔는데 상대가 그것을 아무래도 눈치 챈 듯싶었다. 무라시마가 제법 자신만만하게 공격 스킬을 준비하는 것을 보아 상대의 공격 스킬은 최소한 8등급은 될 것 같았다.

  '제길, 난 왜 1:1 대인 대전용 스킬이 안 생기는 거야!!'

  얀이 마음속으로 투덜거릴 무렵 무라시마가 서서히 움직이기 시작했다. 바짝 긴장한 얀이 무라시마의 칼끝을 응시했다.

  "일섬혈운!"

  무라시마의 애검 혈루가 번쩍 빛을 뿌렸다.

  파팟!

  순간 강력한 붉은색 검기가 흙먼지를 일으키며 얀을 향해 빠르게 달려들었다.

  "헛!"

  얀은 제법 거리를 두고 있던 상대에게서 빠른 원거리 공격이 들어오자 당황해 급히 몸을 비틀었다.

  서걱!

  그의 등 뒤에 있던 제법 커다란 바위가 그를 대신하여 검기에 두 조각이 나버렸다. 그러나 한 번의 공격이 끝이 아니었다. 얀이 몸을 피하는 동안에도 무라시마는 몇 번의 칼질을 하였고 그에 따라 흙먼지를 일으키며 붉은색 검기가 얀의 움직임에 따라 빠르게 덮쳐들었다.

  "차압! 댄싱 소드!!"

  얀은 검기 스킬을 활성화시키며 붉은색 뱀처럼 덮쳐드는 검기들을 옆으로 쳐내었다. 민첩이 높은 얀은 제법 빠르게 공격해 오는 검기였지만 마음을 가라앉히자 하나하나 걷어내는 것이 그리 어렵지는 않았다. 덕분에 주변에서 결전을 벌이던 용병들이 때 아닌 봉변을 당해야만 했다. 얀과 무라시마에게 근접해서 결전을 펼치던 용병들이 얀이 걷어낸 검기에 아군, 적군을 가리지 않고 팔다리가 잘리는 부상이나 몸이 두 동강이 나서 로그아웃이 되어버리는 사태가 속출했다. 그러자 주변의 용병들은 얀과 무라시마의 결전장 근처로 밀리지 않기 위해 아우성거리며 그 지역을 이탈하기 위해 분전을 벌였다. 무라시마는 그의 혈전삼검 중 일검이 별 효과를 보이지 않음에도 비릿한 미소만을 지었다. 아직 그에게는 이검, 삼검이 남아 있었고 아마도 삼검이 펼쳐질 때면 상대는 자리에 누워 있을 것이란 자신감이 그에겐 있었다.

무라시마가 더 이상 일검 일섬혈운을 펼치지 않고 제자리에서 손목을 빙글빙글 돌리기 시작했다. 그에 따라 그의 칼끝이 빙글빙글 돌며 날카롭게 살기를 뿌렸다.

"이검 혈세삼로!!"

무라시마가 손목을 빙글 돌리며 혈전삼검 중 이검 혈세삼로를 펼쳤다.

파파팟!

무라시마의 검끝에서 붉은색 검기가 환한 빛을 뿌리더니 얀을 중심으로 세 방향으로 자욱한 흙먼지를 일으키며 덮쳐들었다. 일검 일섬혈운이 직선적인 공격이었다면 이검 혈세삼로는 곡선적이고 동적인 공격이었다. 세 줄기의 검기가 마치 살아 있는 양 얀을 포위하고 맴돌며 점차 회전 반경을 줄여 덮쳐들었다. 얀이 얼굴을 굳히며 몸놀림을 빠르게 하였다.

"파워 소드 어택!!"

세 줄기의 검기가 세 마리의 뱀처럼 주변을 맴돌다가 거리를 좁혀 얀을 노리고 덮쳐들 때 얀은 롱 소드에 검기를 강하게 주입하며 한 방향으로 내달렸다.

파파팡!

검기에 부딪친 롱 소드가 진동하며 손목이 시큰했다. 체력 게이지가 70 정도 하락했다. 그러나 그 정도는 금방 자동적으로 채워질 수 있는 약한 피해일 뿐이었다.

파팟!

그가 빠져나온 자리로 얀이 제거한 검기를 제외한 2개의 검기가 비스듬히 교차해 지나갔다. 아마도 그 자리에 서서 세 줄기 검기를 다 받아내려 들었다가는 벌써 로그아웃이 되었을지 몰랐다. 그나마 그 역시 같은 소드 마스터라 검기를 받아낼 수 있었기에 한 방향으로 밀고 나온 것이지 검기 스킬을 받아낼 수 없는 일반 검사였다면 그 자리에서 삼 등분이 되어버렸을 것이다.

'제법이군.'

무라시마는 상대가 그의 이검마저 수월하게 뚫자 눈빛을 바꾸며 삼검을 펼칠 준비를 하였다. 얀이 선공을 위해 달려들고자 해도 무라시마가 일정한 거리를 유지하고 있어 쉽지 않았다.

"삼검 구천혈세!!"

무라시마가 혈전삼검의 마지막 스킬을 얀에게 펼쳤다. 그의 애검 혈루가 허공에 세 번의 칼질을 하자 한 번 칼질에 세 줄기의 검기가 생성되며 얀의 주변을 크게 맴돌았다. 전체적으로 이검 혈세삼로의 변형이지만 한층 강화된 스킬이었다. 아홉 줄기의 검기가 얀을 휘감고 돌며 먼지구름을 피워 올렸다. 그에 따라 얀은 눈앞의 먼지구름 때문에 무라시마가 펼쳐 낸 아홉 줄기의 검기의 방향을 놓칠 수밖에 없었다.

‘젠장.’

얀은 롱 소드를 치켜들고 오로지 귀를 쫑긋 세우며 들이닥칠 검기를 맞이해야만 했다.

파파파파파팟!

자욱하게 피어오른 흙먼지 속에서 아홉 줄기의 검기가 얀에게 독사처럼 이를 드러내며 덮쳐들었다.

“스피드 소드 어택!!”

얀은 날렵하게 움직이는 댄싱 스텝을 밟으며 롱 소드를 최대한 빠르게 휘둘러 덮쳐드는 검기를 일일이 쳐내갔다.

팟!

그러나 미처 쳐내지 못한 검기 2개가 얀을 베며 지나갔다.

‘이런, 제길.’

얀은 화끈한 감각을 선사하며 자신을 베고 지나가는 검기의 느낌에 내심 욕을 내뱉었다. 왼팔을 베고 지나간 검기는 상관이 없었다. 어차피 검술은 오른손으로 펼치는 것이기에.

하지만 다리를 스치고 지나간 검기는 치명적이었다. 다행히 스쳐 지나가 다리가 잘리지는 않았지만 상처가 깊어 겨우 걸을 수는 있어도 뛰거나 달릴 수는 없어 보였다. 거리를 벌려 공격하는 적에게 걸어다니며 공격하여 어떻게 이길 것인가?

‘하필이면 다리를 다치다니.’

그러나 얀은 고통을 억누르며 자세를 가다듬었다.

“애석하군, 다크 나이트. 좀 더 재미나는 결투이길 바랐는데.”

벌써부터 승자의 미소를 지은 무라시마가 얀의 모습을 보며 검을 치켜세웠다.

"오늘 이 무라시마님이 너의 허명을 거두어주마."

무라시마는 의기양양하여 얀에게 칼을 겨누었다. 그의 칼에 다시금 붉은색 검기가 맺혀갔다. 얀은 그러나 무라시마의 말을 듣고 있지 않았다.

'이젠 이판사판, 이걸 쓸 수밖에 없는데……. 제대로 될까?'

얀은 자신에게 하나 있는 공격 스킬인 광역 공격—넓은 지역을 공격—스킬의 유효 거리가 얼마나 되는지, 데미지나 제대로 줄 수 있을지 아직 확신을 내리지 못하고 있었다.

"받아라! 구천혈세!!"

그러는 동안 무라시마가 재차 삼검 구천혈세를 펼쳐 내었다.

휘이잉!

때마침 부는 바람에 먼지구름이 쓸려가 다리를 다쳐 움직이지 못하는 얀에게 아홉 줄기의 검기가 매섭게 달려가는 모습이 무라시마의 눈에 생생하게 보였다. 다크 나이트는 포기한 듯 제자리에서 움직이지 못하고 검을 두 손으로 잡고 검끝을 땅으로 하고 있었다.

'……?'

무라시마의 검기가 다크 나이트의 외곽에서 회전하며 먼지구름을 피워 올렸다. 구천혈세를 펼치면 검기가 외곽에서 먼지구름을 일으켜 시야를 가리고 좁혀든 아홉 줄기 검기가 당황한 상대를 난도질하는 공격이었지만 바람에 먼지구름이 한쪽으로 쓸려가서 다크 나이트를 덮쳐가는 검기와 다크 나이트의 다음 동작들이 무라시마의 눈에 아주 잘 보이고 있었다. 우두커니 서 있던 다크 나이트가 한 발을 크게 내디디며 두 손으로 잡은 검 자루를 머리 위까지 들어 올린 뒤 검을 땅에 강하게 꽂는 모습이 보였다.

"스톤 토네이도!!"

얀의 입에서 묵직한 음성이 터져 나왔다.

파파파파파파팟!

돌연 무라시나의 발밑이 진동하더니 땅이 쩌억 금이 가듯 갈라지며 흙먼지와 돌덩이가 끓는 기름에 물을 부었을 때처럼 튀어 오르기 시작했다.

콰콰콰콰콰콰콰!

강한 충격이 무라시마에게 덮쳐들었다. 하늘이 비산하는 흙먼지에 가려 사라졌다. 커다란 쇠망치로 두들겨 맞는 듯한 충격이 무라시마의 전신에 연속적으로 가해졌다. 무라시마는 외부의 충격도 충격이었지만 몸속에 가해지는 고통에 고개를 젖히며 비명을 토해냈다.

"크하하악!"

커다란 종 속에 사람을 들어가게 해놓고 밖에서 종을 치면 어떻게 될까? 외관은 멀쩡하지만 눈, 코, 입 등에서 피를 흘리며 커다란 충격을 입는다. 겉은 멀쩡하지만 내장에 상처를 입기 때문이다. 현대전에서 이와 유사한 무기가 있다. 전차—혹은 탱크라 불리우는—전에서 자주 쓰이는 철갑탄이 그것이다. 접촉 시 3,500도의 온도로 외부의 철갑을 녹이고 내부에 파고들어 가 전차 안을 모조리 녹여 버리는 대전차 고폭탄과 보병 수송용의 장갑차 등을 파괴하는 고폭탄, 대보병용의 산탄 등 50여 발을 내부에 싣고 다니는 전차에 50발 중 10발 이상은 철갑탄이 차지하고 있다. 철갑탄은 폭탄이 날아가는 데 필요한 추진 장약을 제외하면 전체가 강철로 이루어져 있다. 이 철갑탄은 바로 종을 치는 타종목—종을 치는 나무—역할을 하는 것으로 철갑탄에 직격된 전차 안의 승무원은 외부는 멀쩡하지만 내부의 장기가 박살이 나서 눈, 코, 입

등 칠공으로 피를 쏟으며 죽는다(전차 승무원의 옷은 목 뒷부분에 천으로 고리 모양이 있는데 이는 죽은 승무원을 쉽게 끌어 올리기 위해서임).

얀은 고개를 들었다.

'성공했나?'

한 발을 앞으로 크게 내디뎌 땅에 칼을 꽂고 있던 자세에서 고개를 들고 일어선 얀은 주변의 보이는 결과에 그만 놀라지 않을 수 없었다. 얀이 칼을 땅에 꽂았던 곳을 중심으로 사방 50미터가량이 울퉁불퉁 땅이 파이고 갈라져 있었다.

울퉁불퉁 땅이 솟구치고 주저앉은 것 이외에도 발이 빠져 버릴 정도로 땅이 갈라진 틈이 얀을 중심으로 거미줄처럼 원형으로 퍼져 있었다. 총 3단계로 이루어진 스킬의 1단계 위력에 얀은 잠시 아무런 생각도 나지 않았다.

"대. 대단하군. 이게 무, 무슨 스킬인가?"

문득 들려오는 소리에 얀이 눈을 돌렸다. 무라시마였다. 울퉁불퉁 솟구친 대지의 한구석에 무라시마가 누워 있었다. 들고 있던 칼은 발 밑에 뒹굴고 있고 입고 있던 갑옷과 투구는 군데군데 깨어지고 갈라져 있었다.

"스톤 토네이도."

"대, 대단한… 위력이었네. 며, 몇 개의 스킬 조합인가?"

무라시마가 체력의 한계에 도달할 정도의 상처 속에서도 궁금증을 참지 못하고 얀에게 물었다.

"10!"

"헛!"

무라시마는 간신히 유지하던 정신을 잃고 로그아웃이 될 뻔했다.

"서, 설마 마스터 급 조합 스킬이 있었을 줄이야! 멋지군. 오, 오늘은 내가 졌다."

얀은 물끄러미 무라시마를 내려다보았다.

처척!

잠시 망설였으나 곧 무라시마의 앞으로 걸어온 얀은 롱 소드의 검끝을 하늘로 하여 검 자루를 이마에 붙였다가 오른팔을 오른쪽으로 힘차게 내뻗으며 가볍게 고개를 숙였다.

"명예로운 전사의 길에 내려주신 가르침에 감사합니다."

펄럭!

무라시마에게 대련 후에 나누는 검례를 표한 얀은 망토를 펄럭이며 전장을 빠져나갔다.

'젠장, 죽일 걸 그랬나? 경험치가 꽤 짭짤했을 텐데. 처음 펼친 스킬을 멋지다고 칭찬해 준 사람을 죽이자니 찜찜하고. 에라, 모르겠다. 잠이나 자러 가야지.'

전장을 빠져나가는 동안 내내 얀의 머리 속에 감도는 생각이었다.

그런 얀의 모습을 무라시마는 누운 자세로 바라보다 밤하늘로 시선을 옮겼다. 게임을 처음 접한 클로즈 베타 이후 1년을 넘게 정신없이 보냈는데 오랜만에 푹 쉬고 싶었다.

'별이 참 많구나. 모처럼 별을 보며 잠을 청해보는 것도 좋겠지.'

떠나가는 얀과 그 자리에 누운 무라시마의 모습이 둥근 수정구에 투영되어 벽면에 커다랗게 영상으로 비추어지고 있었다. 그리고 그 영상이 비추던 벽면을 두 명의 깔끔하게 차려입은 남녀가 곧 차지했다.

"여러분이 궁금한 모든 것, 아르카디아의 숨겨진 모든 것을 파헤치고 해부하는 '아르카디아의 모든 것'을 여러분은 시청하고 있습니다. 하은정 씨, 그럼 마스타 급의 공식적인 대전 모습은 이번에 처음 공개가 된 것인가요?"

게임 전문 채널 SGC의 '아르카디아의 모든 것' 프로그램의 진행자 하종진이 새로 바뀐 공동 진행자인 미모의 최은정 해설자에게 눈웃음을 치며 물어왔다.

"네, 그렇습니다. 이제껏 수많은 길드전 중에서 비공식적으로 마스타 급 유저끼리 격돌했다는 소식은 있었지만 이번처럼 깔끔하게 화면에 잡힌 적은 처음입니다. 이번의 길드전은 여러모로 관심도가 높았기에 좋은 장면을 시청자 분들에게 많이 보여줄 수가 있었습니다."

하종진의 눈웃음에 살짝 눈썹을 찡그리던 최은정 해설자가 카메라로 시선을 옮기며 맑은 톤으로 설명해 나갔다.

"이번의 길드전은 역대 길드전 규모에서도 상위급을 차지할 정도의 많은 유저가 길드전에 참가했고 여타의 길드전에서 보기 힘든 다양한 전술과 수많은 마법이 선보였는데요, 덕분에 화면이 무척 화려해 보이죠?"

화면 가득 수많은 마법과 화살이 상대 진영으로 날아가는 장면과 마치 불꽃놀이처럼 화려하게 폭발하는 마법등이 보여졌다. 이어서 방진을 이루고 진군하는 카이사르 군단의 밀집 대형과 페가수스 길드 기병대의 전선을 힘있게 돌파하는 모습, 암흔조가 샐러맨더 길드의 본진에서 회색과 녹색의 연막을 터뜨리며 접전을 벌이는 모습들이 보여졌다.

"길드전 후 많은 길드에서 이번의 길드전에 대한 자료들을 수집하고 있다는데 최은정 씨는 그 이유가 무엇인지 아십니까?"

"네, 이번 길드전에서는 기존의 길드전에서 보기 힘들었던 기병대나 버서커 전사들의 길드전에서의 약간의 버그, 마법 병단과 그에 대한 대비책, 집단전에서의 부대 운용 전략 등 앞으로 길드전을 준비하고 있는 길드들에 아주 유용한 정보들이 많기에 관심들이 많은 것 같습니다. 그리고 이번에 우리와 시청자 분들께 영화처럼 멋진 장면을 보여준 다크 나이트에 대한 관심도 그중 하나인 것 같습니다.”

“다크 나이트에 대해선 왜인가요?”

하종진이 의자를 틀어 최은정 해설자에게 다시 눈을 맞추려 시도하며 물었다.

“네, 대규모 길드전에 참가하길 좋아하는 다크 나이트 때문에 일부 길드전을 준비하던 길드에서는 길드전의 규모를 축소하기로 재조정하거나 길드전을 취소하는 경우도 있는데요, 이는 길드의 이해와 상관없이 어느 한 길드의 용병으로 느닷없이 출현하는 다크 나이트에 대해 경계를 하는 것이 아닌가 추측을 하고 있답니다. 자신들 편에 서면 좋지만 상대편의 용병들 속에서 그가 출현한다면 그야말로 악몽이 될지도 모르니까요. 아예 길드전의 규모를 줄이는 것이 마음 편할지도 모르지요.”

“아무튼 이번 길드전은 꽤나 흥미진진했습니다. 결국 길드전 허용 시간이 지나 양측의 생존한 골든 파이브가 동수를 이루어 최초로 길드전 무승부라는 기록도 수립했고요. 앞으로 여러분께 더욱 흥미진진한 소식을 전해 올릴 최은정 해설자님에게 시청자 여러분의 많은 성원 부탁드리겠습니다.”

투명한 수정구에서 벽에 걸린 천으로 보이는 방송을 지켜보던 푸른색 로브의 남자가 시선을 창문 아래로 돌렸다. 태세온은 오늘도 역시 불야성을 이루고 있는 아함브라의 야경을 내려다보며 문득 한숨을 내쉬었다. 어제와 다름없는 풍경이지만 내일부터는 그 속에 새로운 꿈틀거림이 생길 터였다.

"다른 길드들은 어떤 것 같은가?"

태세온은 현란한 야경을 누비는 사람들을 지켜보며 물었다.

"네, 마스터. 샐러맨더 길드에서는 2개의 상점을 실버 소드 길드 측에 처분을 넘겼습니다. 실버 소드 길드에서는 동맹 참전한 레드 호크 길드에 2개 중 1개의 상점에 대한 권리를 줄 것 같습니다."

차분한 목소리가 태세온의 기대를 깨뜨리지 않고 말을 받았다.

"그래, 차라리 굶주린 호랑이 한 마리를 들이느니 두 마리가 서로 견제하게 하는 것도 괜찮겠지. 둘 다 상처를 입으면 더욱 좋고. 다른 길드에서는 오늘 회의에 대해 어떤 결과들을 보일 것 같은가?"

"비록 실패하긴 했지만 샐러맨더 길드의 다미오님이 추진하던 계획은 잘못된 것이 아니라고 봅니다. 다미오님의 계획을 이용한 쇼군 길드의 음모를 짐작하지 못한 것이 아쉽지요. 마법사들만으로는 앞으로 규모가 커져 가는 길드를 꾸려갈 수 없다는 게 대부분의 중론입니다. 아마도 실력있는 전사들을 용병이나 계약직으로 우선 영입에 나설 것 같습니다."

"다크 나이트의 종적은 찾아봤는가?"

태세온이 고개를 돌리며 물었다. 그의 눈앞에 바닥에 고개를 숙이고 있는 검은색 천을 입은 사내의 등이 보였다.

"길드전 후 종적이 사라졌습니다. 아함브라 내에서 그로 추정되는 인물은 보이지 않았습니다."

"그런가? 아쉽군. 그를 포섭했다면 큰 힘이 됐을 텐데. 길드 내에 세력 확장은 잘돼가는가?"

"무라시마에 대해 불만이 있는 이를 중심으로 조심스럽게 영입을 추진하고 있습니다만 아직 어려운 점이 많습니다."

"너무 서두르지 말게. 이번엔 우리가 당했지만 다음엔 그들의 뒤통수를 때려줄 기회가 올 것이야."

"알겠습니다."

쇼군 길드 내 서열 5위인 이즈하라가 나직이 대답하며 고개를 숙였다.

〈스킬명:스톤 토네이도〉

요구 레벨:150.

최초 스킬 레벨 :1.

최종 스킬 레벨:3.

소모 마나량:1회당 200MP.

스킬 딜레이:없음.

적용 범위:레벨에 제한을 받음(최초 10m).

효과:

1단계—대지에 충격을 주어 주변에 있는 모든 것에 데미지를 입힌다.

2단계—대지에 충격을 주어 주변에 데미지를 입히며 흙과 돌의 회오리 바람을 일으킨다.

3단계—강력한 회오리가 생성되어 일정 시간 주변을 돌아다니며 모든 것을 파괴한다.

2장
안의 마탑

얀의 마탑

1

　희부연 안개가 자욱한 강변 도시 아함브라의 새벽 하늘 위로 태양신 아포스가 불의 마차를 몰고 나타날 때가 되었는지 동쪽 하늘이 붉게 타오르고 있었다.

　파팟!

　아함브라 중앙 광장 북쪽에 위치한 대형 텔레포트 마법진이 번뜩이며 5명의 그림자가 푸른색 마법 불꽃을 털어내고 있었다. 일행으로 보이는 5명 중 2명은 상인인 듯 별다른 방어구나 무기를 휴대하지 않고 단지 간편해 보이는 여행자복을 입고 있었고 나머지 3명은 그들을 호위하는 전사인 듯 화려해 보이는 블루 플레이트 아머를 입고 있었다.

　"오랜만에 와보지만 여전히 이곳은 활기차군. 안 그렇나, 에이린?"

　여행자복을 입고 있는 2명 중 중년의 남자가 역시 여행자복을 입은 일행 중 유일한 여자이자 자신의 비서 겸 회계 담당인 에이린에게 물었다.

"네, 도트님. 역시 다마스 공국 제일의 상업 도시답군요."

새벽이지만 그들이 도착한 중앙 광장은 벌써부터 여행자들을 노린 듯 수많은 좌판상이 어느새 빽빽하게 자리를 잡고 각종 마법 물품과 시약, 여행용 물품과 기타 필수품들을 바닥에 깔아놓고 장사를 하고 있었다.

"도트님, 에이린님, 이리로."

어느새 동행했던 상단 내 호위 용병 부대인 푸른 날개의 용병들이 길을 트며 도트와 에이린을 돌아보았다. 도트는 고개를 끄덕이며 그들의 뒤를 따랐다. 새벽의 동문로는 항구에서 내려 동문을 통과, 아함브라 시내로 밀려드는 인파로 넘쳐흐르고 있었다. 동문로를 따라 밀려들어 오는 사람들을 헤치며 5명은 오히려 중앙 광장에서 동문로를 따라 걸으며 어느새 아함브라 동문을 벗어나고 있었다. 동문로를 벗어나 조금 걷다 보면 삼거리가 나온다. 아함브라 동문으로 가는 길을 등 뒤로 하여 눈앞의 왼쪽으로 가는 길은 엘프의 숲으로 넘어갈 수 있는 유일한 다리―다리의 입구에 '숲으로 이어진 우정' 이라는 비문이 세워져 있어 우정의 다리라고도 함―가 나오고 오른쪽 길은 경사를 이루고 내려가다 보면 도르네 강의 동쪽 마지막 항구 아함브라 항이 나오게 된다. 그러나 삼거리에 이른 5명은 가파른 언덕의 좌우로 나누어진 왼쪽 길로도 오른쪽 길로도 향하지 않았다. 그들은 가파른 언덕에 살짝 숨겨져 있는 듯한 계단―3명이 어깨를 나란히 하고 올라갈 수 있을 정도 넓이의 계단―을 먼저 선두의 용병 2명이 올라가고 도트와 에이린이라 불리는 남녀가 그 뒤를 따랐으며 후미에 용병 한 명이 보호하듯 뒤따르며 계단을 올라갔다.

"힘들어도 조금만 더 올라가면 탑이 나오니 힘내게, 에이린."

도트가 다소 붉어진 얼굴로 숨을 약간 거칠게 쉬며 이마의 땀을 닦아내는 에이린을 보며 말했다.

"도트님은 힘들지 않으세요? 도트님도 걸어서는 처음 오시잖아요?"

에이린이 손수건으로 얼굴에 바람을 일으키며 물어왔다.

"헛헛! 이래 뵈도 남자인데 숙녀 앞에서 힘들다고 엄살을 피울 수는 없지 않나."

전형적인 중년의 상인인 도트가 아랫배를 출렁이며 껄껄 웃었다. 그라고 왜 힘들지 않겠는가? 에이린을 핑계로 잠시 쉬려고 말을 걸었던 것이다. 얼마 전까지도 자기 소유였던—엄밀히 말하면 상단 소유였던—탑을 찾아가는 길이 제법 가파르고 높은 언덕 때문에 이렇게 땀까지 뻘뻘 쏟아가며 걸어야 하는 힘든 길이 될 줄은 미처 예상치 못했다. 그전에는 탑에 있는 이동 마법진을 이용해 간편하게 오고 갔었기에.

'빌어먹을 트리블라 놈.'

도트는 갑자기 떠오르는 인물에 내심 이를 갈았다. 어느 날 느닷없이 다마스 공국에 가이아 상단 소속의 탑이 있냐는 공문에 탑이 있다는 답신을 세세한 상황을 파악하지도 않고 보냈던 것이 실수였다. 곧바로 이벤트 경품으로 탑을 내주었다며 탑을 비우라는 공문이 도착하자 도트는 기절하는 줄 알았다. 그러나 가이아 상단의 동부 대륙 다마스 공국의 지부장이자 동부 대륙 지부장들의 수장인 도트는 탑이 가이아 상단에 얼마나 필요한 것인지를 본단에 보고하며 결코 내줄 수 없다고 버텼다. 오히려 다마스 공국과 동부 대륙 전체의 물류 창고 역할을 하던 탑을 상황 파악도 못하고 이벤트 경품으로 넘긴 트리블라를 이사회와 지부장 연합을 소집하여 성토하려 하였다. 다음 가이아 상단의 새로운 단장으로의 취임이 눈앞에 있던 트리블라를 적대하던 세력이 도트가 만든 트리블라에 대한 성토장에 몰려들어 트리블라를 거의 재기 불능으로 몰아세웠다. 그때 성토장으로 한 통의 편지가 배달되었다. 발신자가 가이아 교단으로 되어 있는 것을 보고 온 회의장은 언제 싸웠냐는 듯 정적이 되어버렸다.

발신:가이아 교단 사제단.
수신:가이아 상단의 24차 임시 이사회.
안건:금번 이벤트에 관련된 탑의 처분에 대한 가이아 교단의 입장.
내용:탑은 예정대로 새 소유주에게 넘기고 다마스 공국과 동부 대륙 가이아 지부는 새로운 물류 창고를 확보하라.

편지가 공개되자 성토장에서 목에 핏대를 세우며 트리블라를 몰아세웠던 이들의 안색이 순간 하얗게 탈색되었다. 가이아 교단은 가이아 상단의 상급 단체로 가이아 교단의 사제들은 바로 아르카디아의 게임 운영자들이었다. 그들은 게임 내의 패치, 버그 수정 및 밸런스 조정 등의 임무도 있었지만 별도로 가이아 상단에 대한 감사권을 갖고 있었다. 회의는 그것으로 끝이었다. 누가 자회사의 감사를 맡고 있는 ㈜아르카디아의 기획조정실에 반기를 들 수 있겠는가? 오히려 퇴출 일보 직전에서 살아난 트리블라의 눈을 회피하며 앞 다투어 회의장을 벗어나려 몸싸움까지 벌일 지경이었다.
'차라리 이벤트가 실패했다면 좋았을 것을.'
도트가 한숨을 내쉬었다. 이벤트는 대성공이었다. ㈜아르카디아의 자회사인 ㈜아이템 매거진에서조차 게임 내 정보는 일반 유저들 이상의 정보를 얻을 수 없었다. 그런 외중에 이벤트를 통해 확보된 아이템들에 대한 정보는 정말 귀중한 것이었다. 오히려 본사인 ㈜아르카디아에서조차 아이템들의 유저 보유량을 나름대로 산출할 근거 자료가 되어 드롭율 조정 및 패치 정보로 귀중한 자료가 되었다고 ㈜아이템 매거진에 감사 편지가 왔다. 그리고 유저들의 폭발적인 관심으로 ㈜아이템 매거진의 인지도가 확고해졌고 아이템 매거진 시세표의 비약적인 판매량 증가와 이벤트에 출품된 아이템들에 대한 자료들의 유료 다운로드 수가 10억을 넘어가며 이벤트에 나간 경품의 가치의 몇 배가 넘는 금액이 입금되었다.

그로 인해 트리블라의 입지가 더욱 견고해지게 됨에 따라 그를 향해 반기를 들었던 이들의 선봉에 섰던 도트는 요즘 매일 밤이 악몽이나 다름없었다. 더군다나 동부 대륙 전체를 담당하던 물류 창고를 잃고 새로운 대체 물류 창고를 확보하는 데에 많은 어려움을 겪게 되자 여러 곳에서 요즘 그에 대한 비난이 터져 나오고 있었다. 가이아 상단의 동부 대륙을 맡고 있던 도트의 경쟁 상대들이 이 기회를 빌어 그를 끌어내리려 서서히 목소리를 높이고 있었다. 남들은 모르지만 이미 도트는 새로운 상단에 이직 신청을 넣어둔 상태였다. 버티려면 버틸 수 있겠지만 스스로 책임을 지기 위해서였다. ㈜아르카디아에서 이곳까지 자신을 따라왔던 에이린에게 차마 이런 말을 할 수는 없었다.

"어머? 탑이 보여요!"

에이린이 도트의 팔을 붙잡고 계단의 위쪽을 손가락으로 가리켰다. 그녀의 손가락 끝이 가리키는 곳으로 삐쭉 고개를 내민 탑의 첨탑 부분이 도트의 눈에 들어왔다.

"그래, 에이린. 조금만 힘내서 걷자."

“네, 도트님.”

에이린은 환하게 웃으며 도트의 팔짱을 꼈다. 아버지처럼 자신을 아껴주던 상사인 도트가 요즘 힘들어하는 모습이 무척 안쓰러웠던 그녀였다. 도트가 신설되는 상단으로 이직을 신청했다는 사실을 알고 얼마나 슬프게 울었던가? 도트는 모르겠지만 그녀 역시 도트를 따라 이미 이직 신청을 해두었다.

‘도트님, 제가 옆에서 지켜 드릴게요.’

에이린은 도트의 팔짱을 끼고 힘있게 계단을 올라가기 시작했다. 제법 서늘한 바람이 언덕 위에서 아래로 불어 내렸다.

2

아함브라 동문 밖의 작은 산이라 불리울 만한 언덕 위에 세워져 있는 마탑이 언제 세워졌는지 알고 있는 이들은 거의 없었다. 탑은 처음부터 출입이 통제되어 있었고 나중에 가이아 상단에서 나온 사람들이 출입하자 사람들은 탑에 임자가 이미 있어 출입이 거부되었음을 짐작했다.

“그럼 도트님도 2층에는 한번 올라가 보신 적이 없다는 말씀이세요?”

에이린이 놀라서 동그랗게 변한 눈으로 물어왔다.

“그놈의 마법사가 안 올려보내 주는 걸 어쩌겠어.”

도트가 사실이란 것을 확인시켜 주듯 고개를 크게 끄덕여 주었다.

"전 2층 이상엔 귀중품이 있어서 출입이 통제되는 것인 줄 알았는데."

에이린이 잔뜩 호기심이 동한 표정이 되어 탑을 바라보았다. 마탑은 언제 보아도 거대했다. 서류에는 5단의 마탑이라고 분명히 기재되어 있었지만 대부분의 사람들은 그것을 일반적인 5층 마탑의 다른 표현으로 대수롭지 않게 지나쳤다. 에이린도 맨 처음 마탑을 보러 왔을 땐 그런 사람들 중 하나였다. 그러나 언덕 위의 마탑은 분명 5층 마탑과는 달랐다.

탑이 세워져 있는 바깥은 가슴 높이의 담장이 둥그렇게 둘러쳐져 있어 외부 사람들의 탑 근처로의 접근을 막아주고 있었다. 무슨 마법 결계라도 걸려져 있는 듯 누구도 가슴 높이의 담장을 건너갈 수 없었다. 탑은 둥그런 원형의 담장 중심에 세워져 있었다. 일반적인 촛대 모양의 기다란 마탑과는 달리 언덕 위의 마탑은 그 생김새가 독특했다. 먼저 첫번째 1단은 육각형의 구조물로 넓이가 일반적인 마탑의 5배가 넘었고 높이도 일반 마탑의 3층 높이가 되었다. 그 위에 얹혀져 있는 2단은 역시 육각형 건물로 1단과 넓이와 높이가 같았는데 특이하게도 1단의 평면과 모서리가 엇갈려 있었다. 1단의 육각형 평면부 위쪽으로 2단의 모서리가 뾰족하게 튀어나와 있었고 2단의 육각형 평면부 아래는 1단의 모서리가 삐쭉 솟아나와 있어서 마치 고슴도치 같은 외관을 보여주고 있었다. 그 위의 3단은 높이는 같았지만 넓이는 1, 2단보다 약간 작은 둥그런 원통의 건물이 얹혀져 있었다. 4단은 정사각형의 건물로 역시 3단보다 약간 작은 건물이 얹혀져 있었고 5단의 둥그렇고 길쭉한 건물이 그 위에 얹혀져 있었다. 문득 에이린은 만약 공중에서 보면 탑의 모양이 마법진 비슷할 것 같다는 생각이 들었다.

"누가 나옵니다!"

푸른 날개의 용병들 중 누군가 작게 소리쳤다. 그 바람에 에이린은 상념에서 깨어났다. 가슴 높이로 둥그렇게 탑을 둘러싼 담장 중 일행이 올라온 계단 근처에 작은 출입문이 달려 있었고 도트와 에이린 일행은 그 바깥에서 탑을 바라보고 있던 중이었다. 작은 출입문에는 일반적인 주택처럼 좌우에 문장이나 소유주의 이름이 들어가는 빈 공간이 있었다. 그중 오른쪽에 금빛으로 얀이라는 소유주의 이름이 새겨져 있었다. 작은 출입문은 두 개의 기둥에 의해 양쪽으로 지탱되고 있었는데 오른편 기둥에 조그만 은빛 종이 앙증맞게 매달려 있었다. 주인에게 손님이 왔음을 알리는 역할을 하는 종이었다. 도트 일행은 방금 전 작은 종을 흔들어 주인에게 용건이 있음을 알렸다. 작은 문을 뒤로 푸른 돌이 일직선으로 탑까지 깔려 있었는데 푸른 돌이 깔린 그곳에 마탑의 출입문이 있었다. 마탑의 문이 열리며 누군가 나오자 용병이 소리친 것이었다. 반백의 머리에 훤칠한 키의 사내가 전형적인 마법사의 복장인 푸른색의 로브를 입고 걸어나오고 있었다. 마탑의 집사인 세르게이였다.

"오셨습니까, 도트님?"

"잘 있었는가? 얀님을 만나보고 싶은데 통보 좀 부탁하네."

얼마 전까지의 주인 격인 가이아 상단의 마탑 책임자와 집사인 세르게이의 첫인사였다.

"얀님이 이미 여러분이 오시면 안내하라는 말씀을 주셨습니다. 들어오시지요."

세르게이가 옆으로 비껴 서며 도트 일행을 안으로 안내했다.

"그런가?"

도트가 고개를 끄덕이며 세르게이의 뒤를 따랐다.

"어머! 마법진이 하나 더 늘었네요?"

세르게이의 안내를 따라 걸음을 옮기던 에이린이 나직이 소리쳤다. 마탑의 정문 옆에는 원래 가이아 상단에서 각 지부로 물건을 보내고 받던 마법진이 설치되어 있었다. 마탑을 비우며 지워야 했지만 만약을 대비해서 지우질 않았었는데 그 옆에 새로운 마법진이 설치되어 있었다.

"네, 얀님이 새로 설치하신 겁니다. 얀님의 다른 거처와 연결되어 있습니다."

"어머! 마법진까지 연결해 놓으시다니 얀님은 부자인가 보네요?"

에이린이 호기심에 눈을 초롱거리며 물었다. 이 아가씨는 호기심이 동하면 눈이 동그랗게 변하는 것을 아는지 세르게이는 동그랗게 변한 그녀의 눈을 보며 슬며시 미소를 지었다.

"얀님의 다른 거처가 여기 말고 4군데가 더 있는 것만 알고 있습니다."

그 말에 도트와 에이린 일행은 조금 놀랐다. 아르카디아에서 마법진을 설치할 고급 주택을 5채나 갖고 있다는 것은 대단한 것이었기에.

그들도 상인이지만 자신들 나름대로 게임을 하는 유저였기에 주택을 구하기가 얼마나 어려운지를 잘 알고 있었다. 일행 중에 도트만이 겨우 고급 주택 한 채를 소유하고 있었고 에이린도 얼마 전 겨우 중급 주택 한 채를 구할 수 있었다.

그들은 마탑으로 들어섰다. 마탑의 1층 격인 1단은 육각 면의 벽을 제외하고는 빈 공간이었다. 단 한곳, 손님 접대를 위해 만들어둔 듯 접대용 테이블이 놓인 작은 방을 빼면 일반 마탑의 5배 넓이의 공간이 텅

비어 있었다. 이곳의 공간이 넓기에 초기의 상단에서는 이곳을 물류
창고로 활용할 생각을 가지게 된 것이었다.

"다른 분들은 이곳에서 차를 들고 계시지요. 도트님과 에이린님은
이리로 오십시오."

"아니, 그럼 얀님은 이곳에 계시질 않습니까?"

세르게이가 용병단을 그동안 접객실로 써오던 작은 방으로 안내하
고 자신들을 따로 이끌자 도트가 세르게이에게 물었다.

"얀님은 3층에서 여러분을 기다리고 계십니다."

"3층?!"

세르게이의 3층이란 말에 도트와 에이린이 서로 눈을 맞추며 놀람을
표시했다. 그 둘도 여기를 관리하며 1층 이상을 올라가 본 적이 없었
다. 세르게이가 그것을 허용하지 않았기 때문이다. 마탑의 내부에는
일반 마탑처럼 따로 계단이 없었다. 마탑의 상층부로 가려면 마탑 내
부에 존재하는 마법진을 이용할 수밖에 없는데 그 마법진은 세르게이
만 타고 다닐 수가 있었던 것이다.

파팟!

세르게이가 서 있는 마법진에 도트와 에이린이 올라서자 푸른 빛이
마법진에 일렁이며 세 명을 다른 곳으로 전송했다.

3

"어서 오십시오. 반갑습니다."

　도트와 에이린이 처음 올라와 보는 3층의 내부 구조에 이곳저곳 시선을 돌리다가 들려오는 목소리에 시선을 급속하게 전면으로 이동시켰다. 진청색 셔츠와 검은색 바지의 평상복을 입은 청년이 그들을 바라보고 있었다. 훤칠한 키에 전체적으로 깔끔해 보이는 인상의 청년이었다.

　"이 마탑을 새로 맡게 된 얀이라고 합니다."

　"가이아 상단의 도트라고 합니다."

　"에이린이라고 해요."

　"반갑습니다. 이리로 오시지요."

　간단히 인사를 나눈 얀과 도트 등 3인은 응접실로 향했다. 일반 고급 주택의 응접실과 별 차이 없는 화려한 가구들이 놓여진 응접실에는 이미 하녀 2명이 차와 간단한 다과를 준비해 두고 있었다.

　"도트님이 이전에 이곳을 관리하셨다고 들었습니다만……."

　"아, 네. 제가 가이아 상단의 이곳 책임자였습니다."

　얀이 도트에게 고개를 갸웃하며 물어왔다.

　"그런데 도트님의 표정은 좀 이상하군요. 마치 이곳을 처음 오시는 분 같은 느낌인데 제가 착각하는 걸까요?"

　"그게… 그러니까……."

　도트는 약간 당황했다. 이곳 탑의 책임자로서 2층 이상은 출입도 못 했다는 것을 상대가 믿어줄는지.

　또 우습게 생각하지는 않을지, 갑자기 왜 자신은 이곳의 출입이 금지되었는지 밀려드는 궁금증이 순간 머리를 혼란케 했다.

　"사실은 제가 이곳을 관리했지만 2층 이상의 출입은 금지되어 있었답니다."

“그래요?”

얀이 흥미롭다는 표정으로 눈을 빛냈다.

“집사인 세르게이님이 자격이 없다는 말씀만을 하시고 1층 이외의 통행을 막으시더군요.”

‘이들도 마탑에 대해 모르는 것 같은데? 속이는 것이 아니라면.’

얀은 찻잔을 들어 한 모금 마시며 생각에 잠겼다. 처음 마탑에 왔을 때 밤도 늦었고 서둘러 새로운 공격 스킬을 만드느라 정신이 없었기에 별다르게 생각질 않았지만 탑은 여러모로 이상한 점이 많았다.

마탑의 규모와 모양이 여태껏 보아온 다른 마탑과 너무 달랐다.

5층 마탑이라고 여기고 와봤더니 5단의 마탑의 높이는 거의 15층 높이였다. 탑의 각 단의 중심부에 위치한 탑의 상단부로 이동하는 마법진 주위를 제외하고 나머지 부분은 각 단마다 계단이 있어 1단을 제외한 나머지 2~5단은 각 단의 내부에 3개의 층을 갖고 있었다.

‘이거야 원, 탑이 아니라 성 같구먼. 덕분에 전망은 좋지만.’

탑이 높다 보니 얀이 개인적으로 거처하는 5단에서의 전망은 정말로 환상적이었다. 집사인 세르게이를 제외하고는 5단으로의 출입은 마탑에 소속되어 있는 20명의 하인도 금지되어 있는 듯했다. 하인들은 2단을 거처로 사용하고 있었는데 3단과 4단은 출입을 해도 5단으로는 세르게 이만이 올라왔다. 덕분에 얀은 야참이나 아침을 밑의 4단에 있는 얀의 전용 식탁으로 내려가지 않으면 나긋나긋한 하녀가 아닌 거친 손을 가진 반백의 중년 남자가 날라주는 것을 먹어야 했다.

‘마법사가 일개 집사로 있는 데가 어디 다른 데도 있는지 홈페이지를 검색해 봐야 하나?

아무리 마탑이라지만 마법사가 일개 집사로 있는 마탑을 그동안 얀은 본 적이 없었다.

더군다나 7클래스 마법사가 아닌가? 물론 그것도 세르게이가 7클래스라고 밝혔기에 그런가 했지만 의심을 갖고 지켜보니 세르게이의 마법 클래스는 그보다도 고위급이 분명해 보였다.

"이곳 마탑은 그 모양도 그렇고 약간 이상한 점이 있어서 도트님이 오신 김에 제가 궁금한 점을 물어보게 되었습니다."

"별 도움이 되지 못해 죄송합니다."

도트가 얼굴 가득 정말로 미안한 듯한 표정을 지어 보였다.

'천상 상인이구만.'

얀은 도트의 표정이 어딘지 가식적이지만 그리 기분이 나빠지지 않음을 느끼며 마음속으로 중얼거렸다. 이때 에이린이 조금이라도 상담에 도움이 되고자 대화에 끼어들었다.

"제가 이런 말 한다고 웃지 마세요."

"무슨 말씀이신지 레이디의 말씀에 함부로 웃지 않겠습니다. 말씀해 주시지요."

얀은 생전 쓰지 않는 대화체를 사용하느라 온몸이 벼룩이 기어가는 듯 근지러웠지만 차마 손을 뻗어 몸을 긁을 수는 없었다.

"제가 아까도 이곳에 들어오면서 느꼈던 건데요, 이 탑은 공중에서 본다면 마치 마법진이 설치된 것같이 보일 거라는 생각을 했어요."

'마법진이라……'

"저도 맨 처음 그런 느낌을 받기는 했습니다. 하지만 마법의 기운은 느껴지지가 않더군요."

마법진이라면 느껴질 약간의 위화감이랄까? 그런 마법적 기운을 얀은 느끼지 못했다. 얀은 후루룩 차를 마시다가 자세를 바로 했다.

"이거 제가 손님들을 모셔놓고 제 생각만 하고 있었군요. 여러분이 저를 찾아오신 것은 혹시 마탑의 재구입이나 1층의 임대 문제인가요?"

"헛? 어떻게……?"

도트와 에이린이 얀의 말에 놀람을 표시하며 반문했다.

"그것은 이곳이 전에 가이아 상단의 물류 창고 역할을 했다는 말을 세르게이님에게 들었고 여러분이 마법진을 지우지 않고 탑을 비우셨기에 혹시 다시 이곳을 물류 창고로 쓰실 생각이 있으신 것이 아닌가 생각을 해보았습니다."

얀은 재구입하기엔 비용이 많이 들기에 임대 쪽으로 생각을 하게 되었다는 말은 하지 않았다.

"음……."

도트와 에이린은 얀의 말이 아직 끝나지 않았음을 느끼며 대답하려다가 입을 다물고 얀의 다음 말을 기다렸다.

"여러분이 제가 제시하는 몇 가지만 지켜주신다면 1층을 여러분께 임대해 드리겠습니다."

"말씀해 보십시오, 얀님."

도트는 자신이 말을 꺼내기도 전에 이미 상대가 자신들의 방문을 짐작하고 있자 이것이 득이 될지 실이 될지 불안한 마음이 들었다.

"별다른 조건은 없습니다. 너무 긴장하지 마십시오. 게임 시간으로 오전 9시부터 오후 5시까지 1층을 개방하겠습니다. 단, 유저 분들이 아닌 주민들로 20명 이상을 넘을 수는 없습니다. 그리고 가이아 상단의 마법진을 가끔 제가 이용할 수 있게 해주십시오."

얀이 미리 생각해 둔 것이 있었는지 거침없이 의견을 제시했다.

"상단의 마법진을… 왜 상단의 마법진을 이용하시려는지 물어봐도 되겠습니까?”

도트는 각지의 자신의 거처에 이미 마법진을 가지고 있는 얀이 가이아 상단의 마법진을 이용하려 하자 의아해하며 물었다.

“그건… 제가 경비도 줄일 겸 이동에 편리할 것 같아서요. 상단의 마법진은 아르카디아 전역에 설치되어 있으니 제가 다른 지역으로 이동시 편하게 이동할 수 있지 않습니까?”

“그것은 관계자와 협의를 해봐야 하겠지만 가능할 수 있을 것 같군요. 임대 기간과 경비는 어떻게 생각하고 계시는지?”

도트는 임대 협상에서 제일 중요한 문제를 물어보았다. 임대비가 너무 비싸다면 새로 다른 곳을 구입하는 것이 나을지도 모른다.

“제 생각엔 게임 시간으로 한 달에 20만 골드면 충분할 것 같은데. 임대 기간은 우선 1년으로 하지요. 여러분 생각은 어떠십니까?”

“20만 골드라…….”

도트는 순간 상인의 본능으로 가격을 깎자고 말하려다가 얀의 눈을 보고는 말을 아꼈다. 경험상의 직감으로 상대는 이미 마음속으로 결론을 내린 상태였다. 그런 상대에게 자질구레한 협상으로 질질 끌다가는 오히려 협상이 결렬될 것 같아 보였다. 더군다나 상대가 제시한 임대 가격은 도트가 보기에도 저렴한 편이었다. 도트는 한 달에 30만 골드로 하자고 해도 고개를 끄덕였을 것이다.

그만큼 현재 동부 대륙과 다마스 공국의 물류 적체가 심각한 편이었고 20만 골드 정도는 거래되는 물량의 시세 차익으로 벌어들이는 가이아 상단의 이익에 비해 미미할 정도였다. 더군다나 상대는 자신들의 상황을 어느 정도 알고 있는 듯 보였다. 그럼에도 눈앞의 상대가 보여주는 호의에 도트는 잠시 이 거래에 얀이 얻는 것이 무엇이기에 이런

호의를 배푸는지 생각을 해보았지만 알 수가 없었다.

"좋습니다. 일단 마법진 문제를 관계자와 상담해 보겠습니다. 나머지는 별문제가 없을 것 같군요. 조만간 연락을 드리도록 하겠습니다."

도트는 자신이 얼마 후면 가이아 상단을 떠나야 한다는 것에 생각이 미치자 나중의 일은 걱정할 필요가 없다는 생각에 혼쾌히 고개를 끄덕였다.

"듣던 대로 호쾌하시군요. 만약 제가 없더라도 집사인 세르게이님께 말씀을 드려놓겠습니다."

"어디 여행이라도 가십니까?"

"네, 제가 수행하는 퀘스트가 있어서요. 아마 당분간 이곳을 비우게 될지 모르겠습니다."

도트는 얀이 고급 주택을 4채나 더 갖고 있다는 것이 떠오르자 얀의 말을 다른 의미로 이해했다.

'이곳 말고 다른 곳도 둘러봐야겠지. 혹시 주택마다 애인을 숨겨두고 있지는 않을까?

그러고 보니 말쑥한 모습이 기생오라비라고 불러도 될 것 같았다. 그렇게 생각하니 에이린을 바라보며 짓는 미소가 수상쩍었다. 의심이란 사람의 눈을 금방 색안경을 끼게 만든다. 더구나 아끼는 사람이 그 곁에 있다면 더 더욱 그렇다.

'이런, 이 사람 지금 어디를 슬쩍 흘겨보는 거야?

얀의 시선이 에이린의 여성 여행자용 복장의 무릎 아래 드러난 하얀 종아리에 닿은 듯하자 도트는 갑자기 눈에서 불꽃이 튀는 듯했다.

'순진한 에이린에게 검은 늑대가 침 흘리며 달려들게 할 수는 없지.'

혹시 동행한 에이린이 마수에 걸려들지도 모른다는 불안감에 도트는 서둘러 자리에서 일어났다.

"제가 바빠서 이만 실례를 해야겠군요. 오늘의 만남이 매우 유익했습니다."

"별말씀을. 앞으로 종종 가르침을 받도록 하겠습니다."

얀의 의례적인 답례에 도트는 마음속으로 부르짖었다.

'이놈아, 꿈 깨라! 너에겐 국물도 없다.'

"허허, 저도 앞으로 얀님과 자주 만나기를 기대하겠습니다."

도트가 사람 좋게 웃으며 얀과 악수를 나누었다. 물론 몸으로 에이린을 살짝 막아서서 에이린으로 하여금 얀과 목례만을 할 수 있게 하면서.

"세르게이님."

"네, 얀님. 말씀하시지요."

도트 일행이 탑을 나서서 언덕 아래로 나 있는 계단을 걸어 내려가는 것을 보며 얀이 집사인 세르게이를 불렀다.

"개인적으로 궁금해서 묻는 건데… 왜 도트님에게 2층 이상의 출입을 막으셨습니까?"

"도트님이 가이아 상단의 이곳 책임자지만 이곳의 주인은 아니었으니까요. 이 탑은 가이아 상단에 소속되어 있었지만 도트님이 가이아 상단의 주인은 아니잖습니까?"

세르게이가 어딘지 어색하게 들리는 변명을 했다.

"이유가 그것뿐이었습니까? 관리자는 상단의 대리인이니 상관없을 듯한데요?"

얀이 고개를 갸웃하며 세르게이를 바라보았다.

"험! 그럴 수도 있지만… 도트님이 좀 불안하기도 해서요."

"네?"

"아시다시피 이곳은 저를 빼고 20명의 하녀만 있지를 않습니까? 첫날 하녀들을 보던 눈빛이 불안해서 그렇게 조치를 했었습니다."

세르게이가 다과와 찻잔을 치우는 하녀들을 바라보며 얀에게 나직이 말했다. 그렇다. 얀이 마탑에 와서 궁금한 것의 마지막은 바로 그것이었다. 왜 이 마탑은 하인들이 전부 하녀들이란 말인가?

그것도 아직 아르카디아 어디에서도 보기 힘든 엘프와 다크 엘프 족의 처녀 10명씩이라니.

'당신도 조금 수상해, 음침한 마법사님!!'

얀은 턱밑의 염소수염을 매만지며 하녀들을 바라보며 입을 헤벌리고 있는 세르게이의 모습을 보며 고개를 저었다.

4

연한 보라색의 루미넨과 사파이어 같은 푸른색의 루시엔, 황금색의 루이엔이 보석처럼 빛나는 별들과 함께 하늘을 아름답게 물들이고 있는 밤. 얀은 마탑 5단의 자신만의 거처에서 휴식을 취하고 있었다. 5단 그 자체만으로 일반 3층 마탑의 규모인만큼 탑의 주인에 대한 편의 시설이 잘 갖추어져 있었다. 5단의 1층에는 각종 마법으로 천장과 바닥, 벽 등이 보호되어 있는 마법 수련실과 마법 시약들이 잘 갖추어져 있는 마법 실험실이 있었고, 2층에는 제법 많은 책을 소장할 수 있는 개인 도서관과 무기나 방어구를 보관할 수 있는 무기고가 준비되어 있었다. 수만 권은 족히 소장할 수 있을 도서관과 역시 수많은 무기와 방어구를 보관할 수 있을 무기고는 책장과 진열대만 있을 뿐 텅 비어 있었다. 3층에는 침실과 서재와 응접실 등이 있었다. 얀의 다른 고급 주택에 견줄 만한 화려한 침실은 눕기만 해도 바로 체력 수치가 회복될 것 같은 포근함과 안락함을 풍기고 있었다. 침실 반대편의 서재에는 벽에 기대어서 있는 고풍스런 책장과 나무 물결을 잘 살린 고급스러워 보이는 원목의 서탁이 있었다. 책장에는 금박으로 양장된 몇 권의 장식용 책이 보관되어 있었고, 튼튼한 다리를 가진 의자에는 푹신해 보이는 방석이 놓여져 있었다. 침실 옆의 응접실은 10여 명이 같이 앉아 먹을 수 있는 기다란 식탁이 놓여져 있었고, 오른쪽의 작은 문을 통해 옆방의 조리실과 연결되어 있었다. 조리실에는 각종 화사한 문양이 들어가 있는 접시와 컵 등이 준비되어 있었고 간단한 조리 시설이 갖추어져 있었다. 응접실의 커튼이 쳐진 팔각형의 창문 옆에는 외부에 조성된 테라스로 나갈 수 있는 문이 있었다. 주변의 경관이 한눈에 들어오는 높이에 있는 테라스에는 둥그런 다탁이 준비되어 있었다. 이곳 테라스는 일종의 스카이라운지 역할을 하고 있었다.

　이곳에서 낮에는 드워프들의 나라인 헤르메르 왕국을 품고 있다는 아구니르 산맥과 대륙의 젖줄 도리네 강, 녹색의 바다처럼 펼쳐진 엘프의 숲을 감상하고, 밤에는 아함브라의 휘황찬란한 야경과 삼색으로 하늘에서 빛나는 달의 세 자매의 자태와 밤하늘을 온통 뒤덮은 별을 올려다보며 차를 마실 때에는 정말 천국이 따로 없는 듯했다. 얀은 이곳 마탑이 너무 마음에 들었다. 현실에서의 그는 그리 보잘것없지만 이곳에서의 그는 어디에도 얽매이지 않은 자유인이었고 아르카디아 전역에서 쉬이 볼 수 없는 고급 빌딩의 주인이었다. 아르카디아 대륙 어디에서도 15층 규모의 이런 건축물은 찾아보기 힘들었다. 얀은 퀘스트를 하기 위해 떠나야 했지만 이곳이 너무 마음에 들어 며칠 동안 떠날 생각도 못하고 머물고 있었다. 그동안 얀은 여러 가지 계획을 짜고 있었다.

'음, 먼저 도서관에는 온갖 종류의 서적을 모아 보관하고 무기고에는 아르카디아의 모든 종류의 무기와 방어구를 노말 급부터 레어 급까지 한 가지씩 채워 넣고… 3층의 개인 금고엔 유니크 급 이상의 아이템을 별도로 보관해야겠지?

얀은 이런저런 생각으로 한때 즐거웠지만 며칠이 지난 지금은 색다른 고민에 빠져야 했다. 그것은 현실에서와 별다른 것이 없는 금전적인 문제였다. 이미 그동안 모은 대부분의 골드를 이번에 스킬을 만들며 탕진(?)한 얀이었기에 얀의 은행 잔고는 겨우 50만 골드가량이 남아 있을 뿐이었다. 현실의 은행 계좌와 연동이 되어 있으니 현실의 현수의 은행에서 입금할 수도 있지만 현실의 현수도 게임을 위한 최소한도의 생활비만을 벌고 있었고, 지금은 오히려 게임 머니로 생활비를 충당하는 비율이 높아진 지 오래인지라 얀은 당장의 생계고(?)를 걱정해야 할 형편이었다. 먼저 고급 주택들의 세금이 우선 과제였다. 평균 게임 시간으로 고급 주택 한 채당 한 달에 5만 골드의 세금을 각 고급 주택이 위치한 성의 성주에게 내야만 했다. 그런데 마탑 거래가가 비싼 아함브라에서 얀의 마탑의 경우에는 한 달에 10만 골드를 내야 했다. 가이아 상단의 도트와 거래하여 1층을 임대해 주기로 하여 겨우 숨을 돌렸지만 매달 30만 골드가 세금으로 나가야 하는데 20만 골드로는 매달 10만 골드씩 적자가 발생한다. 두 번째는 고급 주택을 유지하는 데 드는 유지비가 고급 주택 한 채당 5만 골드가 필요했다. 비록 NPC이지만 하인들에 대한 고용비가 지출되고 식비 및 의복비, 주택 수리 및 주택 단장비 등이 필요한 것이다. 그제야 얀은 게임을 시작한 지 1년이 넘도록 몰랐던 사실 몇 가지를 알 수가 있었다. 일단 NPC는 공짜가 아니었다. NPC를 부리려면 그에 합당한 비용을 고용비조로 ㈜아르카디아에 납부해야 한다는 사실과 NPC도 먹고 입혀야 한다는 사실이었다. 일단 NPC도 유저 캐릭처럼 안 먹이면 죽는다는 사실에 무조건 잘 먹여야 했고 의복—일반 기업의 유니폼이라 생각될 하인들의 복장—의 디자인을 1년에 2번 정도는 바꿔주고 갈아입을 여벌도 갖춰줘야 하인들이 주인의 명령에 고분고분해지고 일도 잘한다는 사실을 알게 된 것이다.

"에휴~"

얀은 절로 한숨이 나왔다. 멋진 집이 생기고 하인들이 생겨 좋기도 했지만 혼자 게임만 했을 때에는 생각지도 못할 여러 문제에—주로 금전적인 문제지만—한숨이 나올 수밖에 없었던 것이다.

일단 게임 시간 한 달 동안 지출되어야 할 금액이 매달 55만 골드가 필요했다(55만 골드=주택 세금 30만 골드+주택 유지비 25만 골드).

얀이 1층을 임대해 주고도 게임 시간으로 매달 20만 골드를 받기로 계약한 현재의 상황에서도 매달 35만 골드의 추가 지출 비용이 더 있어야 지금 얀의 게임 생활을 유지할 수 있는 것이다.

'55만 골드라……. 현실 시간으로 한 달마다 275만 골드가 필요하단 얘긴데 현금으로는 약 69만원 정도인가? 골치 아프구만.'

얀은 잠시 계산기를 두들겨 보다가 지끈거리기 시작하는 머리를 식히기 위해 차를 후루룩 마셨다.

· 참고1: 현금과 게임 머니는 1:4 비율로 1원:4골드. 현실 계좌에서 아르카디아 계좌로의 송금 시 수수료 없음. 아르카디아 계좌에서 현실 계좌로의 송금 시 100골드부터 5%의 수수료.

· 참고2: 현실과 게임 시간은 1:5비율로 현실 1일=게임 시간 5일, 현실 6일=게임 시간 30일. 고급 주택 한 채당 현실로 6일마다 게임 머니 5만 골드를 내야 함. 따라서 고급 주택 한 채당 현실 30일마다 25만 골드를 납부해야 함.

"역시 임대 금액을 30만 골드로 할 걸 그랬나? 그래도 거래를 했을 것 같은데. 아냐. 그렇게 했다가는 1년이 지난 후 재임대를 하기보다는 새 물류 창고를 구하려 들었을 거야. 20만 골드야 별것 아니니 1년이 지나도 재계약을 하려 들 테고."

테라스를 거닐던 얀은 가이아 상단과의 계약 건에 관해 자기 합리화를 하며 고개를 흔들었다. 얀과 가이아 상단은 1년간 계약을 한 상태였다. 얀이 가진 몇 개의 고가의 아이템을 판다면 금전 문제에 대한 고민은 크게 줄일 수 있겠지만 얀은 전혀 아이템을 팔 의향이 없고 이른바 얀 컬렉션(Collection)을 만들 생각 때문에 전혀 고려 대상이 아니었다(Collection: 중세 유럽의 귀족들은 조상 대대로 내려오는 갑옷 등을 객실에 장식하여 과시하는 풍습이 있었는데 이것이 단서가 되어 여러 가지 컬렉션이 이루어지게 되었다).

"돈을 벌어야 할 텐데… 어떻게 해야 하나. 에휴~"

얀의 입에서 재차 한숨이 터져 나왔다.

물론 돈을 버는 게 그리 힘든 것만은 아니었다.

얼마 전까지 레벨 업을 위해 얀이 해왔던, 그리고 레벨 업만을 지상의 목표로 하고 있는 수많은 유저가 해오는 방식대로 몹물(?)이 좋은 곳에서 무한 사냥을 하면 된다. 속칭 노가다란 은어로 표현되는 방식을 하면 되는 것이다. 하지만 그것은 얀이 원하는 것이 아니었다. 그렇게 레벨 업을 하면 중렙까지는 빠르게 올릴 수 있다. 돈도 제법 모이기도 한다. 그러나 문제는 지루하고 재미가 없다는 것이다. 얀이 게임을 하는 목적은 새로운 세계에서 즐겁게 살자, 그리고 자신을 강하게 만들자였지 노가다로 돈이나 모으자가 아니었다. 금전적인 것은 게임의 부수적인 요소로 필요한 것이고 궁핍하지만 않으면 된다라고 얀은 생각해 왔는데 스킬을 만드는 데 모아놓은 자금을 다 소모하고 생각지도 못한 세금과 주택 유지비 문제가 대두되자 이렇듯 고민에 빠지게 된 것이었다. 그렇다고 다시 돈벌이 노가다를 시작하자니 영 마음이 내키지를 않았다.

달의 세 자매가 서로 다른 색으로 화사하게 빛을 뿌리는 밤에 식어버린 찻잔을 들고 테라스를 거닐며 고민과 한숨으로 밤을 지새우는 얀이었다.

· 진주 이야기.

진주는 바다에서 발견된 보석으로 건강과 장수, 그리고 부를 상징하는 6월의 탄생석이다.

조가비 속에서 숨쉬며 자라나는 살아 있는 보석. 그것이 바로 은은하고 신비스러운 빛으로 많은 사람의 사랑을 받는 진주이다. 다이아몬드가 보석의 왕이라면 진주는 천연 보석의 여왕이라 할 만하다. 진주는 BC 3천 5백 년 전부터 지금까지 변함없이 그 가치를 보존해 온 것으로 동, 서양은 물론 남녀노소를 막론하고 누구에게나 한결같이 사랑받고 있는 것이다. 천연 진주는 페르시아 만을 비롯하여 스리랑카, 홍해, 그리고 적은 양이지만 베네수엘라 해안에서도 수확되며 대서양의 거의 모든 섬 해안에서도 볼 수 있다. 일본이나 호주 북서쪽 해안에서는 역시 양식 진주를 가장 많이 수확한다. 진주는 크면 클수록 가격의 차가 커진다. 그러므로 양식 진주업자들이 진주를 크게 만드려고 양식 기간을 연장하다 보면 둥근 모양이 일그러지기 쉽다. 하지만 일그러진 진주보다는 작더라도 둥근 것이 더욱 가치가 있으며 6~7mm 크기의 진주 산출량은 비교적 많은 편이나 8mm가 넘게 되면 역시 희소가치가 증대된다. 미국 인디언들과 유럽의 부족들이 동굴에 기거하던 기원전 3500년 전 이전부터 문명화된 중동이나 아시아 인들의 사회에서는 진주를 매우 귀중한 재산으로 여겼으며 청순, 순결 및 매력의 상징으로서 높이 평가하였다고 한다. 이렇게 오랜 기간 동안 전 세계적으로 호평 받아 왔던 진주는 유독 우리 나라에서는 아픔, 눈물을 상징한다고 하여 혼사에서 상용하지 않는 경향이 많았다. 그러나 현재 젊은 여성들은 자기 개성이 맞는 귀금속을 고르는 경향으로 예물 선택 시 반드시 빠지지 않는 추세이다.

• 진주조개 이야기.

진주가 이토록 오랜 세월 만인의 사랑을 받게 된 것은 오로지 탄생의 아픔을 견디어낸 결과이다. 진주는 민물과 바다에서 연체동물, 즉 굴과 섭조개 따위에서 생성된다. 모래알이나 혹은 어떤 기생물이 조개 속에 들어갔을 때 이것을 감싸려고 애써 분비한 그 체액이 쌓여서 이루어진 고통의 덩

어리가 바로 진주인 것이다.

체내에 들어온 모래알 등 이물질이 주는 고통에서 벗어나고자 분비한 체액이 굳어지면 새로운 체액을 분비하고 또 분비하는 과정을 거쳐 영롱한 빛으로 모두에게 사랑받는 진주가 탄생된다는 이야기를 한 남자가 듣게 되었다. 이야기를 해주었던 이는 고통을 이겨내면 역경을 헤쳐 온 보상을 받게 된다는 뜻으로 해주었지만 이야기를 들은 남자는 여기서 사업의 힌트를 얻었다. 그는 조개에다가 모래알 대신 인공으로 만든 이물질을 넣어 진주를 만드는 인공 진주 사업을 최초로 시도했고 큰 성공을 거두었다.

일본 굴지의 재벌 기업인 미쯔비시의 창업자에 얽힌 이야기다. 밤새 고민하던 얀은 언젠가 책에서 읽었던 진주조개 이야기가 떠올랐다. 그리고 그 내용을 담았던 책도 기억이 났다. 아마 영업 사원들을 위한 조언이 가득 담겨 있었던 책인 것 같다. 취업을 위해 이리저리 바쁘게 뛰던 시절 읽었던 여러 가지 책 중에 하나에는 세계 각국의 성공한 사업가 이야기가 많이 실려져 있었다. 영업 사원의 의욕을 부추길 목적으로 제작된 홍보용 책이었다고 기억난다. 아무튼 책이 담고 있던 여러 가지 조언 중 하나는 '내게 있는 것, 내가 알고 있는 지식 속에 성공이 있다' 라는 조언도 있었다.

'남들과 달리 내게 있는 것이 무엇일까?'

아함브라의 야경을 묵묵히 내려다보던 얀은 막연했던 가운데 해결의 실마리를 찾아 계획을 짜기 시작했다. 먼저 얀은 자신이 갖고 있는 것과 여러 가지 조건을 따져 보았다.

· 얀의 당면 과제 및 기타 주변의 여건.

1. 매달 35만 골드를 확보해야 한다.

2. 얀의 남은 골드는 50만 골드이다.

3. 얀은 게임을 즐기기 위해 돈벌이엔 따로 나설 수 없다.

4. 얀에겐 5채의 고급 주택과 하인들이 있다.

5. 얀은 일정 기간 가이아 상단의 텔레포트 마법진을 사용할 수 있다.

6. 얀의 마탑의 집사인 세르게이는 고위급 마법사이다.

7. 아함브라의 검사 협회에는 한가한 마스터 급 대장장이가 있다.

8. 아함브라에는 현재 아르카디아에서 유일하게 드워프들과의 교역소가 있다.

이렇게 적다 보니 마치 무슨 추리 퀘스트를 하는 양 느껴져 얀은 피식 웃다가 가만히 적어놓은 내용을 읽어보았다. 퍼즐을 잘 맞추면 뭔가 나올 것 같았기 때문이다. 이런저런 조건들과 여러 주변 여건, 그리고 그가 가진 것들을 따져 보다가 얀은 결국 한 가지 그가 할 수 있는 것을 찾아낼 수 있었다.

다음날 아침 얀은 마탑을 나와 아함브라 시내로 들어섰다. 먼저 얀은 번잡한 동문로의 중간에 있는 작은 골목길로 걸음을 옮겼다. 골목길은 동문로 번화한 곳에 위치한 상점가의 뒷길로 연결되어 있었다. 대로인 동문로와는 달리 약간 좁은 길들이 얽혀 있는 뒷길은 후끈한 열기와 귀청 따가운 소음이 한창이었다. 동문로 상점들의 뒷문을 열고 나오면 있는 이 뒷길은 별도로 '장인로' 라 불리우고 있었다. 각 길드나 상점 소유의 대장간들이 이 장인로에 몰려 있었기에 그런 명칭이 붙여진 것이다.

장인로 한곳에 제법 말끔한 2층 건물 앞에 얀의 발걸음이 멎었다. 주변의 건물들과는 달리 안에서 시끄러운 소음이 들리지 않는 것이 일반 대장간은 아닌 듯했다.

건물의 출입문 위의 상점 이름이 걸려 있어야 할 곳에는 금박으로 헤르메르 교역소라 적혀져 있었다. 이곳이 바로 드워프들이 아함브라에 개설한 물품 교역소였다.

삐걱.

얀이 문을 열고 들어서자 약간 어둠에 싸인 실내에 새벽 빛줄기가 스며들어 왔다.

"어서 오시오, 휴먼 족 전사."

얀이 들어온 출입문의 벽면 쪽으로 대기석인 듯 기다란 의자가 출입문의 양쪽에 하나씩 있었고 얀의 정면으로 실내의 중앙을 가로질러 긴 탁자가 실내를 양분하고 있었는데 탁자에 두 손을 얹은 채 갈색 수염의 뚱뚱한 체구의 드워프가 그를 바라보며 입을 열었다.

"휴먼 족 전사가 찾아온 적은 거의 없는데. 아무튼 반갑소. 난 이곳의 교역을 맡고 있는 바르타라 하오."

"얀이라고 합니다. 물건이 필요해서 왔습니다."

드워프를 처음 본 얀이 바르타라 자신을 소개한 드워프를 보고 잠시 살펴보다가 입을 열었다.

"휴먼 족들이 이곳에 오는 이유야 다들 물건이 필요해서지. 무엇이 필요한가?"

얀은 그의 말에서 그가 NPC는 아닐 것이라고 짐작할 수 있었다. 아직 드워프는 그들의 왕국들에서 고립된 생활을 하고 있는 듯했다. 물론 각 드워프 왕국끼리는 워프게이트를 통해 왕래할 수는 있지만 아르카디아의 인간족의 왕국에는 나오지 못하고 있었다. 눈앞의 드워프는 NPC가 아니라면 ㈜아르카디아 소속의 직원인 듯했다. 아마도 드워프 족을 담당하고 있다는 드워븐 상단일 가능성이 높았다. 드워븐 상단은 휴먼 족을 담당하는 가이아 상단과 비슷한 상단으로 ㈜아이템 매거진 에 속해 있었다. 조만간 가이아 상단만 ㈜아이템 매거진에 남고 각 종 족별로 자회사로 상단이 독립한다는 말이 있지만 아직 확실치는 않은 홈페이지의 뜬소문 중 하나였다.

"아직 드워프 족의 종족 퀘스트를 깬 영웅이 나오지 않았나요?"

얀의 뜬금없는 말에 바르타라 소개한 드워프가 흠칫했다.

"자네 제법 많은 것을 알고 있구먼. 혹시 클로즈 베타 때 테스터를 했던가?"

바르타가 주변을 돌아보며 아무도 없는 것을 확인하며 목소리를 낮추어 물었다.

"네, 클로즈 베타부터 게임을 시작했습니다."

얀이 고개를 끄덕였다.

"그랬구먼. 그때에도 초기에 잠시 언급되었던 일을 아는 이가 있을 줄이야."

드워프가 턱수염을 쓰다듬으며 알았다는 듯 고개를 끄덕였다.

"아직 종족 퀘스트는 그 존재 유무를 아는 이가 드문 형편인데 자네 는 혹시 휴먼 족의 퀘스트를 받았는가?"

"아직 찾지를 못했습니다. 어쩌면 받고도 모르고 지나쳤을 수도 있지요."

"그럴 수도 있지. 종족 퀘스트는 아직 철저한 비밀에 싸여 있으니 말일세. 개인적으로 나도 어떤 퀘스트인지 알고 싶고 어서 종족의 사슬을 풀어줄 유저가 나오길 바라고 있다네."

바르타가 담배 파이프에 불을 붙이며 말했다. 아직 일반 유저에게 함부로 언급할 수 있는 것은 아니지만 눈앞의 유저는 이미 알고 있으니 마음 놓고 대화를 나눌 수 있었다. 물론 그가 언급할 수 있는 부분까지만이라는 단서가 붙지만 말이다.

"휴먼 족 퀘스트를 알고 계시더라도 가르쳐 달라고는 하지 않겠습니다. 그런데……."

얀이 말을 흐렸다.

"우리도 퀘스트에 대해선 유감스럽게 아는 것이 없다네. 덕분에 나도 궁금해 죽을 지경이네만. 하고 싶은 말이 뭔가?"

"후~"

담배 한 모금을 내뿜으며 바르타가 얀에게 물었다.

"아직 종족 퀘스트를 깬 종족이 하나도 나오지 않았나요?"

얀이 눈을 빛내며 목소리를 낮추어 물었다.

"후훗, 내가 언급할 수 있는 제한 요건에 애매하지만 그 정도는 가르쳐 주지. 아직 종족 퀘스트를 완수한 영웅이 배출된 종족은 없네."

바르타가 선심 쓴다는 듯 얀에게 나직한 음성으로 주변을 돌아보며 대답해 주었다.

"그럼 다른 용무는 없는 것인가?"

"천만에요! 반지와 귀고리, 목걸이 종류를 좀 보여주십시오. 혹시 떨어진 것은 아니겠지요? 이번에 장사를 좀 해보려 합니다만."

바르타의 말에 얀이 이곳에 온 본래 목적을 상기하며 말했다. 액세서리는 사냥을 통해 얻을 수도 있지만 액세서리 제조는 드워프만이 할 수가 있었다. 그러나 사냥을 통해 나오는 액세서리는 조잡하거나 능력치가 붙지 않은 것들이 대부분을 차지하고 있었고 일반 상점에서 구입할 수 있는 매직 급이나 레어 급 반지의 90%가 이곳 아함브라의 대장간에서 2차 가공된 것이었다. 아함브라의 다른 대장간에서 이곳의 교역소에서 구입한 액세서리에 마법을 부여하여 대륙 전역에 공급하고 있었던 것이다. 비록 제조 방법이 공개된 몇 가지 액세서리에 불과했지만 드롭율이 낮은 액세서리이기에 구매자는 아직 많았다. 현재 아함브라 출신의 유명 상점들의 독점으로 다른 지역의 상점들은 제조 방법을 모르기에 아함브라 상점에서 도매가로 대량 구입한 상품을 자국의 시장에 팔고 있는 형편이었다.

"마침 물건이 새로 들어온 것이 있네만… 2차 마법 제조 공정을 할 대장간은 구했는가?"

바르타가 얀에게 물었다. 아함브라 출신의 길드나 상점의 관리 하에 있는 대장간에서 타 지역의 유저에게 2차 마법 제조 공정을 해주지 않는 것을 알기에 물어본 것이다.

"염려 마시고 물건이나 좋은 것으로 꺼내보십시오."

"그럼 제일 품질 좋고 이쁜 것들로 보여주겠네."

바르타가 얀의 말에 담배를 끄며 샘플이 담긴 상자들을 뒤적였다.

아침 일찍 헤르메르 교역소를 다녀온 얀은 마탑의 5단 3층의 서재에서 쉬고 있었다.

똑똑.

"들어오세요."

문을 가볍게 두드리는 소리에 얀이 의자에서 빙글 몸을 돌리며 말했다.

삐걱.

작은 소음과 함께 문이 열리며 세르게이 집사가 모습을 드러내었다.

"다들 모여서 얀님을 기다리고 있습니다."

세르게이가 실내에 들어서며 얀에게 살짝 고개를 숙이며 말했다.

"세르게이님, 이른 아침부터 수고 많으셨습니다. 그럼 내려가 볼까요?"

얀은 세르게이의 말에 그의 노고를 살짝 치하하며 의자에서 일어났다.

"별말씀을요, 얀님."

얀과 세르게이는 3단에 위치한 응접실로 내부 마법진을 통해 내려갔다. 얀의 마탑은 내부 텔레포트 마법진을 통하지 않고서는 다른 단으로 이동할 수 없었다. 일반 마탑과 다르게 계단이 존재치 않기 때문이었다.

얼마 전에 가이아 상단의 도트와 에이린을 접견했던 응접실에는 4명의 중년인과 노인이 자리에 앉아 얀을 기다리고 있었다. 유일한 노인은 얼마 전 얀이 방문했던 트라자켄 제국의 수도 슈트라에 있는 얀의 고급 주택의 집사인 폴이었다. 나머지 3명의 중년인은 역시 얀의 다른 지역에 소유하고 있는 고급 주택의 집사들이었는데 얀은 이른 아침 아함브라 시내에 있는 헤르메르 교역소를 다녀오며 마탑의 집사인 세르게이에게 이들의 호출을 부탁했던 것이다. 4명의 집사는 얀이 세르게

이와 함께 내려오자 자리에서 일어나 얀을 맞이했다.

"자리에 앉으세요, 여러분."

얀이 그들에게 자리에 앉을 것을 권유하며 그의 자리에 앉았다. 세르게이와 폴을 포함한 5명의 집사는 얀이 자리에 앉자 자리에 앉으며 시선을 얀에게 고정했다.

"이제 처음 뵙는 집사님들도 계시군요. 제가 먼저 개인적으로 방문해야 하지만 아직 밀린 일들이 많아 이렇듯 마련한 자리를 빌어 인사를 하게 되었군요."

"언제나 얀님의 방문을 기다리고 있습니다. 하시는 일이 잘되시면 꼭 방문하여 모실 수 있도록 해주십시오."

서부 지역에서 온 약간 통통한 체구의 바리스만이 얀에게 살짝 고개를 숙였다.

"바리스만님이라 하셨던가요? 제가 빠른 시일 내로 방문하도록 하겠습니다."

"감사합니다."

이어 얀은 북부에서 온 마른 체형의 알렌 집사와 남부에서 올라온 유일한 여자 집사인 리아 집사와 인사를 나누었다. 전직 용병이었다는 알렌 집사는 눈매가 날카롭고 말랐지만 다부진 몸을 가지고 있었고, 남부 휴양 도시에서 올라온 리아 집사는 약간 갈색의 피부를 지닌 30대 초반의 미인이었다. 약간의 의례적인 인사를 나눈 그들은 시선을 얀에게 고정하며 얀의 말을 경청할 준비를 했다. 아직 방문하여 주인의 의식을 치른 것은 아니지만 서류상 주인인 얀의 부름이기에 그들은 만사를 제쳐 놓고 아함브라로 텔레포트해 왔다. 아직 정식으로 얀이 방문하여 텔레포트 마법진을 활성화하지 못했기에 일반 텔레포트 마법진을 이용하여 아함브라에 온 것이다.

"오늘 제가 여러분을 모시게 된 것은 다름이 아니라 여러분의 도움이 필요해서입니다."

서두를 꺼낸 얀은 차를 한 모금 마시며 말을 이었다.

"제가 갑작스럽게 고급 주택을 여러 채 소유하게 되어 일시지간 자금 운용에 어려움이 발생되었기 때문입니다. 제가 제법 여유 자금이 있었지만 이번에 모종의 일로 거금을 투입하게 되어 이번 달 세금과 주택 유지비를 내고 나면 일시지간 자금의 공백기가 생기게 되어 도움을 얻고자 여러분을 모시게 되었습니다."

"얀님은 저희들의 고용주이신데 저희가 도울 수 있는 것이라면 도와야겠지요. 저희가 얀님을 위해 어떻게 해야 할까요?"

연장자인 폴 집사가 말하자 4명의 집사가 고개를 끄덕이며 동조했다.

'역시 집사 등 하인들은 단지 집안일만 하는 존재는 아니군.'

순간 얀은 내심 회심의 미소를 지었다. 대부분의 유저들은 소유한 주택의 하인들이 단지 집안일만 하는 존재라는 생각을 갖고 있었다. 그러나 얀은 소유한 주택을 방문하여 같이 생활해 보며 꼭 그렇지만은 않을 거라는 생각을 하게 되었다. 일례로 그가 부탁하자 폴 집사는 그의 소유한 각 고급 주택에 일일이 텔레포트 마법진을 설치하러 다녔고, 오늘 얀이 부르자 아직 그가 방문해 집주인의 의식을 치르지도 않았지만 그들은 서류상의 주인인 얀의 부름에 선뜻 거주지를 떠나 얀에게 달려오지 않았는가? 하지만 아직 확실한 것은 아니기 때문에 얀은 그의 현재 처지를 설명하며 이들의 반응을 지켜볼 필요성이 있었다.

"일단 이곳 마탑의 일층을 임대로 주어 매달 20만 골드를 확보했지만 아직 매달 필요한 55만 골드에는 35만 골드가 부족한 형편입니다. 못난 집주인인 제가 재정의 만회를 위해 길을 떠나는 것은 당연하지만 그래도 혹시나 하는 생각에 여러분의 도움을 받을 수 있을지 알고 싶어서 이렇듯 집사님들을 모시게 된 것입니다."

안은 일단 그들의 도움을 얻고자 약간 저자세로 출발하였다.

"무슨 말씀이십니까? 저희들은 얀님의 고용자들입니다. 얀님이 소유권을 포기하지 않는 이상 저희들은 얀님에게 봉사할 의무가 있습니다. 시키실 일이 있으시면 말씀을 해주십시오. 저희 집사들은 고용주인 얀님을 위해 노력을 다하겠습니다."

백발이 성성한 폴 집사가 얀의 말에 금방 넘어왔다. 다른 집사들도 폴 집사의 말에 미미하게 고개를 끄덕였다. NPC들은 고용주 격인 주인이 의무를 성실하게 이행하면 아르카디아 제작진이 입력한 NPC 행동 원칙에 어긋나지 않는 한도 내에서 주인을 도와야 할 의무가 있었다.

'고마워요, 폴 집사님.'

얀은 마음속으로 폴 집사에게 감격했다. 이렇게 그에게 쉽게 동조하여 주변의 집사들을 이끌어주다니. 다른 집사들은 폴의 행동에 그만 저절로 동조하고 있었다. 얀은 미처 모르지만 사실 폴은 얀에게 은근히 두려움을 느끼고 있었다. 지난번 얀이 슈트라의 고급 주택에서 드래곤피어 스킬을 생성시키던 밤에 고생 끝에 스킬을 얻자 기쁨의 환호성을 지를 때 시험 삼아 드래곤피어 스킬을 활성화시켰었다. 그날 이후로 폴 집사 이하 하인들은 얀에게 뭔지 모를 두려움과 어려움을 느끼고 있었다.

"집사님들에게 먼저 한 가지 묻고자 합니다. 담당하시는 저택에서 남녀 하인 2명씩을 빼도 일손에 큰 어려움이 없을지 알고 싶군요.”

얀의 말에 집사들은 서로의 얼굴을 잠시 쳐다보더니 역시 연장자인 폴 집사가 얀에게 답했다.

“2명이라면 그렇게 크게 맡은 바 일에 큰 지장을 주지는 않을 듯싶습니다.”

“다른 분들이 맡으신 저택은 어떠십니까? 세르게이님이 담당하고 있는 이곳 마탑도 포함해서입니다.”

얀의 말에 나머지 집사들도 이구동성으로 별문제는 없다고 대답했다. 그 말에 얀의 얼굴이 환하게 펴졌다.

“다행이군요. 그럼 제가 여러분에게 부탁을 해야겠습니다. 집사님들 소속에서 남녀 2명의 하인을 당분간 이곳 마탑으로 보내주셨으면 합니다.”

“여기 마탑으로 말씀입니까?”

“그렇습니다. 제가 이곳 마탑의 하인 중 10명을 데리고 사업을 구상 중인데 그렇게 되면 이곳 마탑에 남은 10명의 일이 힘들어지게 되니 여러분의 도움을 요청하게 된 것입니다. 어차피 한식구들이니 어려울 때 서로 도와야겠지요. 집사님들 소속의 2명씩을 이곳으로 파견해 주십시오. 20명이 해야 할 일을 18명이 하려면 조금은 힘들겠지만 여러분이 파견해 주시는 8명이 있어야 이곳 마탑의 세르게이님과 남은 10명의 하인들도 과중한 일의 부담을 줄일 수가 있을 테니까요.”

“마탑에서 차출된 10명의 하인은 어떤 일을 하게 됩니까, 얀님?”

세르게이가 자신 소속의 하인 10명이 하게 될 일이 궁금한지 얀에게 물었다. 얀이 긴장으로 얼굴이 약간 굳어졌다. 문제는 지금부터였다. 하인들이 그가 추진하는 일을 못하겠다고 하면 그로서는 낭패가 아닐 수 없었다. 그렇게 되면 고용주로서 체면도 깎이게 되는 일이었다.

"음, 이곳은 상인의 도시 아함브라가 아닙니까? 제가 상단을 하나 만들고자 합니다. 물론 아직 자본이 열악한 관계로 일단은 자본이 덜 들고 규모가 작은 사업을 택할 수밖에 없는 형편입니다. 조금 여유가 생겨 상점을 구하게 되면 좀 더 좋아지겠죠. 일단은 이 인 일 조로 하여 이곳에 설치된 가이아 상단의 마법진을 이용하여 각 도시에서 물건을 팔고 주문을 받으려고 생각 중입니다. 일종의 보따리상이 될 것입니다. 물론 치안이 잘 되어 있는 각 도시의 광장 안에서만 판매할 생각입니다."

그 말에 세르게이 집사의 안색이 약간 일그러졌다. 세상에 고용하고 있는 하인들을 보따리상으로 내몰 생각이라니. 세르게이의 얼굴이 일그러지며 입에서 막 반대의 말이 터져 나오려는 기미를 포착한 얀이 재빨리 입을 열었다.

"저같이 부족한 고용주가 여러분을 책임지게 되어 여러분에게 이런 부탁을 드릴 수밖에 없는 한심한 제 모습에 정말 어떻게 말로 표현할 수 없군요. 저도 최선을 다해보겠습니다. 부족한 저를 도와주십시오. 죄송합니다, 집사 여러분. 흑."

얀이 두 손으로 이마를 감싸며 고개를 숙여 울먹였다.

"이런이런. 얀님, 고정하십시오. 얀님이 괴롭다는 것을 저희라고 왜 모르겠습니까? 저희가 얀님을 돕도록 노력하겠습니다. 세르게이 집사님, 힘드시겠지만 우리도 돕겠습니다. 얀님을 도와 당분간의 어려움을 이겨 나가도록 합시다."

폴 집사가 자리에서 일어나 얀의 어깨를 감싸 안고 얀을 위로하며 세르게이 집사를 돌아보며 협조를 구했다.

“그래요. 우리도 돕도록 하겠습니다. 세르게이님, 얀님을 도와 어려움을 이겨봅시다.”

다른 3명의 집사도 세르게이를 보며 얀을 지지했다. 그들로서야 2명의 하인을 파견하여 마탑의 일을 돕는 것이니 크게 문제될 것은 없었다. 순간적으로 4명의 든든한 우군을 얻은 얀의 통곡 소리가 더욱 커지자 졸지에 고용주의 어려움을 생각해 주지 못하는 무정한 집사로 내몰릴 위기에 빠진 세르게이는 그저 고개를 끄덕일 수밖에 없었다. 눈에 집어넣어도 아프지 않을 하녀들을 험한 바깥 세상에 내놓는 것에 마음이 아프지만 어쩌겠는가? 고용주에 대한 NPC 수칙에 위반되지 않는 이상 다른 집사들이 이미 수긍한 문제에 대놓고 반대할 수 없는 세르게이의 입장이었다.

“알겠습니다. 얀님을 도와 잠시의 어려움을 이겨 나가도록 하겠습니다. 얀님, 그만 고정하시어 울음을 멈추시고 이 집사들을 믿고 일을 맡기세요.”

“고맙습니다, 여러 집사님. 흑흑.”

얀은 울먹이며 미리 충분한 수분을 섭취해 둔 것이 다행이라는 생각을 하였다.

잠시 얀을 진정시키는 동안 폴 집사가 입을 열었다.

“어쩌면 이번 문제는 우리 생각과 다르게 하인들은 반길지도 모르겠습니다.”

“그게 무슨 말씀이십니까, 폴님?”

북부에서 온 알렌이 폴의 말을 받았다.

“사실 우리 집사들이야 고용주인 주인의 명을 받고 외출할 일이 가끔 있지만 대부분의 하인들은 집 안에서 일만 하며 바깥으로의 발걸음을 할 일이 거의 없다시피 하지 않습니까? 어쩌면 다른 하인들은 이번 기회에 나들이를 할 수 있는 좋은 기회라고 여길지도 모르지요.”

“하긴 그럴 수도.”

폴 집사의 말에 다른 집사들도 공감한다는 듯 고개를 끄덕였다. 든든한 폴 집사의 후원 공격에 고용주와 집사들의 1차 회의는 얀에게 아주 유리한 국면으로 전개되고 있었다. 사업에 대한 얀의 복안은 간단했다. 그는 많은 자금을 동원할 수 없는 형편인지라 일단 수요 가치가 높은 액세서리를 기준으로 그의 마탑에 소속되어 있는 세르게이와 일손이 없어 놀고 있는 검사 협회의 마스터 급 대장장이인 게헤르를 활용하여 마법 액세서리를 만드는 것이다. 검사 협회의 마스터 급 대장장이 게헤르는 비록 지금은 일손이 없어 쉬고 있지만 아함브라 초기 마스터 급 대장장이가 부족할 당시 마법 협회의 주문을 받아 일을 하며 매직 아이템 제조에 관한 기술을 보유하고 있었다. 검사 협회의 부속 대장간과 장기간의 계약을 채결하여 안정적인 물건의 공급을 보장받는 것이 얀의 1차 계획이었다. 일감이 없어 쉬고만 있는 대장간은 별 문제가 없었지만 마법사인 세르게이가 마음에 걸렸는데 다행히 폴 집사의 도움을 얻어 큰 고비를 넘긴 것이다.

그러나 물건을 만들어도 문제는 있다. 아함브라의 여타의 대형 상점들은 이미 대륙 각지에 나름대로의 거점 세력을 보유하고 있었다. 그들이 장악하고 있는 상권에 자본도 열악한 신생 보따리 상단의 물건이 쉽게 팔리기를 바라기는 얀이 생각하기에도 무리수가 많았다. 그렇지만 세르게이 집사가 얀에게 협력을 약속한 이상 그에 따른 2차 판매 계획도 자연스럽게 해결되었다. 아직 어느 도시에서도 그 존재를 볼 수 없는 아름다움의 대명사인 엘프 종족과 다크 엘프 종족이 광장에서 물

건을 판다면? 대박은 몰라도 쪽박은 차지 않을 거라는 얀의 고심 끝의
사업 계획이요, 복안이었다.

"일단 안전 문제도 있고 하니 사업을 위한 장소는 치안이 보장된 각
도시의 광장 중에서도 도시의 경비병들과 가까운 곳에 자리를 잡아야
겠지요. 집사님들이 좋은 장소를 알아봐 주시길 바랍니다. 이동은 일
단 가이아 상단의 텔레포트 마법진을 활용하도록 하고, 조만간 제가 방
문하여 각 주택 간의 이동이 원활해질 때까지 각 집사님들이 계신 도
시에 1개 팀씩 머물면서 중점적으로 판매하는 것이 좋을 것 같습니다.
물건의 공급은 집사님들이 좀 수고해 주시기 바랍니다. 나중에 자금이
여유가 된다면 상점을 얻는 것도 좋겠지요. 그리고……"

얀은 5명의 집사를 앞에 두고 그의 사업에 대한 여러 가지 여건과
계획을 설명해 나갔다.

어느새 얀과 집사들의 1차 접견 모임은 신생 얀 상단(?)의 사업 설명
회로 바뀌어가고 있었다.

"타미! 빨리 올라와! 드디어 다 올라왔어! 와우~ 여기, 너무너무 멋
지다!"

"우와! 정말 이런 곳이 있을 줄이야!"

힘들게 계단을 올라왔던 타미와 토모는 눈앞에 펼쳐진 광경에 입을
다물지 못했다. 캠퍼스 커플인 그들은 학내 소식을 전하는 학보의 편

집부 동기였다. 둘은 졸업 후 각자 취직하여 바쁘기에 자주 만나지 못하는 시간을 게임 속에서 해결하고 있었다. 먼저 게임을 시작한 타미가 권유한 것인데 게임도 하고 애인도 만나고 일석이조를 노린 그의 꼬임에 빠진 토모는 요즘엔 타미보다 더 열성적인 게임 마니아가 되어 있었다. 그녀는 대학 때의 전공을 살려 신문사에 재직 중이었는데 아르카디아의 홈페이지에 재미 삼아 가끔 스크린샷을 동반한 여러 가지 기삿거리를 올리고 있었다.

토모의 기사는 신선하고 소재가 독특해서 요즘엔 제법 조회 수가 많이 늘었다. 얼마 전 올렸던 '아함브라에 나타난 거지 왕' 이란 한 기사에 대한 조회 수는 무려 10만이 넘어갔을 정도였다. 화려한 도시의 한가운데에서 깨끗하고 멋진 복장으로 주변을 가득 채우고 있는 사람들 사이로 무슨 깊은 생각을 하는지 약간 고개를 숙이며 걷고 있던 전사의 모습이었다. 그나마 약간 금이 간 투구를 쓰고 있어 얼굴은 드러나지 않았지만 이곳저곳 구멍이 뚫리고 옆구리가 길게 찢겨 속살이 훤히 비치는 모습은 주변의 화사한 풍경과 너무나 강렬하게 대비되어 토모는 기자의 본능으로 스크린샷을 찍었다. 그리고 처음에는 '아함브라에 출현한 거지' 로 제목을 하려 했으나 투구 아래의 고집스럽게 다물린 입매와 어딘지 풍기는 위압적인 모습에 거지 왕이란 호칭을 붙였던 것이다. 덕분에 조회 수가 만만치 않게 오르자 요번에는 아르카디아 내의 여러 정보를 다루는 SGC T.V의 〈아르카디아의 모든 것〉이란 방송 프로그램에서 아르카디아 동부 지역의 주재 기자로 그녀를 섭외하고 싶다는 연락이 들어왔다. 짭짤한 부수입을 올릴 수 있게 될 기대에 토모는 바로 승낙을 하고는 첫 기사로 무얼 올릴까 하다가 동부 지역의 잘 알려지지 않은 명소를 찾아다니고 있었다.

  ‘동부 지역 내 알려지지 않은 데이트 명소’란 이름으로 기사 제목도 이미 결정한 그녀는 핑계 김에 타미를 대동하고 모처럼 취재란 명목 하에 데이트에 열중하던 중 얼마 전 어딘가에서 이곳에 별로 일반에 소개되지 않은 멋진 탑이 있다는 소문을 듣고 찾아오게 된 것이었다.

  “아함브라에 이런 곳이 있었을 줄이야.”

  먼저 게임을 시작했던 타미가 중얼거렸다. 그는 이곳 아함브라에서 마법사로 게임을 시작했다. 그러나 마법 스킬과 레벨 업을 위해 돌아다녔던 타미였지만 오늘 토모의 손에 이끌려 이곳에 올라올 때까지 아함브라에 이런 곳이 있는 줄은 모르고 있었다. 아함브라의 동문과 항구, 우정의 다리로 갈라지는 삼거리에서 항구와 다리 쪽으로 갈라지는 언덕의 계단은 수풀과 나무에 가려져 외부에서 잘 보이지 않았다. 더군다나 이전의 가이아 상단에서는 텔레포트 마법진을 설치하고 마법진을 통하여 이동했기에 외부에서 도보의 통행은 거의 없었다. 그렇기에 이곳의 계단은 극히 최근에야 발견되었다.

  “그런데 조금 이상하지 않아?”

  ‘……?’

  뜬금없는 토모의 말에 타미가 의문 부호를 품은 눈으로 토모를 쳐다보았다.

  “봐, 이곳에서는 저기 멀리 엘프의 숲이나 아함브라의 마탑들, 시내 풍경이 아주 잘 보이잖아. 그런데 내가 아함브라 시내에서 이쪽을 쳐다보았을 때엔 언덕만 보였을 뿐 언덕 위의 이 마탑은 보이질 않았거든? 이렇게 높고 웅장한 건물인데도 말이야.”

  토모의 말에 타미는 그제야 이상한 점을 깨달을 수 있었다. 그 역시 아함브라에서 7개월 넘게 생활하면서 이곳 언덕 위에 마탑이 세워져 있는 것을 본 기억이 없었다. 언덕 위는 그냥 나무만 보였을 뿐이다. 가까이 와 보니 대부분의 나무는 겨우 2층―일반 마탑으로 비교하면 5~6층은 되어 보이는―중간쯤 자라고 있을 뿐인데도 말이다.

"이 마탑에 마법이 걸려 있는 것은 아닐까? 혹시 이 마탑에 가까이 가게 되면 저주를 받아 세상과 격리된다든지."

"까아~ 타미, 나 무서워. 표정 그렇게 짓지 마."

타미가 약간 표정을 무섭게 하며 말을 하자 토모가 그의 팔에 매달리며 소리쳤다.

"하하~ 미안해, 토모. 놀랐어?"

"몰라. 타미, 미워!"

금방 눈물을 쏟아낼 듯 물기 가득한 눈을 한 손으로 훔치며 토모가 타미를 흘겨보며 흥 하고 고개를 돌렸다.

"토모야, 잘못했어. 시내에 가면 맛있는 거 사줄게. 한번 봐주라. 응?"

"맛없으면 두 배로 죽음이야!!"

"그래그래."

주변에서 누가 지켜봤으면 온몸이 소름이 돋고 간지러웠을 타미와 토모의 스페샬 닭살 돋기 저주 오라가 한동안 근처로 퍼져 나갔다.

"어머, 탑에서 누가 나오나 봐?"

"응? 정말이네? 누구지? 혹시 이 탑의 주인이 아닐까?"

타미와 토모가 눈을 빛내며 지켜보는 와중에 마탑 1단의 문이 완전히 열리며 두 명의 남자가 탑에서 빠져나왔다.

"주인님, 세르게이 집사님, 다녀오세요."

그들 뒤로 하녀들인 듯 여자들의 외침이 메아리치듯 닫히는 문 안에서 들려왔다. 블랙 레더 아머를 걸친 청년이 오른손을 들어 등 뒤의 외침에 답하는 듯했다.

삐꺽.

마법사 복장을 한 중년의 남자가 청년을 앞질러 마탑 주변의 둥근 담장의 작은 문을 열고 기다렸다. 청년이 고개를 끄덕이며 그가 열어 준 문을 통과해 밖으로 나왔다.

탕!

마법사가 청년의 뒤를 따라 나오며 작은 문을 살짝 닫았다.

'……'

타미와 토모는 마침 출입문인 듯한 작은 문 근처에 있다가 청년과 중년 마법사가 그들을 지나쳐 계단 쪽으로 가려 하자 살짝 몸을 비켜 주고 있었다.

멈칫.

막 타미와 토모를 지나쳐 가던 청년과 중년 마법사 중 청년이 걸음을 멈추었다.

"혹시 예쁜 토모라는 필명으로 아르카디아 모험 일기를 쓰고 계신 토모님 아니십니까?"

지나치려던 걸음을 멈춰 세운 청년이 토모를 돌아보며 질문을 던졌다.

"어머, 전데요! 저를 아세요?"

토모가 청년의 입에서 자신에 대한 이야기가 나오자 깜짝 놀라며 물었다.

"올려놓으신 사진을 본 적이 있습니다. 제가 토모님 글을 재미있게 읽고 있거든요. 물론 지난번 기사는 좀 개인적으로 거북했지만……."

토모의 말에 대답을 하던 청년은 뒷말을 흐렸다.

"저분이 항상 자랑하시는 타미님이신가 보군요. 제가 바빠 이만 실례해야겠네요. 그럼 즐거운 시간 보내시기를."

청년이 꾸벅 타미와 토모에게 가볍게 목례를 하고는 계단으로 향했다. 그 뒤를 중년 마법사가 따랐다. 토모는 순간 멍했으나 문득 계단을 내려가는 청년의 모습이 어딘지 낯이 익다는 것을 느꼈다.

블랙 레더 아머와 저 고집스러 보이는 입매, 어딘지 위협적으로 느껴지는 기세와 걸음걸이. 남들에 비해 주의 깊은 관찰력과 사람들의 특색을 잘 기억하는 토모는 청년의 모습에서 얼마 전 저 청년과 아주 비슷한 사람의 기사를 자신이 썼던 것이 기억났다. 물론 그녀가 기사를 썼던 시기가 그리 오래되지 않았기에 곧 기억이 떠올랐는지도 모른다.

"토모, 인기 많아 좋겠다. 이런 곳의 주인도 다 알아보고."

타미가 토모에게 장난을 치려 말을 하다가 말꼬리를 흐렸다. 그녀의 표정이 약간 굳어 있었기 때문이다.

"토모야, 안색이 왜 그래?"

토모가 타미의 말에 흠칫 깊은 생각에서 깨어난 듯 정신을 차리며 말했다.

"나, 저 사람 본 적이 있어. 이런, 어쩌지? 기분 나빴을 텐데. 그래도 매너있는 남자네. 별다른 말을 하지 않으니. 다음에 사과문이라도 실어야지. 아참, 내 정신 좀 봐. 이곳 주인 스크린샷을 찍을 기회를 놓쳤 잖아!! 바보, 토모! 으앙!"

"무슨 소리야?"

마법사란 직업답지 않게 둔감한 타미는 토모의 뜬금없는 말과 이어지는 행동에 그저 두 눈 가득 의문 부호만을 띠고 있다가 갑자기 우는 토모를 달래느라 허둥지둥할 뿐이었다.

얀과 세르게이 집사는 계단을 내려와 동문을 지나 중앙 광장 쪽으로 걷고 있었다.

"아시는 분이었습니까?"

"아! 제가 가끔 재미있게 읽던 기사를 쓰는 분이랍니다. 설마 이곳에서 보게 될 줄은 몰랐군요. 한번 보면 따끔하게 혼내줄까 생각했었는데 악의로 그랬을 것 같지는 않고 해서 그냥 지나치게 되었네요."

'……'

세르게이 집사는 언덕 위의 미련퉁이 타미가 그렇듯 '이게 뭔 소리야?' 하는 표정을 지으며 그저 얀의 뒤를 따라 걸어야 했다.

딸랑.

문에 달린 조그만 구리 종이 오랜만의 방문자가 있음을 실내의 3명에게 알려주기 위해 목청을 크게 했다. 동시에 얀은 순간적으로 마치 타임 슬립을 해온 듯한 기분을 느껴야 했다. 후끈거리는 화로의 열기가 마치 쇠를 달구듯 실내를 달구는 와중에 가지런히 정돈된 공구가 사방 벽에 걸려 있는 실내의 중앙에 세 명의 남자가 몰려 있었다. 곰 같은 체구의 청년과 장작개비처럼 마른 청년이 체스판을 앞에 두고 사생결단을 내듯 인상을 쓰고 있었고 다부진 몸을 지닌 노인이 신중한 표정으로 서서 체스판을 내려다보고 있었다. 그리고 이내 얀과 세르게이를 향해 몰려드는 시선들.

"게, 게헤르님, 처음입니다, 한번 방문했던 손님이 다시 방문한 것은."

"마법사가 방문한 것은 2년 만이네요."

"혹시 지난번 수리가 마음에 들지 않아서 온 것은 아닐까요?"

"설마? 내 실력을 너희들이 의심하는 것이냐?"

우당탕탕!

체스판이 천장으로 솟구치더니 구석의 벽에 부딪쳐 박살이 나고 체스말이 바닥에 이리저리 튕겨 굴러가는 와중에 게헤르란 이름의 노인이 곰 같은 제자를 깔아뭉개고 앉아서 마른 청년을 두 손으로 들어 허공에서 빙빙 돌리고 있었다.

"여전히 기운이 넘치시는군요, 게헤르님."

세르게이 집사가 앞으로 나서서 게헤르에게 인사하며 입을 열었다.

'……?'

안은 세르게이 집사가 게헤르에게 인사하는 것을 듣고 이상하게 여겼다.

'둘이 아는 사이였던가?'

그것은 게헤르도 의문인 듯했다.

"누구인지? 자네는 나를 아나?"

게헤르가 두 손으로 허리를 받치고 빙빙 돌리던 니케임이란 이름의 마른 청년을 한쪽으로 집어 던지며 물었다.

"흐아아!"

애처로운 비명 소리가 물건 부서지는 소리와 함께 실내에 메아리쳤다. 게헤르의 엉덩이 아래 질식하여 기절한 미트임을 제외한 3인은 그 애처로운 비명 소리에 잠시 몸을 움찔했다.

'살아는 있을까?'

"내 생전에 마법사와 별로 교분을 나누지 않았는데, 누군데 나를 아는 것인가?"

게헤르가 못 들은 척 외면하며 세르게이 집사를 바라보았다.

"네, 오래전에 스승님의 손을 잡고 이곳으로 왔을 때 한번 뵈었습니다."

세르게이가 공손하게 답했다.

"아! 자네가 그럼 그때의 그 꼬마였구먼. 세월이 이리 흘렀다니. 에구구, 허리야! 내 제자들은 아직도 철부지라 내가 이 나이에도 이렇듯 고생이라네. 음, 이제 자네가 사마트흐라의 뒤를 이어가고 있는가?"

"네, 그렇습니다."

"반갑구먼. 옛 동료의 제자를 다시 보게 될 줄이야. 오래 사는 것도 때론 보람있다니까."

얀이 그들의 대화를 듣고 판단하기에 세르게이 집사가 아마도 노인의 예전에 알던 마법사의 제자인 듯했다.

"그때가 좋았었는데. 나와 자네의 스승, 그리고 동료들과 세상 안 가본 곳이 없을 정도로 다녔었지. 피 끓는 젊음이 있었고 눈에는 희망과 열정이 타올랐던 그 시절이 바로 어제 일 같은데 어느새 동료들은 제각각 길을 떠나고 이 몸은 허리가 굽어지는 나이가 되어버렸다니……."

게헤르 노인이 예전을 회상하는 듯 꿈에 젖은 듯한 시선을 한동안 천장에 두었다.

"아직 예전 처음 뵈었을 때 그 모습 그대로이십니다."

세르게이가 게헤르에게 약간 아부성의 말을 던졌다.

"예끼!! 늙은이보고 정정하다고 해봤자 다 일찍 죽으라는 욕으로만 들린다네. 그래, 자네, 결혼은 했는가? 가르쳐 주는 마법은 배울 생각

않고 여자 뒤꽁무니만 쫓아다닌다고 사마트흐라가 자네 걱정을 많이 했었는데."

"별말씀을. 아직 못했습니다. 스승님이 가르쳐 주신 마법에 전념하기에도 시간이 모자랍니다."

속으로 '빌어먹을 노친네, 별걸 다 떠벌이고 다녔네' 하고 내심 중얼거리던 세르게이가 얼굴이 붉어진 채 변명했다.

"그런가? 사마트흐라가 지금의 자네 모습을 보았다면 무척 흡족해했을 걸세. 예전의 사마트흐라가 다시 내 눈앞에 서 있는 듯하구먼."

"감사합니다, 게헤르님."

"앞으로 자주 오라 말하고 싶지만 자네 입장이 있으니 시간 되면 들르게나."

게헤르가 세르게이가 집사 신분임을 의식한 듯 말을 했다. 집사인 세르게이가 마음대로 탑을 벗어날 수는 없는 일이었다.

"새로운 주인님 때문에 앞으로는 자주 찾아뵐 수 있을지 모르겠습니다."

세르게이가 답하며 슬쩍 얀에게 시선을 주었다.

"그 얘기는 탑의 주인이 바뀌었다는 것인가?"

"네, 여기 얀님이 새로 탑을 인수하셨습니다."

"그렇구먼. 그런데 앞으로 자주 찾아볼 수 있다는 뜻은 무엇인가?"

탁!

그제야 대화의 중심에 들어설 기회를 얻은 얀이 가지고 온 주머니를 탁자에 내려놓으며 게헤르와 세르게이 사이에 끼어들었다. 탁자에 내려놓은 주머니에는 헤르메르 교역소에서 사 온 20만 골드어치의 액세서리들이 들어 있었다.

"제가 게헤르님과 계약을 하려고 합니다."

"계약이라……. 어떤 계약인가?"

얀은 자신이 사업을 하려 생각하고 있고 일단은 액세서리와 간단한 무기, 방어구 등을 가지고 시범적으로 판매하려 한다는 계획과 판매가 성공적으로 된다면 대량으로 거래를 위해 미리 안정적인 물량 확보를 위한 계약을 하고 싶다고 밝혔다. 얀의 장황한 설명을 고개를 끄덕이 며 듣던 게헤르의 눈이 긍정적으로 빛났다.

"그런가? 이거 아함브라에 온 이후로 한동안 적적했는데 이제 본격 적으로 바빠질 것 같구먼."

게헤르와 어느새 주변으로 몰려온 두 청년의 입이 찢어질 듯 벌어졌 다.

"게헤르님, 우리도 드디어 장기 고객을 확보했습니다. 흑."

"이놈들아, 장인 주제에 물건들도 제대로 못 만들면서 좋아하기는. 네놈들이 물건을 잘 만들어야 판매는 물론이고 내 얼굴에 먹칠을 안 할 텐데. 안 되겠다. 한동안 특별 강화 훈련을 시작해야겠구나."

"네? 후, 훈련이라니요?"

두 청년이 얼굴을 일그러뜨리며 게헤르에게 반문했다.

"아직은 물량이 적어 내가 혼자 충분히 감당할 수 있으니 너희들은 그동안 쉬었던 특별 강화 훈련을 다시 시작하거라! 체력이 바탕이 되 어야 제대로 담금질된 무기와 내구성 높은 방어구를 만들 수 있다는 것이 우리 아함브라 검사 협회 대장간에 대대로 내려오는 장인의 조건 이다. 일단은 기초 체력으로 매일 쇠망치질 500번에 풀무질 500번을 오전과 오후에 한 차례씩 하고……."

이어지는 게헤르 노인의 말에 얼굴의 핏기가 사라지는 청년들이었다.

니케임과 미트임이라는 이름을 지닌 게헤르 노인의 제자들의 불행을 모른 체하며 얀은 입을 열었다.

"그럼 앞으로 제가 없더라도 주문과 제작을 여기 세르게이 집사와 협의하여 해주시기 바랍니다."

"아니, 자네는 어디 멀리 떠나기라도 하는가?"

얀의 말에 게헤르 노인이 의아한 듯 물었다.

"네, 제가 벌려놓은 일이 많아 한동안 이곳에 오지 못할 것 같습니다. 다음에 다시 오게 되면 들르겠습니다. 그동안 건강하시기를……."

"그런가? 흠……."

노인이 얀의 말에 어딘지 아쉬운 표정을 지었다.

"그럼 이만 일어나야겠군요."

얀이 자리에서 일어났다. 그러자 게헤르가 다급한 표정으로 자리에서 일어났다.

"잠깐! 얀이라고 했는가? 잠시 이 노인에게 시간을 주게나."

"네?

얀이 무슨 말인가 싶어 게헤르의 말에 의아한 눈빛을 보냈다. 게헤르가 얀을 자리에 앉히더니 약간 고민을 하는 듯하다가 입을 열었다.

"지난번 자네가 방문한 이후로 곰곰이 생각해 보았네만 내가 아함브라에 정착한 지도 벌써 5년이 다 되어가지만 이곳에 찾아온 그 어떤 전사도 자네만한 이가 없었던 것 같네. 앞으로 몇 년을 더 있는다 하더라도 자네만한 전사가 다시 찾아올 거라는 보장도 없는데, 이 몸은 이제 언제 죽을지도 모르게 늙어버렸으니……."

게헤르가 짐짓 처량한 표정을 지으며 신세 한탄으로 말의 서두를 열었다.

"무슨 말씀을요. 이렇듯 정정하신데요. 다음에 뵈올 때도 정정하시리라 믿고 있습니다."

얀이 노인의 말에 어이가 없다는 듯한 게헤르의 두 제자의 표정을 살피며 말했다.

"노인네는 오늘 당장 멀쩡하다고 내일도 정정하다고 장담할 수 없다네. 아무튼 자네에게 한 가지 묻고 싶네만, 자네, 용병패는 가지고 있나?"

"네, 있습니다만……."

"이리 줘보게나."

노인이 손을 내밀자 얀은 자신의 용병패를 꺼내어 보여주었다. 자신이 소속된 길드가 아닌 다른 여타의 길드전에 참가하기 위해서는 용병 길드에서 발행한 용병패가 있어야 한다. 한번 발급된 용병패는 자신이 용병 길드에 찾아가 용병 길드에 탈퇴 신고를 하기 전에는 절대 사라지지 않고 버려지거나 타인에게 건네지지도 않는다. 물론 이렇게 타인에게 용병패를 보여줄 수는 있다. 인벤토리에 보관된 용병패는 용병패의 주인이 용병 길드에서 의뢰한 퀘스트를 수행하거나 길드전에서 제거한 적의 숫자나 등급에 따라 자동적으로 용병패의 등급이 업데이트된다.

"중급 용병패라……. 의외로구먼."

노인이 그가 파악한 실력에 비해 얀이 아직 중급 용병이란 것에 약간 이상한 듯 중얼거렸다.

"아직 용병으로의 경험이 적습니다."

얀은 용병패를 받고 본격적으로 길드전에 참가하거나 퀘스트를 수행한 것이 적어 아직 중급 용병에 머물러 있었다.

"중요한 것은 실력이겠지. 그래도 일단은 검증이 필요하니……."

중얼거리던 노인이 고개를 들어 얀을 바라보았다.

"다음에 나를 찾아올 때 상급 용병패와 와이번의 부리 15개, 부토로의 부적 20개, 메두사의 손톱 20개, 블랙 뱀파이어의 송곳니 20개, 아이언 라자드맨의 피부 20개를 가지고 올 수 있겠나? 자신을 증명해 보인다면 내 자네에게 긴히 부탁할 것이 있네."

와이번은 특성상 몬스터들이 서식하는 깊은 오지의 절벽 높은 곳에 서식하는 몬스터였고 부토로의 부적은 서부 왕국의 서쪽 끝의 버려진 황무지 깊숙한 곳에 나타난다는 벨로크라 오크 병사들의 대장이 목에 걸고 있다는 부적이다. 메두사는 남부의 공포의 계곡에서 출몰하는 레벨 140의 몬스터로, 공포의 계곡은 메두사 말고도 위협적인 몬스터들이 많이 출몰하기로 유명한 곳이었다. 블랙 뱀파이어는 이곳 동부 지역의 자치 도시 연합과 다마스 공국 사이에 있는 '황량함의 대지'란 곳에서 가끔 출몰하는 몬스터였다.

그곳은 오래전의 전쟁으로 다마스 공국의 2배가 넘는 지역이 저주로 황폐화되어 있는 곳이었다. 주로 언데드 계열의 몬스터들이 주로 출몰하는데 아직 황량함의 대지를 완주한 이가 없기로 그 흉악한 명성(?)을 높이고 있었다. 아이언 라자드맨의 이름은 들어본 적이 없지만 중부 트라자켄 제국의 시켈 호수 근처의 침묵의 늪 근처에 라자드맨이 많이 서식하니 그곳에 있을 가능성이 높았다. 문제는 다들 만만한 곳이 한 군데도 없다는 것이었다. 중급 용병 실력으로는 아마 입구에서 몬스터들에게 로그아웃이 될 가능성이 높았다.

〈대장장이 노인의 부탁 퀘스트가 생성되었습니다.〉

허락하시려면:네, 노인장. 먼 길을 돌아봐야겠군요.

거절하시려면:아쉽게도 지금 시간이 없군요.

경쾌한 음악이 흐르며 퀘스트 생성을 알리는 투명 창이 얀의 앞에 떠올랐다.

'이런, 아직 잊혀진 도시 퀘스트도 깰려면 멀었는데……'

얀은 생각지도 못한 퀘스트의 생성에 당황했다. 설마 액세서리의 2차 마법 공정과 마법 무구 주문을 온 자리에서 퀘스트를 받게 될 줄 그가 어찌 예상할 수 있었겠는가?

'그런데 난이도가 꽤 높은 것 같은데… 일단 받아놓아야 하나?'

고심 끝에 얀이 고개를 끄덕이자 노인이 얼굴을 환하게 펴며 말했다.

"헛헛! 내 잘못 보지는 않았구먼. 힘든 길을 거부하지 않는 배짱에 전사의 기개가 넘치는 것이 내 과거를 보는 듯하이. 하지만 너무 오랫동안 나를 기다리게 하지는 말게. 알다시피 나는 언제 무덤에 들어갈지 모르는 늙은이라네."

노인의 말에 얀이 약간 흠칫했다. 노인의 말은 일정 시간 안에 해결을 해야 한다는 뜻이 담겨져 있었다. 그 말은 은연중에 퀘스트의 등급을 알려주는 지표와도 같았다.

'상급이나 스페샬 등급이란 얘긴데… 애매하군.'

시간이 부족함을 느낀 얀은 일단 게헤르와 두 제자에게 인사를 하고 검사 협회를 나섰다. 일단 수행 중이던 '잊혀진 도시' 퀘스트도 빠듯한데 새로 그것에 거의 맞먹는 듯한, 어쩌면 더 힘들지도 모를 퀘스트를 받았기에 서두를 필요성을 느끼게 된 것이었다. 이미 아함브라에 온 목적도 이루었고 고급 주택의 세금과 유지비 문제도 해결되었기에 더 이상 아함브라에 볼일은 없었다. 물론 그의 마탑에 그의 컬렉션을 채우기 위해서도 이젠 바쁘게 뛰어다닐 필요성도 있었다.

다음날 아침 얀은 세르게이 집사와 하녀 20명의 전송을 받으며 마탑을 나와 마탑 외부에 설치된 가이아 상단의 텔레포트 마법진으로 걸음을 옮겼다.
"세르게이님, 그럼 다음에 뵐 때까지 건강하십시오."
"네, 얀님도 세금 때문에 너무 무리하지 마십시오. 제가 집사님들과 협력하여 노력해 보겠습니다."
그 말에 얀은 흠칫했다. 이미 얀의 머리 속에서 세금 문제는 거의 잊혀진 상태였다. 그가 게임을 하며 떨어지는 레어 급의 아이템들을 적당히 처분만 해도 게임 시간으로 한 달에 30만 골드는 어렵지 않게 만들 수 있었다. 그러나 그렇게 되면 약간은 궁색하게 살아야 하기에 얀은 그에게 소속된 집사들과 하인들을 동원해 자체적으로 해결하려 했던 것이다. 하인들은 그의 흉계에 빠져 자신들이 받을 고용비를 그들 스스로 벌어 받는 것이 되어버린 것이다. 집사들과 하인들은 얀이 모자란 세금 등을 벌려고 길을 떠나는 줄 알고 있지만 실상 얀은 지금껏 그래 왔듯이 부담없이 게임을 즐기려 길을 떠나고 있었던 것이다. 얀은 마음 한구석 양심이 저려왔지만 내색 않고 웃으며 손을 흔들었다.
"그럼 세르게이 집사님, 예쁜 우리 아가씨들, 다녀올게요!"
"얀님, 몸 조심히 다녀오세요~"
아름다운 엘프와 다크 엘프 하녀들이 얀에게 손을 흔들며 무사히 다녀오기를 빌어주었다. 그중에는 벌써 눈물을 손수건으로 찍어대는 하녀들도 있었다.

파팟!

얀의 모습이 파란 마법의 알갱이로 변하며 이내 그들의 시선에서 사라졌다.

8

삘릴리~ 개골개골~ 삘릴리리~

2년 전 한강변에 새로 준공된 99층의 초대형 빌딩인 타워 블루문의 1층으로 막 들어서고 있는 남자의 양복 상의 쪽에서 80년도에 유행한 만화 영화 주제 음악 소리가 경쾌하게 흘러나왔다.

딸깍!

남자가 빌딩으로 들어서며 목에 걸었던 전자 사원증을 왼손으로 슬쩍 들추어 보고는 목에 건 줄에서 이어폰을 분리하여 귀에 꽂았다. 빌딩에 들어서면 착용자의 사진이 홀로그램 영상으로 입력된 전자 사원증을 착용해야만 된다. 보안을 위해서 착용하는 전자 사원증에는 먼저 육안으로 사진과 착용자의 본인 여부를 확인하는 기본적인 기능과 착용자가 빌딩 내에 있으면 몇 층에 있는지 위치 추적 시스템에 의하여 알 수 있었고 부가적으로 자체 내부 통신망으로 빌딩 내에서의 호출과 통화가 가능했다.

"정진호입니다. 무슨 일입니까?"

"1과 이순호입니다, 실장님!"

정진호라 밝힌 남자의 귀에 꽂은 이어폰에서 굵은 목소리가 흘러나왔다.

"아, 이 과장. 무슨 일로 호출을 다 하셨소? 패치 준비가 완료된 건 가요?"

"그건 아닙니다만… 오늘 정기 회의가 있는 날이고 방금 S등급 퀘스트가 새로 생성되어 보고드리려고 호출해 보았습니다."

이어폰을 끼고 있다는 것을 의식하지 못하고 정진호의 고개가 끄덕였다. 정진호 자신이 S등급의 퀘스트가 발생되면 무조건 자신에게 호출하라고 지시를 해두었던 것이다.

"S등급이라……. 부여한 번호가 어떻게 됩니까?"

"그것이… SAE～001입니다."

"SAE～001라고요? 벌써 그것이 생성되다니. 알겠습니다. 회의실로 바로 올라가겠습니다."

정진호는 눈앞으로 다가오는 고속 엘리베이터 중에서 90층 이상으로 운행하는 엘리베이터 앞으로 걸어갔다. 마침 1층에 엘리베이터가 정지해 있었다.

삑!

전자 사원증을 엘리베이터 문의 오른편 벽에 설치된 인식 장치에 살짝 갖다 대자 인식 장치에서 사원증에 기재된 인식 부호를 판별했다는 신호를 보내주었다.

탁탁탁!

정진호의 손가락이 그의 회사에 부여된 숫자를 찍자 인식 장치에 녹색 불이 들어오며 엘리베이터의 문이 가볍게 열렸다. 보안을 위해 엘리베이터를 이용하려 해도 입주한 각 사무실이나 회사에 부여된 고유 번호를 입력하지 않으면 탑승할 수가 없게 되어 있었다. 엘리베이터에 탑승한 정진호는 99층의 버튼을 눌렀다. 정진호가 소속된 ㈜아르카디아는 타워 블루문의 90~99층을 쓰고 있었는데 그가 실장으로 있는 기획조정실은 99층에 위치해 있었다.

"정진호님, 어서 오십시오. 올라갑니다."

엘리베이터 안에 낭랑한 여자의 목소리가 울렸다. 아직도 일부 백화점에서 들을 수 있는 엘리베이터 걸 특유의 상냥한 목소리였는데 문제는 여자는 없고 엘리베이터에 있는 조그만 스피커에서 그 목소리가 들려온다는 것이었다. 매번 이용할 때마다 정진호는 그 목소리의 주인공을 만나고 싶을 정도였다. 누가 목소리를 입력했는지 몰라도 정말 목소리만으로 사람을 취하게 할 정도의 매력적인 음색을 가지고 있었다. 여자의 뒷모습과 전화 목소리, 그리고 조명 아래 짙게 화장한 여자의 모습에 쉽게 속으면 안 된다고 누누이 교육을 받았지만 35살 노총각의 정진호는 요즘 외롭기에 평소 무심코 넘기던 입력된 목소리에도 가슴이 움찔거릴 정도였다.

'만나서 후회하더라도 한번 보고 싶을 정도의 목소리란 말야.'

정진호가 그런 생각을 하고 있을 때 엘리베이터 상단에 있는 층 수를 알리는 숫자가 99를 가리키며 엘리베이터가 정지하고 이내 문이 열렸다.

"좋은 하루 되세요, 정진호님."

다시 스피커에서 상냥한 목소리가 엘리베이터 안을 울렸다. 아마도 이래서 더 보고 싶은지도 모른다.

인식 장치에서 그의 전자 사원증을 읽을 때 입력된 정보로 엘리베이터에서 타거나 내릴 때마다 아름다운 목소리가 그의 이름을 불러주는 것이다.

“아가씨도 좋은 하루 되세요.”

혹시 누가 볼세라 주변을 살피며 정진호가 엘리베이터에 나직이 속삭이고는 서둘러 내렸다.

“킥!”

정진호는 미처 듣지 못했지만 스피커에서 나직이 웃음을 참는 듯한 소리가 살짝 들리더니 이내 스르륵 문이 닫혔다.

99층에 내린 정진호는 성큼성큼 사무실 복도를 걸어갔다. 일찍 출근해서 그런지 아직 사무실은 한산했다. 가끔 지나가는 직원들이 그에게 목례를 해왔다. 지나치는 직원들의 인사를 받으며 그는 목표한 회의실 문 앞에서 걸음을 멈추었다.

덜컥!

문이 열리고 정진호가 ‘제2회의실’ 이란 문패가 걸린 회의실로 들어서자 이미 3명의 선객이 자리를 잡고 있다가 자리에서 일어났다.

“좋은 아침입니다, 실장님.”

“어서 오십시오, 실장님.”

“네, 여러분도 좋은 아침입니다. 자리에들 앉으세요.”

정진호가 굳이 일어서지 말라는 뜻의 의미로 손을 휘휘 저으며 자리에 앉기를 권했다.

“다들 바쁘신 분들이니 오늘은 주요 안건만 간추려 보고해 주시고 토의해 봅시다. 1과 이 과장님이 아침부터 사람들 호출에 바쁘신 걸 보니 아마도 오늘 할 일이 많으신가 봅니다.”

1과는 기획홍보과를 편하게 호칭하는 것으로 기획조정실에 소속된 1~3과의 명칭이 따로 있지만 누구 아이디어인지 보안상의 이유로 명칭보다 숫자로 과를 부르게 된 지 오래였다. 아마도 군 장성 출신의 경영 이사 조참봉 이사가 추진한 것 같다는 입소문이 있지만 확실치는 않았다.

1과 기획홍보과는 게임 아르카디아의 대외 홍보 및 게임의 기획을 맡고 있었다. 1과 내엔 홍보팀과 설정팀, 이벤트팀으로 나누어지는데 홍보팀은 게임을 대외에 홍보하고 광고주를 유치하는 등의 일을 하고 있었고, 설정팀은 게임의 제반 설정에 관한 모든 것을 담당하고 있었다. 게임 내의 신화나 전설, 몬스터의 종류와 난이도, 아이템의 종류와 마법적 성격, 상생, 상극 작용 등 게임 내의 모든 설정이 이곳에서 탄생한 것이다. 물론 겨우 10여 명의 설정팀 인원으로 그것을 다 할 수는 없다. 각 대표적인 설정마다 자회사를 따로 두고 설정팀은 그것을 게임에 맞게 제단하는 역할을 하고 있었다. 이벤트팀은 게임 내의 유저들에게 동기 부여 및 흥미를 유지시키기 위하여 이벤트를 준비하고 수많은 퀘스트를 만들며 또 관리하는 곳이었다. 2과는 디자인과로 디자인팀과 시스템팀이 있었는데 디자인팀은 설정팀에서 넘겨받은 자료를 바탕으로 무기나 액세서리, 도시 외관, 의복 등등 모든 것의 게임 내 모양을 디자인하는 곳이다. 그리고 디자인팀에서 자료를 넘겨받은 시스템팀은 프로그래머들이 모인 곳으로 디자인팀에서 건네준 자료를 게임 내 구현을 하고 게임의 운영에 관련된 시스템을 제작하는 곳이었다. 아이템의 드롭율 조정과 게임 밸런스를 맞추는 일도 이곳에서 이루어졌다.

3과는 가이아 교단이라는 대지의 여신을 모시는 게임 내의 사원을 아지트로 하여 게임 내의 버그나 사원 유저, 자회사의 부정과 불법적인 행위를 감찰하거나 유저들의 어려움을 해결해 주는 GM들이 소속되어 있었다. 3과엔 홈페이지의 관리와 홈페이지를 통해 진정을 받아 해결하는 홈페이지 관리팀과 게임 내의 진정을 받고 유저들에게 도움을 주기 위해 항상 대기 중인 지원팀, 그리고 여러 불법적인 일을 감찰하는 감사팀이 있었다. 대규모의 길드전이나 전쟁 시 양 진영에 파견되어 서로 페어플레이를 하도록 지키고 있거나 멋진 동영상을 잡아내는 일도 감사팀에서 맡고 있는 일 중 하나였다.

"이 과장님, SAE~001이 생성되었다고요?"

정진호 실장이 1과의 이순호 과장에게 물었다.

다른 사람들은 이미 알고 있었는지 별 동요가 없었다.

"네, 그렇습니다."

"음, 제법 이른 면이 없잖아 있군요. 아직 AR—1224 패치 버전도 투입되지 않은 상태인데 다른 퀘스트와 엇갈리게 된다면 곤란한 상황이 생길 수도 있지 않을까요?"

정진호 실장이 약간 우려 섞인 목소리로 의견을 구했다.

"아직까지는 문제가 발생될 확률은 드물다고 생각됩니다. SAE~001은 SA~001의 예비 퀘스트에 불과하니 일단 시간적인 여유는 있습니다."

이순호 과장이 정진호 실장을 안심시키듯 말했다.

"지난번에 2급 봉인에서 풀어놓은 SAE~005는 어떤가요?"

"그것이… 아직은 생성되지 않았지만 좀 애매한 문제가 있습니다."

이순호 과장이 3과장인 문길호 과장에게 살짝 시선을 주었다.

"제가 말씀드리겠습니다."

문길호 과장이 사전 의견 조율이 있었는 듯 회의에 끼어들었다.

"음, 3과와도 관련이 있는 사안인가요?"

"네, 그렇게 되었습니다. 지난번 가이아 상단 문제로 실장님께 보고

드린 문제가 이번 문제와 겹치게 되어버렸습니다."

"지난번이라면… 아함브라의 물류 창고… 바로 SAE∼005 퀘스트의 봉인 해제 문제로군요?"

정진호가 기억을 끄집어내었다. 정진호 실장은 아르카디아의 가이아 교단 교황의 신분으로 가이아 사제단의 단장을 맡고 있는 문길호 과장의 감사 보고를 받고 아함브라의 마탑 봉인을 해제시키기로 지난번 회의 때 결정을 내렸었다.

"그런데 무슨 문제가 있는 건가요?"

"네, 바로 SAE∼001를 생성받은 유저가 SAE∼005를 새로 인수한 유저입니다. 그 당시에는 SAE∼001은 아직 생성되지 않았던 상태라 별 걱정을 하지 않았었는데 이번에 SAE∼001이 동일 유저에게 생성되었기에 주의를 기울일 필요가 있다는 생각입니다."

정진호 실장은 문길호 과장이 하는 말을 이해할 수 있었다.

"음, SA∼001이 좀 더 일찍 활성될 수도 있다는 것이로군요."

"네, 그렇습니다. 아직 AR—1224 패치도 투입되지 않은 상태이고 다른 S∼001부터 S∼005의 퀘스트가 완료되지도 않은 상태인지라 좀 더 이 문제를 두고 보면서 AR—1224 패치를 서두를 필요성이 있다고 보여집니다."

약간 앞머리가 벗겨져 대머리화되고 있는 문길호 과장이 차분하게 설명했다.

"그럼 S∼001부터 S∼005의 상황은 어떻습니까?"

"네, 현재 모두 예비 단계가 생성되어 진행 중입니다. 그중 S∼004가 가장 본 단계에 근접해 있습니다. 그런데……."

이번에는 역시 담당인 이순호 과장이 정진호 실장의 말에 답을 주었다.

"무슨 문제가 더 있나요?"

이순호 과장이 말꼬리를 흐린 것을 놓치지 않고 정진호 실장이 캐어 물었다.

"그것이… S∼002의 예비 단계를 수행하는 유저가 바로 이번 SAE∼001을 생성받은 유저입니다."

"그것참 공교롭군요. 유저에 대한 조사는 해보셨습니까?"

정진호 실장이 혹시 부정적인 일이 끼어든 것이 아닌지 조사를 해보았는지 우회적으로 질문을 했다.

"일단 유저의 기존 데이터를 수집하여 조사한 결과로는 별문제가 없었습니다. 단지 초기 캐릭터 스탯에서 행운 수치가 50으로 정상적인 경우보다 높기에 조사를 했더니 클로즈 베타 시절 테스터 유저로 캐릭터 생성 시 유저를 높이길 희망하는 스탯 중 맨 처음 신청한 유저에게 약간의 재량권으로 스탯을 높여준 적이 있었습니다. 나중에 상용 시점으로 들어설 때 레벨이나 직업 등은 초기화를 시켰지만 캐릭터 명이나 초기 스탯은 그동안의 참여도를 생각해서 인정을 해주었던 것이라 결과적으로 이상이 없었습니다."

초기 베타 시절에 힘과 민첩, 행운, 지식에 능력치를 부여 시 맨 처음 해당 스탯을 올리기 희망하는 유저의 스탯을 내부 이벤트로 올려주고 상용 시 초기화시키지 않기로 한 회의도 이 자리에서 이루어졌었다.

"참고로 S∼004를 진행하고 있는 유저도 클로즈 베타 때 힘에 보너스 스탯을 받은 유저로 판명되었습니다."

이순호 과장이 정진호 실장에게 부연 설명을 해주었다.

"그럼 단순한 우연이 겹쳤다는 얘긴데……. 우리가 덕분에 바빠지게 생겼군요. 그럼 AR—1224 패치는 언제 투입이 가능하겠습니까?"

정진호 실장이 침묵을 지키고 있던 2과의 장재욱 과장에게 시선을 돌렸다. 올해 34살의 장재욱 과장은 곰같이 듬직한 체구로 정진호 실장과 같은 노총각 신세였다. 그래서인지 출근해서 애기들 자랑에 여념이 없는 다른 과장들보다 좀 더 친근감이 드는 정진호 실장이었다. 한편으로 저 곰 같은 덩치와 우락부락한 얼굴에 장가는 갈 수 있을까 하는 걱정과 우려 섞인 측은감도 있었지만 정진호는 현실을 모르고 있었다. 이미 석 달 전 선을 보았던, 은행에 근무하는 노처녀와 눈이 맞아 곧 청첩장이 자신의 책상으로 배달 올 거라는 사실을 말이다. 더불어 장재욱 과장이 바라보는 시선에 사무실에 홀로 남을 노총각을 애처롭게 바라보는 마음이 담겨 있다는 사실과 차마 이를 발설치 못하고 언제고 사무실에 몰아칠 노총각 히스테리 폭풍에 대한 폭풍 전야의 불안감에 이순호, 문길호 과장이 전전긍긍해하고 있다는 것을.

"네, 이미 준비가 다 되어 있던 것이지만 새로 아이템 드롭율을 수정하고 신설되는 아이템과 일부 아이템의 능력치 수정 작업이 예상외로 시간을 잡아먹어 늦었습니다. 현재 패치 시스템은 다 완료되어 내부 테스트 중에 있습니다."

약간 어눌한 말투의 장재욱 과장이 일의 진행 사정을 알려왔다.

"음, S~001부터 S~005의 예비 퀘스트가 생성 시 바로 투입되기로 예정되어 있던 패치니 바로 투입할 준비를 갖추세요. 더군다나 SA~001 퀘스트의 예비 단계마저 생성되어 있으니 더욱 서둘러야겠지요. 아울러 SAE~001을 수행하는 유저에 대하여 주의를 기울이세요. 자칫해서 퀘스트의 진행이 서로 꼬여 버리면 게임 속에 엄청난 재앙이 발생할 수가 있다는 것을 명심하시길 바랍니다."

"알겠습니다."

3명의 과장이 한 목소리로 답했다.

"그럼 AR—1224 패치를 무슨 이름으로 발표할까요? 생각해 놓으신 명칭이 있나요?"

그동안 대규모의 게임 내 패치를 할 때마다 특색있는 명칭을 부여해 왔던 터라 정진호 실장이 의견을 물어본 것이었다.

"저기… 혼돈의 새벽으로 정하려고 생각 중입니다."

이순호 과장의 말이었다.

"흠, 혼돈의 새벽이라……. S~001부터 S~005 퀘스트들이 시작되면 대륙은 혼돈 속으로 빠져들 테니 그 준비 격의 패치 명으로 적당할 것 같군요. 그럼 그렇게 알고 오늘 회의를 마칠까 합니다. 따로 의견 없으시면 나가서 차라도 한잔하시죠?"

"수고하셨습니다."

4명이 회의실을 나설 때였다.

"아참! 장재욱 과장님!"

"네, 실장님."

이순호 과장과 문길호 과장이 먼저 회의실을 빠져나가자 정진호 실장이 장재욱 과장을 불러 세웠다.

"오늘 별일없으시면 퇴근하고 한잔하시죠. 제가 물 좋은 데를 발굴했는데 우리 노총각끼리 한번 넥타이 풀어놓고 놀아볼까요?"

"네?"

순간 오늘 퇴근 후 사귀는 노처녀와 미래의 처가에 방문하기로 약속을 정해놓은 것이 생각난 장재욱 과장이었다. 더구나 장모님 되실 분이 이미 어제 씨암탉까지 구해놓고 음식 장만에 들어갔다는 소리를 아침에 전화 통화로 알고 있었기에, 이 위기를 어떻게 모면해야 하나 평소에 자주 굴리지 않던 머리가 일순 김이 모락모락 피어오를 정도로 급하게 회전하기 시작했다.

'평소엔 자기 혼자 잘도 다니더니……. 어떻게 하나?'

일시지간 해결책이 떠오르지 않는 장재욱 과장의 표정이 점점 핼쑥해져 갔다.

3장
어둠으로 향하는 문

어둠으로 향하는 문

1

휘이잉!

우울한 잿빛 구름이 하늘을 가득 덮고 있는 구릉 지대에 매서운 한기를 품은 바람이 휘몰아치고 있었다. 파릇하게 빛나며 생명의 약동을 보여주어야 할 풀들도, 고고하게 하늘을 바라보며 수도하듯 몸을 세우고 있을 나무들도 어딘지 자기 색을 잃은 듯 칙칙하고 퇴색한 빛으로 물들어 있었다.

신의 은총을 가리려는 듯 두껍게 하늘을 덮고 있는 회색 빛 구름은 밤이 지나고 아침이 와도, 그리고 다시 저녁이 찾아와도 여전히 하늘을 뒤덮은 채 걷힐 줄을 몰랐다. 그렇게 회색 빛 우울만이 쌓여가는 무수한 세월 속의 어느 날의 일이었다.

저벅!

마치 그림 속의 풍경처럼 우울함으로 채색되어 언제나 변함이 없을 것 같은 대지에 낯선 이방인이 화폭에 새로 그려진 듯 그동안의 조화를 깨고 구릉 지대에 모습을 드러내었다. 착용하고 있는 검은색 본 헬름과 블랙 레더 아머, 펄럭이는 망토 위로 잿빛 먼지가 가득 쌓여 있었다. 먼 여정을 걸어온 듯 먼지로 뒤덮인 몸을 이끌고 이방인은 약간 피곤한 듯한 걸음으로 구릉 지대를 내려왔다.

흠칫!

그의 걸음이 멈추어 섰다. 마치 어딘가로 귀를 기울이는 듯 이방인의 검은 투구가 오른쪽으로 기울어지더니 오른손으로 급히 허리춤을 더듬었다.

챙!

황금색의 롱 소드가 서늘한 예기를 뿌리며 검집에서 뽑혀 나왔다. 날카로움을 자랑하는 검날 곳곳에는 손질을 제대로 못한 듯 미처 채 닦아내지 못한 녹색의 얼룩들이 점점이 묻어 있었다.

'……'

동시에 어디에선가 웅웅거리는 소리가 점점 커지며 롱 소드를 땅으로 늘어뜨리고 있는 전사에게 다가오고 있는 듯했다. 검은색 본 헬름이 바라보고 있는 방향의 회백색 먼지가 가득 덮인 나무들이 작은 숲을 이루고 있는 곳에서 검은 먼지구름 같은, 한 무리의 안개 더미 같은 무리가 급속히 빠져나오더니 방어 자세를 취하고 있는 전사에게 몰려들어 왔다.

"챠압!"

힘이 잔뜩 들어간 외침과 함께 전사의 롱 소드가 허공에 무수한 빛의 궤적을 그어대었다.

키르르르!

후두두둑!

롱 소드가 그어버린 허공마다 날카로운 비명 소리가 울려 퍼지며 두 동강 난 물체들이 대지에 굴러 떨어져 먼지구름을 피워 올렸다. 머리 부분에 두 개의 더듬이와 세 개의 뿔을 달고 있고, 성인 남자의 주먹만 한 옅은 푸른색 몸체에는 네 장의 투명한 날개를 달고 있었으며, 몸체 의 두 배가량 되는 꼬리 부분의 끄트머리에는 검은색 독침으로 무장한 벌 모양의 곤충형 몬스터인 포이즌 블루비들이 전사의 롱 소드에 무더 기로 대지에 후두둑 떨어져 뒹굴었다. 개중에는 몸이 두 동강이 났음 에도 꼬리를 꿈틀거리며 전사의 발에 독침을 꽂으려는 독한 놈들도 있 었다. 그러나 전사가 신고 있는 레더 부츠는 의외로 질기고 튼튼한 듯 독침이 박혀들지 않았다.

픽!

이리저리 움직이는 전사의 발 아래 포이즌 블루비의 몸체가 밟혀 터 지며 녹색의 내용물을 쏟아내 대지를 적셨다. 안개처럼 자신을 둘러싼 포이즌 블루비 무리 속을 전사의 황금색 롱 소드가 이리저리 예기를 번뜩이며 베어내렸지만 수천 마리도 넘어 보이는 포이즌 블루비 무리 는 끊임없이 전사 주위를 윙윙 날개 소리를 내고 날아다니며 전사에게 독침을 꽂으려 애쓰고 있었다.

"허억!"

날렵하게 움직이던 전사의 입에서 신음성이 터져 나왔다. 동시에 포 이즌 블루비 무리를 난도질하듯 움직이던 롱 소드의 속도가 느려졌다. 아마도 갑옷과 투구 등 미처 보호받지 못한 방어구의 작은 틈새에 독 침을 맞은 듯했다.

우우웅!

포이즌 블루비들이 승리의 날갯짓을 하듯 날개 소리를 높이며 전사에게 일제히 몰려들었다.

"끼아아!"

순간 포이즌 블루비의 안개 속에서 두 줄기 황금색 빛줄기가 이글거리더니 소름 끼치는 소리가 터져 나왔다.

후두두둑!

안개 속에서 터져 나온 외침에 갑자기 포이즌 블루비들이 멈칫하더니 일제히 땅으로 몸을 곤두박질치듯 떨어져 내렸다.

퍽퍽!

힘겹게 오른손에 롱 소드를 들고 있던 전사가 땅에 떨어진 포이즌 블루비들을 레더 부츠를 신은 발로 밟으며 한동안 주변을 돌아다녔다. 땅에 떨어진 포이즌 블루비들은 날개를 파드득거렸으나 무언가 강한 타격을 입은 듯 몸을 허공으로 띄우지 못하고 결국 전사의 발에 밟혀 몰살당하고 말았다.

"휴~"

한동안 주변을 수색하여 아직 멀쩡한 포이즌 블루비들이 남아 있는지 살펴보던 전사가 길게 한숨을 내쉬며 몇 걸음 이동하여 수풀이 잔뜩 우거진 자리에 털퍼덕 주저앉았다.

텅!

검은색 본 헬름을 벗은 전사가 이마의 땀을 망토 안쪽 면으로 닦았다. 얼굴을 덮은 먼지가 땀에 씻겨지며 피곤한 한 남자의 얼굴이 드러났다. 바로 얀이었다. 얀은 땀을 닦아내려 들었던 팔에 지끈거리는 통증이 느껴지자 얼굴을 찡그리며 건틀릿을 벗었다. 역시 포이즌 블루비의 독침이 건틀릿과 갑옷 사이의 틈새를 뚫고 팔뚝에 박혀 있었다. 때

마침 벌써 여러 차례 사용하여 바닥까지 소모되었던 마나가 자동으로 회복되어 드래곤피어 스킬을 발동치 않았다면 위험한 상황에까지 몰릴 뻔했다. 이미 지니고 왔던 힐링 포션과 마나 포션을 거의 소모했기에 위급한 상황이 아니라면 함부로 마실 생각도 없었지만 조금 전에는 포션을 마실 틈도 없었던 것이다. 절망의 동굴에서 얻었던 롱 소드에 붙은 옵션 중 적을 제거 시 체력과 마나가 +5 되는 옵션이 조금은 도움이 되었고 그의 갑옷 등에는 옵션으로 높은 독 방어와 독 저항력이 걸려 있었기에 독에 중독되었어도 체력이 빨리 떨어지지 않은 것이 다행이었다.

팅!

고통에 얼굴을 찡그리며 뽑아낸 포이즌 블루비의 독침이 금속성의 소리를 내며 땅바닥에 몇 번 팅기고는 수풀 한쪽으로 사라졌다. 독침을 뽑아낸 자리에서 녹색으로 중독된 피가 흘러내렸다.

"큐어 포이즌!"

얀이 독침으로 상처가 생긴 곳에 해독 마법을 시전했다. 독이 제법 독한 듯 1클래스의 큐어 마법으로는 해독이 되질 않았기에 3클래스의 큐어 포이즌 마법을 사용하여 해독하게 된 것이었다.

"리커버리!"

1클래스의 리커버리 마법으로 상처를 치료하였다. 리커버리 마법은 클래스의 영향을 받아 클래스가 낮을 때는 가벼운 상처의 회복만을 할 수 있었고 고위급으로 갈수록 깊은 상처나 치명적인 상처를 입은 유저나 본인의 상처를 치료할 수 있었다. 그의 리커버리 마법은 현재 3클래스 급으로 아직은 간단한 찰과상 정도만을 치료할 수 있을 정도였다. 대충 체력을 회복한 얀은 곧바로 길을 떠나기보다는 잠시 앉아 그의 앞으로 펼쳐진 수많은 언덕과 숲으로 이루어진 구릉 지대를 바라보았다.

"에휴~ 언제까지 이렇게 헤매고 다녀야 하는 건지……."

얀의 입에서 한숨이 터져 나왔다. 지난번 마지막 맵 포인트를 찍었던 성산 바젤라 지역에서 북쪽으로 이틀을 걸어 올라와 얀은 지금 그가 헤매고 있는 이 지역으로 들어설 수 있었다.

마치 결계가 쳐져 있는 듯 맑은 하늘이 그가 들어서는 지역을 따라 금을 긋듯 경계가 그어져 있었고 그 안쪽은 온통 회색 빛 구름이 하늘을 가리고 있었다. 그리고 생동감있게 푸르름을 유지하고 있어야 할 숲도 온통 회색 먼지를 뒤덮은 채 어딘지 음습함을 뿌리고 있었다. 얀이 정상적인 하늘과 대지를 벗어나 한 걸음 회색의 하늘과 대지로 들어서자 그의 지도에 어둠의 왕국 입구라는 새로운 지명이 자동으로 입력되었다. 그리고 독을 품고 있는 몬스터들이 얀의 앞길을 수시로 가로막으며 나타나기 시작했다.

그런데 얀이 홈페이지에서 검색한 자료와는 다르게 몬스터들이 레벨에 비해 강력한 위력을 가지고 있었다. 얀의 머리 속에 입력된 몬스터 도감보다도 거의 2배가 넘는 공격력과 방어력을 지닌 것도 있었다. 혹시나 하여 열어본 상태 창으로 자신의 상태를 점검해 본 얀은 그 원인을 찾을 수가 있었다. 그의 암흑 계열 물리 데미지와 암흑 계열 마법 데미지, 방어력 등이 1/4 정도 감소되어 있었다. 아마도 그의 지도에 어둠의 왕국 입구라 새로 추가된 이 지역부터는 어둠의 왕이 둘러친 마법 결계의 영향을 받는 듯했다.

결국 얀은 3일 동안 맵 포인트를 하나둘 찾아 그의 지도에 추가하며 매번 힘겨운 전투를 치러야 했다. 느닷없이 땅속에서 솟아오르는 거대한 블랙 웜과 나무 위나 수풀이 짙게 우거진 웅덩이 속에 숨어 있다가 갑작스럽게 덮치는 거대한 독거미들 때문에 제대로 마음 놓고 쉴 틈도 없었다. 무엇보다도 얀을 제일 괴롭힌 것은 바로 포이즌 블루비들로 크기도 작은 것들이 수천 마리씩 무리 지어 덮치는 것이었다. 얀이 마법 클래스가 높다면 파이어 필드 마법 등으로 쉽게 해결할 수도 있었겠지만 아직 얀은 부직업인 마법사의 클래스는 겨우 3클래스라 위력적인 대단위 공격 마법은 배울 수도 사용할 수도 없었다. 일반적으로 한 가지 직업을 마스터하면 상점 등에서 구할 수 있는 다른 직업의 일반 스킬을 쓸 수도 있지만 그것은 얀이 마스터한 전사 계열에 해당되는 이야기였다. 전사 계열과 마법사 계열은 서로 엄연히 다른 체계를 가지고 있었다. 얀이 중급 마법을 쓰려면 마법 계열의 어느 한 분야에서 그만큼 클래스의 발전이 있어야 가능했다. 다행히 얀에게 드래곤피어 스킬이 있어 수시로 출몰하는 포이즌 블루비들의 공격을 잘 막아내었지만 이미 전날 지니고 온 대부분의 마나 포션을 소모하고 몇 병 남지 않은 터라 최대한 아끼며 사용을 자제하고 있었다. 지니고 온 마나 포션이 적지 않았지만 마나 소모량이 큰 드래곤피어 스킬을 자주 쓰게 되니 이틀 만에 바닥을 드러내고 말았던 것이다.

"이것참, 다시 돌아갔다 와야 하나?"

얀은 포션을 더 구입하러 마을로 돌아갈까 생각해 보았지만 이내 고개를 흔들었다. 지금 얀에게는 한 장당 2만 골드나 하는 텔레포트 스크롤을 낭비할 여유가 없었다. 지난 5일 동안 몬스터들에게서 떨어진 골드를 주워 모았지만 겨우 5만 골드에 불과했다. 텔레포트 스크롤 두 장에 약간의 물약 값과 수리비는 되지만 아직 포션을 다 쓴 것도 아니기에 하루 정도는 더 버틸 수 있을 것 같았다.

'그래도 일단 포션이 전부 떨어질 때까지는 좀 더 버텨보자.'

얀은 마나 게이지가 빨리 차 오르기를 기다리며 롱 소드에 묻은 몬스터의 녹색 체액들을 닦아내며 장비들을 점검하기 시작했다.

2

얀은 마나 게이지가 채워지자 자리에서 일어났다. 지금 그에겐 시간이 촉박했다. 얀의 퀘스트난에는 2개의 퀘스트가 생성되어 있었다. 잊혀진 도시 퀘스트와 대장장이 노인의 부탁이라는 이름의 퀘스트였다. 보통 4~5개에서 10개도 넘는 퀘스트들을 받아놓고 게임을 하는 다른 유저들보다 훨씬 적은 퀘스트였지만 얀은 2개의 퀘스트에서 풍기는 난이도에서 심적 압박을 느끼고 있었다. 그가 갑옷을 수리하러 아함브라에 머물며 스킬을 만들고 길드전을 치른 이후 바로 길을 떠나지 않고 한동안 마탑에 머문 것은 이유가 있었다. 얀이 며칠을 마탑에 머물면서 매일 잊어버리지 않고 확인을 한 것이 바로 퀘스트난의 변화였다. 그는 자신이 퀘스트를 계속 수행하지 않을 시 발생하는 퀘스트난의 변화를 알고 싶었기 때문이다. 얀이 현실 시간으로 일주일이 되도록―아르카디아에 매일같이 접속할 수가 없어 아함브라에서만 그의 캐릭이 일주일 넘게 머물게 됨―퀘스트를 수행하지 않자 게임 시간으로 한 달째가 되었을 때 그가 받은 잊혀진 도시 퀘스트난에 한 가지 변화가 일어났다.

퀘스트의 이름 뒤에 ~29란 숫자가 떠오른 것이다. 한 달 내에 퀘스트를 진행하지 않으면 실패로 간주한다는 뜻의 숫자였다. 그 숫자는 얀이 다시 퀘스트를 진행함에 따라 사라졌지만 대신 ~89라는 숫자가 떠 있었다. 그것은 게임 내의 시간이 아닌 현실 시간으로 3개월 내 퀘스트를 마쳐야 하는 것을 알려주는 것이었다. 그리고 그것은 얀이 알고 싶었던, 그가 받은 퀘스트의 비밀이었다. 이미 잊혀진 도시의 예비 퀘스트 격인 절망의 홀 퀘스트부터 심상치 않은 징조를 보였기에 확실한 것을 알고 싶었던 얀은 결국 아함브라에 머물며 그의 퀘스트가 보통의 퀘스트가 아닌 것을 확인할 수 있었다.

아르카디아의 퀘스트는 일반, 중급, 상급, 이벤트, 스페샬 퀘스트로 분류되어 있었다. 일반 퀘스트는 어느 장소의 누가 주는지만 알면 어떤 조건도 없이 말을 건 모든 유저가 받을 수 있는 퀘스트로 레벨이나 시간적 제한이 없었다. 보통 초보들이나 저렙용의 퀘스트로 마을 내 NPC들의 위치를 알려주기 위한 기초 퀘스트부터 저렙 유저들이 어떤 등급의 몬스터를 사냥해야 하는지 알 수 있도록 도와주며 기본적인 무기나 방어구들을 얻게 도와주는 퀘스트였다. 이런 일반 퀘스트는 홈페이지에 각 왕국별, 도시별로 자세히 소개되어 있었다. 중급 퀘스트는 일반 퀘스트보다는 난이도가 높은 퀘스트로 레벨이나 정해진 스킬 수련도, 퀘스트의 해당 직업의 유저들만이 받을 수 있게 하는 등의 제한적인 요소들이 있었다. 보통 레벨 50~60 이상의 유저들을 위한 퀘스트로 유저 개인적으로 해결하는 퀘스트도 있지만 파티를 맺어 해결할 수 있는 퀘스트들도 있었다.

중급 퀘스트도 시간적 제한은 없었다. 퀘스트를 부여받고 언젠가 능력과 기회가 있을 때 해결하면 되는 것이었다. 상급 퀘스트는 100레벨 이상의 유저들에게 주어지는 퀘스트로 역시 정해진 요건을 충족한 유저 단독이나 파티 개념으로 해결할 수 있는 퀘스트들이 있었다.

중급 퀘스트와는 다르게 해당 퀘스트를 수행하는 이가 있을 시 그가 실패하기 전까지는 다른 유저나 파티에 퀘스트가 생성되지를 않는다.

그러나 먼저 퀘스트를 부여받은 유저가 퀘스트에 성공해도 사라지지 않고 다음 신청하는 유저나 파티에 퀘스트가 재생성된다. 하지만 퀘스트를 부여받은 사람이 게임 시간으로 일주일 넘게 퀘스트에 도전하지 않거나 퀘스트를 부여받고 게임 시간으로 한 달 동안 완료를 못할 시에는 퀘스트에 실패로 간주된다. 퀘스트를 부여받고 3일 동안 퀘스트를 진행치 않을 시 퀘스트 명 뒤에 숫자가 생성되어 카운트된다. 카운트가 0이 되면 퀘스트는 실패가 되고 만다. 이벤트 퀘스트는 게임사가 새로운 패치를 적용하거나 특별히 이벤트 행사가 필요할 경우, 크리스마스나 발렌타인데이 등 특정한 기념일 등에 열어주는 퀘스트로 일반 퀘스트 등급부터 상급 퀘스트 이상의 퀘스트를 그때그때 필요에 맞추어 열어주는 퀘스트였다. 얀이 블랙 드래곤의 위엄 세트를 얻은 흑룡의 신전 역시 이벤트 퀘스트에 속하는 것이었다. 이벤트 중에서도 바로 S급의 스페샬 퀘스트였다.

S급이라 호칭되는 스페샬 퀘스트로는 대중적으로 현재 남부 드래고니아 왕국의 퀘스트가 유일하게 알려져 있었다. 드래고니아 왕국의 남부 도시 미프르이의 한 초라한 주점에서 얻을 수 있는 이 퀘스트는 먼저 주정뱅이의 넋두리란 퀘스트에서 시작된다. 주정뱅이는 원래 유명한 모험가로 남부 대륙 끝으로 여행을 떠났다가 암흑의 기운이 감도는 고색창연한 마탑에 들어갔다 나온 이후 늘 공포와 술에 취해 살고 있었다. 그는 늘 취해 살았는데 어떨 때는 근처의 지나치는 아무 유저에게나 술 한잔을 사주면 자기가 겪었던 무서운 이야기를 들려준다고 유저를 붙잡는다. 그가 그런 행동을 하면 앞서 그의 넋두리를 들었던 유저가 퀘스트에 실패했다는 증거였다.

그런데 그의 넋두리가 몇 달간 들려오지 않는 일이 있었다. 한 유저가 그런 주정뱅이의 행동에 홈페이지를 통해 문의해 오자 ㈜아르카디아의 운영진이 민감하게 반응했다. 퀘스트가 해결되지도 않았는데 주정뱅이가 퀘스트를 다른 유저에게 생성치 않자 조사에 나선 것이다. 알고 보니 퀘스트를 받았던 유저가 퀘스트를 이행치 않고 게임에 장기간 접속을 않고 있었다. 부랴부랴 패치를 통해 ㈜아르카디아에서 새로운 퀘스트 방침을 홈페이지에 공개했다. 상급 퀘스트부터의 시간적 제한은 이때부터 등장하게 된 것이었다.

그러면서 남부의 '남부의 열정'이란 이름의 주점과 주정뱅이 한스의 넋두리란 퀘스트가 주목을 받게 되었다. 다시 패치를 통해 들리기 시작하는 주정뱅이 한스의 넋두리는 거의 매일같이 들려왔던 것이다. 그에게 술값을 대주고 퀘스트를 받았던 이들이 다시 그에게 퀘스트를 받으려고 매일같이 술집에 드나들며 결국 칼부림에 길드전까지 벌이게 되자 단순한 일반 퀘스트로 인식했던 이들이 주정뱅이의 넋두리에 관심을 끄는 계기가 되어버린 것이다. 결국 주정뱅이 한스에게 한잔 술을 사며 퀘스트를 받기 위해 NPC 주점 주인이 번호표를 발급하는 것도 모자라 한번 퀘스트를 실패한 이는 다음 순번의 10명이 실패할 때까지 퀘스트를 받을 수 없게 하는 조치를 취했으나 그래도 역시 퀘스트를 받으려는 유저는 너무 많았다. 결국 주정뱅이 한스의 퀘스트를 받기 위해서 미프르이의 잘 알려진 상급의 퀘스트 3개를 먼저 수행했다는 증표를 보여주고 주점 주인이 발급한 번호표를 받고 며칠을 기다려야 하는 사태가 되자 둔감했던 유저들도 주정뱅이의 퀘스트가 보통 퀘스트가 아님을 알 수 있었다. 결국 S급의 퀘스트라는 것이 도시와 왕국 전체에 퍼지는 것은 시간문제였다. 드래고니아의 한적한 남부 도시 미프르이는 그날로 왕국과 이웃 왕국에서 몰려든 고 레벨의 유저들로 인산인해

를 이루며 대도시로 발전해 갔다. ㈜아르카디아에서는 이제 유저 단독
이 아닌 8명의 1개 파티로도 퀘스트를 받을 수 있도록 조치를 고려하고
있을 정도로 아직껏 주정뱅이 한스의 넋두리는 계속되고 있었다.

안은 자신이 깨고 있는 잊혀진 도시의 퀘스트가 레벨 150은 넘어야
받을 수 있다는 스페샬 퀘스트일 거라는 확신을 얻게 되자 서둘러 이
곳으로 날아오지 않을 수가 없었다. 그가 예비로 깼던 절망의 홀 퀘스
트는 분명 상급은 되어도 S급의 퀘스트는 아니었다. 바로 남부의 주정
뱅이의 반복되는 넋두리처럼 그가 만약 실패할 시 그가 절망의 홀을
깬 증거로 가지고 있는 롱 소드가 다시 바빌론의 절망의 동굴로 소환
되어질지도 모른다는 생각을 하게 된 것이었다. 어느 날 사라졌던 롱
소드가 복원된다면 이미 그 능력치가 아이템 매거진을 통해 공개되었
기에 유저들은 눈에 불을 밝히고 바빌론에서 안이 찾아내었던 절망의
홀 퀘스트를 찾게 될 것이다.

그렇게 된다면 어쩌면 안은 남부 미프르이의 유저들처럼 번호표를
받으며 잊혀진 도시의 퀘스트를 받기 위해 줄을 서야 하는 경우가 되
어버릴지도 모르기에 마음이 초조해지기 시작했다.

더구나 새로 받은 대장장이의 부탁이란 퀘스트도 그 난이도를 보니
S급 퀘스트의 예비 퀘스트 성격이 짙기에 안이 서둘러 북쪽으로 날아
오게 한 원인이 되었다.

"오늘은 어느 정도 실마리를 잡아야 할 텐데……."

안은 잊혀진 도시 퀘스트난을 누르면 나타나는 부가 설명을 보며 중
얼거렸다. 처음 성산 바젤라를 향해 출발했던 때에는 어둠의 파수꾼을
제거하라고 나와 있던 설명문은 현재 어둠의 문을 지나 슈바빌론으로
검을 세워라로 바뀌어져 있었다.

"에혀~ 그놈의 문은 대체 어디에 있는 거야?"

얀은 며칠을 걸어다니느라 퉁퉁 부은 발을 이끌며 한숨과 함께 투덜
거렸다.

3

끼르르르!

끼이이이!

얀은 헉헉거리며 힘겹게 뛰던 몸을 돌렸다. 그의 왼손은 신궁 슈페
리어의 활대를 잡고 있었고 어느새 오른손은 활줄을 뒤로 세차게 당기
고 있었다.

휘릭!

왼손 엄지로 붉은색 루비를 눌렀기에 파이어 에로우 마법력이 섞인
화살이 불꽃을 허공에 뿌려대며 목표 지점을 향해 매섭게 날아갔다.

픽!

끼아아!

얀의 6배가 넘는 듯한 거대한 몸을 지닌 거대 거미가 마치 칼날처럼
위험하게 생긴 앞발을 치켜들고 얀의 뒤를 쫓아오다가 얀의 화살 공격
에 비명을 지르며 울부짖었다. 거미의 등판에서 지글지글거리며 한동
안 불길이 솟더니 검은 연기가 거미의 이동에 따라 허공에 흐르며 공
기 중으로 사라져 갔다.

"독한 놈들."

안은 다시 몸을 돌려 앞으로 달려나갔다. 그 뒤를 7마리의 거대 거미가 괴성과 함께 8개의 발을 빠르게 놀리며 뒤쫓아왔다. 종류도 다양하게 독을 무기로 쓰는 포이즌 스파이더가 2마리에 칼날 같은 앞발 두 개를 무기로 쓰는 나이트 스파이더가 3마리, 아이스 맵을 발사하여 몸을 얼음 거미줄로 묶은 뒤 공격하는 아이스 스파이더 1마리, 다른 거미들보다 두 배 크기의 자이언트 스파이더 1마리가 육중한 몸을 이끌고 쿵쿵 땅을 울리며 다른 거미들의 뒤에서 느리게 쫓아오고 있었다. 거미들의 몸 이곳저곳에는 안이 날린 화살들이 여러 발 박혀 있었다. 궁수 유저들을 위해 아르카디아에서는 일반 화살 100발당 무게 1을 주어 많은 양을 휴대할 수 있도록 하고 있었는데 이는 검사 등의 전사들이나 마법사들처럼 형평성을 맞추어주기 위해서였다. 초기에 화살 1개당 무게 1을 주자 많은 궁수가 화살을 겨우 1～200발 정도만 들고 사냥을 나서게 되어 한참 사냥 중에 화살이 떨어져 위험에 빠지게 되고 화살을 재구입하러 마을로 자주 귀환해야 하는 등 불편한 점이 많았다.

결국 사냥이나 레벨 업을 위한 파티 결성에 궁수 유저들은 기피 대상에 꼽히며 소외당하게 되고 결국 많은 궁수 유저가 게임을 접는 상황이 벌어지자 부랴부랴 패치를 단행한 것이다.

직접 몬스터와 접전을 벌이는 것이 아니기에 자신보다 상급의 몬스터를 사냥하는 재미도 있지만 아직도 칼 한 자루, 도끼 한 자루로 무한 사냥을 할 수 있는 일반 전사에 비해 화살을 일정량 들고 다녀야 하는 궁수 캐릭터의 불편함 때문에 아처 마스터들이 상대적으로 적게 배출되고 있는 형편이었다. 안의 슈페리어는 화살이 없어도 마나를 모아 화살을 날릴 수 있었다. 그렇지만 그것은 마나의 소모량이 많고 또 다른 사람들의 주목을 받을 수 있기에 안은 항상 4～5,000발의 화살을 휴대하고 있었다(인벤 창 하나에 겹쳐 보관할 수 있기에 가능한 일이었다).

타타탁!

일정 거리를 직선으로 달리던 얀은 재빨리 돌아서서 쫓아오는 거미들에게 파이어 에로우와 라이트닝 에로우를 번갈아 한 발씩 날렸다.

끼아아!

끽!

이미 얀에게 화살을 여러 발 맞아 체력이 다한 나이트 스파이더 2마리가 비명을 지르며 빛으로 변해 사라졌다.

쨍그랑!

그 자리에 노란색의 골드들이 떨어져 반짝였다. 얀은 1이나 혹은 10이란 숫자가 적혀 있을 떨어진 주화를 얼른 줍고 싶었지만 성난 기세로 달려드는 거미들 때문에 일단 포기하고 다시 몸을 돌려 앞으로 튀어 나갔다. 멀티 풀샷을 날리고도 싶었지만 튼튼한 외피를 지닌 놈들이기에 관통력이 약한 멀티 풀샷으로는 마나만 낭비하고 큰 효과가 없어 모처럼 달리기 운동을 실컷 해보는 얀이었다. 일단 어느 정도 거미들의 숫자를 줄이고 체력을 떨어뜨리는 작전을 하는 이면에는 힐링이나 마나 포션이 얼마 남지 않았다는 현실적인 이유도 섞여 있었다. 설마 죽기야 하랴 생각하고 미친 척 50마리가 넘는 거미들에게 롱 소드를 치켜세우고 덤볐던 1시간 전에 있었던 전투에서 그만 힐링 포션을 10병은 넘게 마셔대야 했기에 얀은 다시 무모하게 접근전을 펼칠 수가 없었다. 거미들은 의외로 외피가 단단하고 체력이 높았다. 어쩌면 회색 빛 구름 덮인 하늘 아래 펼쳐진 결계의 영향 때문인지도 몰랐다.

몇 번에 걸친 얀의 질주와 반전 후 화살 공격에 의해 포이즌 스파이더와 나이트 스파이더가 더 이상 얀을 추격하지 못하고 빛을 뿜으며 사라져 버렸다. 남은 것은 아이스 스파이더와 자이언트 스파이더 2마리뿐이었다. 얀은 멈추어 서서 슈페리어에서 롱 소드로 무기를 바꾸어 들었다. 아무리 경갑을 입었다지만 계속 달리다 보니 숨이 차오르고 지쳤던 것이다. 얀은 숨을 고르며 거미들이 다가오기를 기다렸다.

끼르르!

먼저 아이스 스파이더의 얼음 거미줄이 허공에 뿜어져 나와 얀의 머리 위로 활짝 펼쳐지며 떨어져 내렸다. 아마 저것에 몸이 묶인다면 칼로 끊을 수는 있겠지만 그동안 거미들의 공격에 무방비로 당할 수 있기에 얀은 아껴둔 마나를 쓰기로 결심하고 검기 스킬을 활성화시켰다. 파르스름한 검기가 얀의 황금색 롱 소드에 은은하게 피어오르기 시작했다.

타핫!

얀은 허공으로 도약하여 덮쳐 내리는 얼음 그물을 일도양단하여 무력화시키고는 아이스 스파이더의 몸 위로 칼을 치켜들며 떨어져 내렸다.

휘익!

아이스 스파이더가 몸을 회전하며 얀을 향해 다급히 두 번째 아이스 웹(Web)을 뿜어대었지만 이미 얀은 충분한 공격 거리까지 도달해 있었다.

파팟!

끼르륵!

아이스 스파이더가 등에 가로, 세로로 두 줄기 검기를 맞아 네 조각으로 갈라지며 비명을 질렀다.

쿵쿵!

뒤처져 있던 자이언트 스파이더가 그제야 얀이 있는 곳에 당도했다. 커다란 덩치를 가진 자이언트 스파이더이기에 이동 속도가 느렸던 것이다. 자이언트 스파이더가 앞다리를 들어 얀을 찍어 뭉개듯 내려쳐 왔다.

'……?'

얀은 다급히 몸을 피하려다가 몸이 움직여지지 않자 눈을 돌려 발을 살폈다. 아이스 스파이더가 죽어가면서 날렸던 아이스 웹의 일부분이 그의 오른발에 묻은 듯 오른발은 레더 부츠 표면에 하얗게 성에가 낀 채 대지에 얼어붙어 있었다. 얀은 롱 소드를 휘둘러 레더 부츠 아래의 땅을 강타하며 몸을 옆으로 굴렸다.

쾅!

얀이 롱 소드로 충격을 주어 얼음을 깨고 몸을 피함과 동시에 그가 있던 자리에 자이언트 스파이더의 징그러운 다리가 꽂히듯 떨어져 내리며 커다란 충격음이 터져 나왔다. 자이언트 스파이더의 육중한 체중을 실은 앞발이 땅에 1m도 넘게 푹 박히며 주변에 흙먼지를 일으키는 것이 만약 그대로 직격당한다면 제법 데미지가 높게 나올 듯했다.

쾅쾅!

자이언트 스파이더가 이리저리 몸을 굴리며 피하는 얀을 밟아 죽이려는 듯 털이 거칠게 난 징그러운 다리를 얀에게 내리꽂았다. 다리 하나의 두께가 얀의 몸통의 두 배 가까이 되었다.

쾅!

끼륵!

금속성과 함께 자이언트 스파이더가 외마디 비명을 질렀다. 얀이 그 틈에 몸을 굴려 자이언트 스파이더의 몸 밑을 빠져나왔다. 얀의 오른

손에 들려진 롱 소드의 검끝에 자이언트 스파이더의 것으로 보이는 녹색의 체액이 묻어 있었다. 그러나 배에 일침을 당한 자이언트 스파이더의 상처는 그리 커 보이지 않았다. 제법 두꺼운 외피에 겨우 검끝이 살짝 외피를 뚫고 들어가 내부에 상처를 주었을 뿐이었다.

끼아!

자이언트 스파이더가 사람처럼 뒤의 두 다리로 몸을 곧추세우고 소름 끼치는 분노의 괴성을 지르더니 다시금 8개의 다리를 대지에 붙이며 몸을 움츠렸다.

파팡!

동시에 8개의 다리로 대지를 걷어차며 육중한 몸을 날려 얀의 머리 위로 마치 깔아뭉개듯이 덮쳐 내렸다.

쿠쿵!

사람 머리만한 돌덩이들이 사방팔방으로 깨어져 나가고 흙먼지가 자욱하게 피어올랐다. 몸을 일으킨 자이언트 스파이더가 얀의 시체를 찾는 듯 두리번거렸다. 그때 자이언트 스파이더의 등에 작은 그림자가 생겼다.

끼이?

자이언트 스파이더가 공중을 경계하는 듯 몸을 움직이려는 순간 어느새 떨어져 내린 얀이 롱 소드에 강한 검기를 일으켜 자이언트 스파이더의 등에 꽂았다.

퍼펑!

끼아아!

두터운 외피가 뚫리며 녹색의 체액이 분수처럼 허공으로 솟구쳐 올랐다. 자이언트 스파이더가 비명을 지르며 몸부림을 치자 잡고 버틸

만한 것이 없는 얀은 몸을 날려 자이언트 스파이더의 뒤쪽으로 내려앉았다.

끼르르!

고통에 몸부림치던 자이언트 스파이더가 분노로 몸을 떨며 얀을 향해 시선을 돌렸다. 그러나 자이언트 스파이더가 어떠한 행동을 취하기 전에 이미 얀이 자이언트 스파이더의 정면으로 치고 들어가고 있었다.

"십자베기!"

얀의 롱 소드가 번쩍 빛을 발하며 자신을 찍어 내려오는 자이언트 스파이더의 두터운 다리를 단숨에 네 조각을 만들었다.

끼아!

자이언트 스파이더가 비명을 지르며 뒤로 물러섰다.

"타핫!"

그러나 얀은 멈추지 않고 정면으로 달려가 도약했다. 눈앞으로 커다란 바위를 연상시키는 체구의 자이언트 스파이더의 몸이 급속히 가까워지며 자이언트 스파이더의 머리 부분이 보였다.

"파워 소드 어택!!"

얀의 검기를 가득 머금은 롱 소드가 두려움을 느낀 듯 머리에 붙어 있는 2개의 더듬이로 자신의 머리를 감싸는 자이언트 스파이더의 머리를 직격하였다.

파파파팟!

끼아아아아아!

흙먼지를 일으키며 무릎을 꿇은 자세로 착지한 얀의 등 뒤로 머리부터 좌우로 갈라진 자이언트 스파이더의 커다란 몸이 제각각 녹색의 체액을 땅에 쏟으며 쓰러졌다.

쿠웅!

자이언트 스파이더가 쓰러지면서 남긴 울림을 발바닥의 진동으로 느끼며 얀은 롱 소드에 묻은 녹색의 체액을 털어내어 검집에 집어넣었다. 얀은 자이언트 스파이더의 시체가 사라지자 떨어지는 아이템을 살폈으나 겨우 70골드만을 발견하고 얼굴을 찡그리며 자신이 쫓겨왔던 길을 되돌아 걸으며 아이템 수거에 들어갔다. 그러나 매직 급 아이템 하나 없이 겨우 중급 힐링 포션 2개와 450골드만을 수거할 수 있었다.

'이래서야 어떻게 딸린 식구들을 먹여 살리나.'

내심 혀를 차며 얀은 힐링 포션과 450골드를 인벤 창을 열어 집어넣었다. 남은 힐링 포션의 갯수를 세어본 후 인벤 창을 대충 정리하던 얀의 눈이 반짝였다.

까맣게 잊고 있던 아이템이 인벤 창에 있는 것을 발견했기 때문이다.

'이것은?

인벤 창의 한구석을 차지하며 붉은색의 어딘지 불길한 기운을 내뿜고 있는 샴쉬르 모양의 칼 한 자루. 그것은 지난번 성산 바젤라에서 얀이 처치한 어둠의 파수꾼인 프로스트 스켈레톤 나이트 누멘의 샴쉬르였다. 그의 옆구리에 꽂혀 있다가 누멘의 잘려진 팔과 함께 땅에 뒹굴던 샴쉬르는 누멘이 제거된 이후에도 사라지지 않아 얀이 발끝에 걸린 샴쉬르를 보고 그의 인벤 창에 넣어두었던 것이다.

'그동안 까맣게 잊고 있었군.'

얀은 그 순간 퀘스트를 주었던 노인의 말 중 한 구절이 떠올랐다.

"어둠의 파수꾼에게 열쇠를 얻어 위대함에 이르는 다리로 가게."

"젠장, 진작 좀 생각날 것이지."

얀이 아둔한 머리를 탓하며 투덜거리다가 인벤 창에서 샴쉬르를 꺼내어 들고 옵션을 살폈다.

〈저주받은 프로스트 스켈레톤의 샴쉬르〉

재질:프로스트 스켈레톤 로드의 저주받은 뼈.

공격력:기본 샴쉬르 공격력 30.

　　　+재료 공격력 80.

부가 옵션:공격 시 강한 결빙 효과를 줌.

　　　언데드에게 150% 추가 데미지를 줌.

　　　언데드 계열에 타격 시 데미지 25% 감소.

　　　암흑 계열 물리, 마법 공격력 15% 증가.

　　　암흑 계열 물리, 마법 데미지 10% 감소(타격 시).

변신 마법:프로스트 스켈레톤으로 변신할 수 있다(하루에 한 번 사용

　　　가능. 현재의 레벨과 능력치의 영향을 받음).

얀은 입이 벌어졌다. 이거 유니크 급이 아닌가? 그의 마탑 2단에 있는 무기고와는 별도로 만들 3단의 개인 켈렉션에 보관할 가치가 있는 아이템이었다.

'그런데……'

얀은 옵션을 보다가 부가 옵션에서 변신 마법이라는 항목에 눈이 멎었다.

'프로스트 스켈레톤으로 변신을 할 수 있다? 그럼 내가 몬스터가 될

수 있다는 것인가? 그럼 몬스터에게 공격을 받지 않을 수도 있을까?

문득 제법 쓸모가 많을 옵션이 될 것 같다는 생각을 하며 이것이 퀘스트에 어떤 역할을 할 수 있을지 곰곰이 생각을 해보게 되는 안이었다.

4

움찔!

회색 빛 대지의 일부분이 조금씩 꿈틀댔다.

바스락!

마른 풀잎을 헤치고 기다란 촉수 하나가 땅속에서 솟아올랐다. 언제인지도 모르게 까마득히 오래전부터 거의 변화가 없는 일상을 지내던 나날 속에서 오늘은 약간 분위기가 이상했다. 평소와는 땅 위에서 느껴지는 기척이 달랐다. 아직 근처에 서식하는 포이즌 스파이더가 순찰을 돌 시간도 아닌데 이곳저곳에서 기척이 들리고 또 멀어지고 있었다. 아니, 한 가지 기척은 오히려 촉수가 뻗어 나온 곳 근처로 가까이 다가오고 있었다. 문득 촉수에 느껴지는 으스스한 한기와 불길한 위험의 기운은 촉수의 본체를 다급하게 만들었다. 언젠가 아주 오래전 대지 위에 서식하던 인간들을 몰아내던 기운들과 아주 흡사했기 때문이다. 촉수의 본체에 입력된 오래된 기억이란 정보가 가동되었다.

어느 날 그들은 어둠 깊은 곳에서 올라와 대지 위에 무자비한 암흑의 기운을 마구 폭발시켰다. 덕분에 인간들에게 쫓기던 생활에서 한가해졌지만 그들은 눈에 띄는 필드형 몬스터들에게도 아주 잔인했기에 깊은 공포로 각인되어 있는 존재들이었다.

쿵!

그리 멀지 않은 곳에서 또 한 번의 진동이 일자 본체가 촉수를 회수하여 다급히 깊은 지하로 몸을 감추려고 시도하였다. 그러나,

콰콰쾅!

취히힉!

거칠게 대지의 거죽이 뒤집히는 듯한 충격과 함께 마침 지하 깊숙한 곳을 향해 몸을 뒤집던 본체는 옆구리(?) 부근으로 거세게 파고드는 금속성의 이물질에 의해 엄청난 고통을 느끼며 공포의 비명을 터뜨려야 했다.

쫘당!

2m가 넘는 블랙 웜이 거센 힘에 들리워져 땅에서 무 뽑히듯 뽑혀져 나와 대지 위에 거칠게 던져졌다.

취히잉!

녹색의 체액을 분수처럼 흘리면서도 블랙 웜은 자신이 감당할 수 없는 기운을 흘리는 가해자에게 감히 대항할 생각도 분노의 외침을 내지를 생각도 못하고 땅속으로 도망가기 위해 애처로운 비명을 토하며 바둥거렸다.

서걱!

어딘지 불길하고 위험해 보이는 붉은색 칼날이 나타나 도망치기 위해 바둥거리는 블랙 웜을 간단히 두 동강 내며 지나갔다. 블랙 웜이 몇 개의 골드를 떨어뜨리고 빛을 뿌리며 사라져 버렸다.

저벅!

　땅에 뒹구는 황금색 동전 위로 기다란 그림자가 드리워지더니 그림자가 내민 손에 의해 동전이 사라졌다. 동전을 수거한 그림자가 고개를 들었다. 회색 빛 구름 짙은 흐린 하늘 아래 온통 검은색 일색의 무구를 걸치고 있어 마치 그림자처럼 검게 보이는 3m가 넘는 체구의 전사가 고개를 들고 있었다.

　그런데 쓰고 있는 본 헬름의 아래, 갑옷과 연결된 목 부근과 건틀릿을 낀 팔과 갑옷의 연결 부위에 언뜻 드러나는 부위에 파르스름하게 빛나는 뼈가 어둠 속에서 빛나고 있었다. 주변의 기온을 떨어뜨리며 지나치는 걸음마다 주변에 하얗게 성에를 끼게 하고 있는 존재는 바로 프로스트 스켈레톤 나이트였다.

　"젠장, 이거 하루 동안 겨우 1,000골드도 못 건지겠는걸. 이렇게 눈 먼(?) 블랙 웜이나 잡다간 조만간 쪽박 차겠네."

　으스스한 분위기를 내던 프로스트 스켈레톤 나이트의 본 헬름 속에서 투덜거리는 소리가 터져 나왔다. 그는 바로 변신 마법으로 프로스트 스켈레톤 나이트로 변신한 안이었다. 누멘에게 얻은 샴쉬르를 롱소드 대신 장착하여 스킬 창에 생성된 변신 마법 스킬을 이용, 프로스트 스켈레톤 나이트로 변신하니 당장 외모부터가 달라졌다. 180㎝의 안이 사라지고 3m의 거구를 자랑하는 모습으로 탈바꿈하게 된 것이었다. 다행히 입고 있던 블랙 레더 아머 등은 그에 맞추어져 있었다. 어떤 것이 변했나 상태 창을 살펴보니 암흑 계열의 공격력과 방어력이 엄청나게 상승되어 있었다. 그것은 샴쉬르에 붙어 있는 옵션 이상의 능력이었는데 아마도 이 지역에 펼쳐진 결계가 이제 몬스터로 변신한 그에게 힘을 더해주고 있는 듯했다. 대신 신성력에 대한 저항력이나 방어력은 엄청나게 감소되어 있었고 신성력이 담겨져 있는 무기나 방어구는 착용할 수도 없었다. 얀이 변신 마법으로 몬스터로 변신하자 역시 주변에 나타나 숨 가쁘게 공격해 오던 몬스터들이 그를 공격해 오지 않았다.

오히려 그가 모습을 보이기만 해도 슬금슬금 몸을 피하거나 저 멀리 도망치기에 바쁜 것이었다. 처음에는 그런 것이 좋기도 했지만 나중에는 재빠른 몬스터는 쫓아가지도 못하고 동작이 느린 자이언트 스파이더 등을 쫓아 달려가며 사냥하려니 어느새 짜증이 날 지경이었다.

결국 게임을 시작한 이후 역대 최악의 아이템 수거량을 기록하고 있는 얀이었다.

그래도 일단 몬스터로부터의 습격이 거의 없으니 수입은 빈곤해도 며칠 동안 탐색했던 거리보다 변신 후 하루 동안 탐색하며 돌아다닌 거리가 더 많았다. 북쪽으로 올라간 이후 변함없던 구릉 지대는 깊은 절벽 지대를 만나며 변화를 보였다. 지평선을 따라 신이 검을 들어 내려친 듯 까마득하게 파여져 있는 절벽 아래는 까마득한 깊이를 자랑하고 있었고 거의 일직선으로 가파른 경사는 도저히 내려갈 생각조차 못할 정도였다. 백여 미터가 넘는 폭은 그의 망토에 달린 플라이 마법으로는 마나가 부족할 것 같아 포기하였다. 마나 포션이 몇 병 남아 있기는 하지만 비상시를 대비하여 남겨두기로 했다. 결국 얀은 절벽을 따라 걸으며 반대편으로 넘어갈 곳을 찾기로 마음먹었지만 또 하나 곤란한 점이 있었다.

'오른쪽으로 갈까, 왼쪽으로 갈까?'

오른쪽을 봐도 왼쪽을 봐도 절벽 지대는 아득하게 멀리 지평선까지 이어져 있었다. 자칫 잘못 선택했다가는 허탕을 치고 다시 반대편으로 돌아와야 할 것 같기에 고민이 생긴 것이다. 결국 삼쉬르를 세워 쓰러지는 방향으로 가기로 마음먹고 칼끝이 가리키는 왼쪽으로 얀은 발걸음을 옮겼다.

휘리릭!

수많은 본 에로우가 허공을 가르며 날아와 땅에 박혀들었다. 얀은 허겁지겁 스몰 쉴드를 들어 막으며 일단 바위 뒤로 몸을 은폐해야 했다. 이제껏 그랬듯 몬스터가 그를 회피하거나 도망갈 거라는 생각에 조금 전 오랜만에 몬스터가 보이자 주변을 살피지 않고 무턱대고 다가선 것이 실수였다. 그가 다가서자 강한 적의를 표출하며 몬스터들이 떼거지로 몰려드는 것이 아닌가?

얀을 발견하자 녹색의 뼈다귀로 이루어진 몸체를 가진 포이즌 스켈레톤과 포이즌 스켈레톤 아처가 두 눈에 적의에 찬 붉은색 광망을 번뜩이며 칼을 들고 달려들며 화살을 날려왔다.

퍽퍽!

독이 발린 듯한 녹색의 화살촉이 바위를 뚫으며 날카로운 화살촉 끝을 바위 뒤편으로 드러내고 있었다. 다행히 바위를 뚫으며 기세가 약해진 본 에로우는 얀에게 상처를 주지는 못하였다. 그러나 방심하지 못하고 얀은 서둘러 몸을 뒤로 날려 새로운 엄폐물을 찾아야 했다. 어느새 달려온 포이즌 스켈레톤 30여 구가 칼과 방패를 들고 지척에 이르러 있었던 것이다.

화살을 날려 잡으면 좋겠지만 얀은 현재 프로스트 스켈레톤 나이트로 변신한 후라 신성력이 담긴 슈페리어를 꺼내 쓸 수가 없는 형편이었다. 일단 원거리에서 저격하는 포이즌 스켈레톤 아처에게서 포이즌 스켈레톤들을 분리시키는 것이 필요했다. 얀은 등 뒤를 노리는 화살에 신경 쓰며 바위들이 듬성듬성 널려 있는 곳을 발견하고 몸을 바위틈에 숨겼다. 그 뒤를 포이즌 스켈레톤들이 괴성을 지르며 제법 빠른 몸놀림으로 쫓아 들어왔다.

'……?'

포이즌 스켈레톤들이 바위 지대에 들어서서 얀의 모습이 보이지 않자 서너 마리씩 갈라져 두리번거리며 수색을 하는 듯 흩어졌다. 10마리의 포이즌 스켈레톤 아처가 그 뒤를 따라 천천히 걸어서 바위 지대 입구로 들어서고 있었다.

휘이잉!

"크아아!"

갑자기 허공에 바람을 가르는 듯한 소음을 내며 둥그런 물체가 회전하며 포이즌 스켈레톤 아처들에게로 덮쳐들었다. 얀이 왼팔에 착용했던 스몰 쉴드를 쉴드 스트라이크 스킬을 이용하여 날려 보낸 것이었다. 무방비 상태로 노출되어 있던 포이즌 스켈레톤 아처들이 순식간에 비명도 지르지 못하고 스몰 쉴드의 테두리에 솟아 나온 날카로운 톱니 모양 칼날에 맥없이 부서져 쓰러져 내렸다.

나머지 3마리의 포이즌 스켈레톤 아처가 어리둥절하여 활을 공격 자세로 들고 주변을 돌아보며 목표를 찾으려는 순간 스켈레톤들의 머리 위로 검은 그림자가 드리워졌다.

"댄싱 소드 어택!"

포이즌 스켈레톤들을 바위 뒤로 유인했던 얀이 바위 지대를 빠르게 빙 돌아 포이즌 스켈레톤 아처의 등 뒤에서 몸을 드러내며 쾌속하게 삼쉬르를 휘둘렀다. 직접 칼을 맞대고 싸우는 놈들보다 멀리서 원거리 공격을 하는 포이즌 스켈레톤 아처들이 부담되었기에 포이즌 스켈레톤들이 몰려오기 전에 해치울 생각이었던 것이다.

“카륵!”

“케헥!”

포이즌 스켈레톤 아처들이 얀의 샴쉬르에 미처 화살을 날려보지도 못하고 뼈다귀를 사방에 뿌려대며 산산조각이 되어버렸다. 얀은 아처들을 해치우고 방어 자세를 취하며 몸을 돌렸다.

어느새 그를 쫓아 바위 지대를 빙 돌아온 포이즌 스켈레톤들이 방패를 들어 가슴을 보호하고 칼을 든 한 손을 치켜들며 달려들고 있었다.

카캉!

얀이 가볍게 휘두르는 샴쉬르에 포이즌 스켈레톤의 롱 소드가 박살이 났다.

“캑!”

칼을 잃어버린 포이즌 스켈레톤의 머리를 그대로 내려쳐 투구째 박살을 내버린 얀은 뒤따라오는 나머지 포이즌 스켈레톤들을 경계하며 어리둥절해했다. 너무 약했다. 얀의 머리 속에 입력된 포이즌 스켈레톤은 그래도 이렇게 맥없이 한 방에 무너질 정도의 몬스터들은 아니었는데 가벼운 그의 휘두름을 감당치 못하고 쓰러진 것이다.

‘샴쉬르 덕분인가, 결계 덕분인가?’

얀은 동료가 너무 맥없이 무너지자 주춤 거리를 두고 서 있는 7마리의 포이즌 스켈레톤을 향해 고함을 지르며 달려들었다. 뒤따라 달려올 나머지 포이즌 스켈레톤이 합류하기 전에 각개 격파를 하기 위해서였다.

카앙!

“케르륵!”

왼손에 차고 있는 스몰 쉴드로 찔러 들어오는 롱 소드를 걷어내며,

샴쉬르에 머리부터 발끝까지 이 등분으로 나뉘어 쓰러지며 뼈다귀로 산산이 부서져 내리는 마지막 포이즌 스켈레톤을 바라보며 얀은 샴쉬르를 거두어들였다.

"그런데 조금 이상한걸? 마계의 3대 스켈레톤 군단은 서로 존중한다고 들었는데……."

얀이 그를 보고 노골적으로 적의를 드러내며 덤비던 포이즌 스켈레톤들을 생각하며 자신이 본 몬스터 도감의 내용이 잘못된 것이 아닌가 고개를 갸웃했다. 마계라 불리우는 마족과 어둠의 몬스터들의 성지에서 마계 군단의 일각을 담당하는 3대 스켈레톤 군단은 비록 포이즌, 파이어, 프로스트 스켈레톤 등으로 속성은 다르지만 동일한 편성 체계를 지니고 상호 동족 의식을 지니고 있다고 보았는데 상급자라고도 할 수 있는 프로스트 스켈레톤 나이트에게 일개 병사 격인 포이즌 스켈레톤들이 무작정 덤벼드는 것이 이상했던 것이다. 3대 스켈레톤 군단은 각각 하급 병사인 포이즌(파이어, 프로스트) 스켈레톤과 중급 병사인 포이즌(파이어, 프로스트) 스켈레톤 워리어와 상급 병사인 스켈레톤 자이언트, 기사 계급인 포이즌(파이어, 프로스트) 스켈레톤 나이트들로 이루어져 있었고 각각 우두머리인 포이즌(파이어, 프로스트) 스켈레톤 로드의 체계를 이루고 있었다.

'마계는 체계가 엄격하다고 들었는데 내가 잘못 알았나?

얀이 포이즌 스켈레톤을 베고 나서 독이 묻은 듯 녹색의 기운이 붉은색 검신에 얇게 물든 것을 보며 생각에 잠겨 있을 때였다.

"켈켈켈! 프로스트 족의 전사가 아닌가? 프로스트 족의 기사가 남아 있었다니……."

순간 음침한 음성이 얀의 고막을 두들겼다.

흠칫!

얀이 고개를 들어 주변을 경계하다가 몸을 경직시켰다. 어느새 수많은 몬스터가 사방을 에워싸고 있었다.

"프로스트 족의 기사여, 그대는 누구의 편에 서려고 여기에 왔는가?"

주변이 갈라지며 붉은 화염을 온몸에 이글거리며 본 헬름을 머리에 쓰고 본 아머를 걸쳤으며 본 카이트 쉴드를 왼팔에 착용하고 오른손에는 불길이 타오르는 샴쉬르를 들고 있는 파이어 스켈레톤이 얀에게 다가오고 있었다. 그 모습이 전에 본 프로스트 스켈레톤 나이트 누멘의 모습과 비슷한 것을 느끼며 얀이 마음속으로 중얼거렸다.

'파이어 스켈레톤 나이트!'

5

"프로스트 족의 기사여, 그대는 누구의 편에 서려고 여기에 왔는가?"

"파이어 족의 전사여, 나는 아직 모르겠다. 나는 오래전, 인간 세상을 탐색하려 길을 떠났고 이제 돌아와 아직 모든 것이 낯설기만 하다. 왜 포이즌 족이 나를 공격했는지 아는가?"

얀이 순간적으로 파이어 스켈레톤 나이트의 말투를 흉내 내어 말을 받았다. 파이어 스켈레톤 나이트가 불길이 이글거리 듯한 눈길로 얀을 바라보았다. 마치 거짓을 말하는 것이 아닌가 하는 탐색하는 듯한 눈빛에 얀은 순간 찔끔했다. 파이어 스켈레톤 나이트가 천천이 입을 열었다.

"그대가 멀리 떠나 있는 동안 포이즌 족이 우리를 배신했다네. 우리 3대 군단은 평등하거늘 저들이 어둠의 왕이 깊은 잠에 빠져 있는 동안 잠시 대리로 어둠의 힘을 이끌고 있는 가가린님에게 협조하며 권력을 잡고 포이즌 족이 다른 스켈레톤 족의 우위에 서려 하고 있다네."

"어떻게 그런 일이 일어날 수 있는가?"

얀이 믿기지 않는다는 말투로 파이어 스켈레톤 나이트의 말을 받았다.

"내 말을 믿어야 할 걸세. 그들은 파이어 족과 프로스트 족의 기사를 멀리 외곽으로 내쫓고 우리 형제들을 노예처럼 부리고 있었다네. 특히 분노의 깃발이라 불리우던 용감한 프로스트 족의 부대를 지휘하던 누멘이 인간들의 접경 지대에서 의문의 죽음을 당하여 깊은 어둠으로 강제 귀환을 당한 이후 그대들 프로스트 족의 남겨진 병사들은 포이즌 족의 조롱거리가 되어 있다네."

"프로스트 족을 모욕하다니… 포이즌 족은 스켈레톤 족의 명예와 긍지를 스스로 더럽히는가?"

쾅!

파이어 스켈레톤 나이트의 말을 듣던 얀이 짐짓 화가 치미는 듯 바위를 손으로 내려쳤다. 어른 몸통만한 바위 조각들이 사방으로 튕겨져 날아갔다.

"흐으으!"

주변을 에워싸고 있던 파이어 스켈레톤들이 얀의 기세에 웅성이며 뒤로 물러섰다.

"그렇다네. 그들은 오랜 종족의 명예를 스스로 더럽히고 스켈레톤 족의 질서를 어지럽혔네. 나 파이어 족의 기사 다이라멘은 포이즌 족을 응징하기 위해 흩어져 있는 일족을 모아왔네. 나는 이번에 가가린 님에게 도전하는 메카니님을 도와 포이즌 족과 싸울 것이네."

다이라멘이라 밝힌 파이어 스켈레톤 나이트가 얀이 내뿜은 기세에 반응하듯 두 눈을 이글거리며 흥분한 듯한 음성을 내뱉었다.

"프로스트 족의 전사여, 곧 어둠의 축제 기간이 시작되지 않나. 우리는 고향 깊은 어둠에서 멀리 떠나왔지만 축제는 변함없이 열릴 거라네. 그리고 이번 축제에는 응징의 춤이 펼쳐질 거라네."

"응징의 춤이라……."

얀이 고개를 갸웃하며 중얼거렸다. 어둠의 축제는 이해가 갔지만 응징의 춤은 금시초문이었다.

어둠의 축제는 어둠의 종족에게 깊은 어둠이라 불리우는 그들의 고향인 마계에서 6년마다 6월 6일에 펼쳐지는 축제를 뜻한다. 일반적인 의미의 축제와는 다른 어둠의 축제는 피와 공포와 폭력의 축제로 이 기간 동안 서열이 낮은 자가 상위의 서열에게 도전하여 이긴 자가 상위의 서열을 차지하는 것이었다.

"이미 응징의 춤에 대해 서로 합의했네. 그래서 서로 자신의 지지 세력을 결집시키고 있지. 나 역시 메카니님을 위해 세력을 모으고 있는 중이라네. 여기에 프로스트 족이 참가하여 자신들의 명예를 지키기를 바라네."

아마도 응징의 춤이란 어둠의 축제의 한 형태로 상호 적대적인 세력끼리의 결전을 뜻하는 것 같았다.

'그런데 메카니가 누구지?

얀은 차마 메카니가 누구냐는 질문을 하지 못하고 속으로 삼키며 말을 돌렸다.

"나 얀멘(?)도 그대를 도와 포이즌 족을 물리치고 프로스트 족의 명예를 되찾고 싶네. 하지만 나는 혼자고 우리 일족이 어디에 있는지 모르니 갑갑하기만 하네."

얀이 다이라멘에게 은근히 동조하며 빠드득 실감나게 이를 갈았다. 당장 벗어날 뚜렷한 방법은 없고 협조를 하는 척하다가 기회를 봐서 도망치거나 아니면 다른 길을 모색할 생각이었다.

"프로스트 족은 현재 이끄는 깃발이 없어 어찌할 바를 모르고 있다네. 그러나 프로스트 족의 기사가 이제라도 나선다면 그대의 깃발 아래 뭉칠 걸세."

다이라멘의 말을 들으니 프로스트 족은 현재 기사 계급도 없는 터라 중립파와 양대 세력에 협조하는 이들, 3개의 세력으로 쪼개져 있는 상태였다. 그들 중 일부 세력이 다이라멘의 이끌고 있는 부대에도 합류해 있었다. 그리고 지금 그들이 향하고 있는 곳에 많은 수의 프로스트 족이 억류되어 있다는 것이었다.

"그럼 그곳에 우리 프로스트 스켈레톤 족이 잡혀 있다는 것인가?"

"그렇다네. 어둠의 왕이 세우신 어둠의 나라의 입구이자 관문인 그곳에서 자네 동족들이 수문장인 나라그만의 휘하 노예병이 되어 있다네."

다이라멘과 얀이 암석 위에 서서 대화를 나누는 동안 파이어 스켈레톤의 무리 한쪽이 갈라져 길이 생기더니 프로스트 스켈레톤과 아처가 그 사이로 걸어 들어왔다. 그 숫자가 약 120구 정도 되었다.

"오! 프로스트 족의 나이트시여!"

120구의 프로스트 스켈레톤 중에서 한 구의 스켈레톤이 앞을 보고 튀어나와 자리에 엎드리며 흐느꼈다. 동시에 나머지 스켈레톤이 그 뒤에 엎드리며 머리를 땅에 대고 있었다.

얀이 보니 앞으로 나선 자는 다른 프로스트 스켈레톤과는 다른 중급 병사인 프로스트 스켈레톤 워리어였다.

"일어나라, 프로스트 족의 노병이여! 이곳에서 벌어진 일을 내게 고하라!"

얀이 엎드려 있는 워리어에게 명령했다. 워리어(Warrior)는 하급병인 프로스트 스켈레톤보다 강하고 경험이 풍부한 고참병으로 별도로 워리어 부대로 이루어진 친위대나 돌격대들이 있었지만 프로스트 스켈레톤 100구를 지휘하는 백인대의 백인장에도 프로스트 스켈레톤 워리어가 임명되어 있었다. 그러나 워리어는 감히 일어서지 못하며 흥분에 겨운 듯 거친 목소리로 얀에게 고했다.

"존귀하신 프로스트 스켈레톤 로드를 섬기시는 나이트시여, 어둠의 왕이 나라를 세우고 어둠의 땅에서 우리 스켈레톤 3군단의 힘을 빌려 인간들을 무찌르고 내쫓았습니다! 우리는 어둠의 왕이 마지막 전쟁에 부상을 입고 어둠의 신전에 들어가 치료를 하게 되어 우리의 고향으로 돌아갈 명령을 받지 못하고 있습니다! 그런데 종족상 동등한 의무와 권리를 지닌 포이즌 족이 어둠의 왕의 대리로 집권하고 있는 가가린님에게 자존심을 팔고 굽신거리며 파이어 족과 프로스트 족을 차별하며 자신들이 스켈레톤 족의 지배 종족이 되려 계획하고 있습니다! 그들은 특히 얼마 전 우리 프로스트 족의 나이트가 의문의 실종을 당하자 우리를 나약한 겁쟁이로 매도하며 자신들의 노예처럼 부리고 있습니다! 프로스트 족의 나이트시여, 우리를 이끌어 저들에게 복수하도록 도와

주십시오!"

순간,

〈프로스트 족의 복수 퀘스트가 생성되었습니다.〉

퀘스트: 프로스트 스켈레톤 족은 현재 어려움을 겪고 있다. 그들을 도와 종족을 결집하여 포이즌 스켈레톤 족에게 복수하라.

승낙: 일어나라, 노병이여. 그들에게 복수의 칼을 선물하리라.

거부: 노병이여, 언젠가는 기회가 올 걸세.

익숙한 음향이 귓전에 메아리치듯 울리며 투명 창이 얀의 눈앞에 떠올랐다. 바로 퀘스트가 생성되었음을 알리는 투명 창이었다.

"허~"

얀은 기가 막혀 말이 나오질 않았다. 살다 보니(?) 몬스터에게까지 퀘스트를 받게 될 줄이야.

그러면서 언뜻 이번 퀘스트가 지난번 바젤라 족의 퀘스트처럼 잊혀진 도시라는 커다란 퀘스트 안에 존재하는 퀘스트로 유저에게 나아갈 방향을 일러주는 종속형 퀘스트 같다는 생각이 들었다.

얀은 어차피 기호지세라 퀘스트를 승낙했다.

"위대한 프로스트 스켈레톤 로드의 강력한 힘이요 날카로운 검, 프로스트 족의 방패시여, 감사합니다. 고향에서 멀리 떠나온 우리 일족에게 드디어 어둠의 광명이 비춤이로다. 부디 우리 일족의 명예를 다시 세워주시길 다시 한 번 간청합니다."

프로스트 스켈레톤 워리어가 감격한 듯 목소리를 떨며 흐느꼈다.

"흐ㅇㅇㅇ!"

엎드린 프로스트 족이 기세를 피워 올리며 동조했다.

"동족을 구하고 일족의 명예를 다시 세우리라! 일어나라, 프로스트 족의 전사들이여! 꺾여졌던 분노의 깃발을 다시 들어라!"

얀의 말에 프로스트 스켈레톤들이 눈빛을 빛내며 자리에서 일어났다.

"파이어 족의 다이라멘이여, 동족을 대신하여 그대에게 감사하며 부탁하겠네. 우리 프로스트 족의 복수에 그대들이 힘을 빌려주게."

얀이 파이어 족의 다이라멘을 바라보며 말했다. 묵묵히 얀과 워리어의 대화를 지켜보던 다이라멘이 그의 말에 화답했다.

"얀멘이여, 우리 스켈레톤 족은 모두 형제 아닌가? 당연한 일일세. 그들은 어둠의 법칙을 어겼네. 함께 힘을 모아 스켈레톤 족의 명예를 더럽힌 포이즌 족의 나이트와 병사들을 응징하세나. 나 다이라멘은 그대들과 함께하겠네."

다이라멘은 이곳 지상으로 올라온 포이즌 족이 마계의 법칙을 따르지 않았음을 강조하며 그들의 나이트와 병사들을 응징할 것을 다짐했다.

둥둥둥!

열을 지어 이동하는 파이어 스켈레톤 족의 부대에서 진군의 북소리가 울려 퍼지고 있었다. 현재 10개의 백인대로 구성되어 있는 다이라멘의 천인대의 후미에는 얀이 지휘하는 프로스트 족의 1개 백인대가 뒤따르고 있었다. 그들은 어둠의 관문을 통과하여 슈바빌론으로 향하며 군세를 더 불릴 계획을 가지고 있었다.

"흐으!"

선두가 시끄러웠다.

"저길 보시오!"

다이라멘이 얀멘(?)을 보며 칼을 들어 한곳을 가리켰다. 지평선까지 아스라이 이어지는 절벽 지대의 한곳에 색다른 풍경이 나타났다. 100m 가 넘는 절벽의 이쪽과 저쪽을 연결해 주는 기다란 다리가 모습을 드러 낸 것이다.

'저것이 위대함에 이르는 다리인가?'

얀은 아직 멀리 떨어져 있어 절벽에 하얀 실이 걸쳐져 있는 듯 가느 다랗게 보이는 다리를 보며 마음속으로 중얼거렸다. 얀의 시선이 하얀 실이 걸쳐진 듯한 다리의 건너편을 바라보았다. 멀리서 보기에도 제법 높아 보이는 성곽이 다리 저편을 둘러싸고 있었고 어둠으로 뒤덮인 듯 한 건축물이 웅장하고도 불길하게 세워져 있었다. 얀의 생각이 이어졌 다.

'그렇다면 저곳은 이곳을 지키는 관문인 어둠의 문?'

둥둥둥!

일정한 리듬으로 울리는 북소리는 통일된 보폭을 유지하여 안정적인 행군 거리를 유지시켜 주며 그에 따라 어느 정도 피로를 덜 느끼게 해 주는 효과가 있는 듯했다. 그리고 전투 시에 빨라지는 북소리의 리듬은 북소리에 길들여진 군대에게 강력한 최면 효과를 준다. 북소리의 리듬 에 따라 심장이 격렬히 요동치며 적에 대한 살기가 피어오르게 되는 것 이다. 파이어 스켈레톤 족과 프로스트 스켈레톤 족의 연합군은 점차 기 세를 올리며 깊은 협곡에 걸쳐져 있는 교각으로 진군해 가고 있었다.

그러나 이동 속도는 그리 빠르지 않고 보통 걸음 속도에 비해 약간 빠른 정도에 불과했다. 연합군의 후미에 길들여진 트롤 3마리가 커다란 북을 두드리며 조련사이자 감시병인 파이어 스켈레톤 10구와 함께 따라오고 있었다. 연합군이 이렇게 북소리를 커다랗게 울리며 천천히 진군하는 데는 건너편 요새 안의 적군에 일부러 자신들을 알리려고 하는 목적이 있었다. 어차피 다리를 몰래 건너가더라도 건너편의 어둠의 문이란 이름의 높고 두터운 요새를 깨뜨리지 못하는 한 기습의 효과가 없다는 판단에 적의 병력을 유인하려는 작전이었다. 위대함에 이르는 다리라 이름 붙여진 다리는 마차 세 대가 동시에 지나갈 수 있을 정도의 제법 넓은 폭을 지닌 다리였다. 멀리서 봤을 땐 폭—넓이—이 작아 보였지만 가까이 가 보니 기다란 다리의 길이 때문에 그렇게 보인 것을 알 수 있었다.

군데군데 깨어지고 채색이 떨어져 나가 어떻게 보면 지저분하고 아주 낡아 보이는 다리였지만 웅장하고 고풍스러운 자태를 완전히 숨길 수는 없었다. 다리의 오른쪽에는 바빌로니아의 역대 신화나 전설, 왕국의 용맹스러운 기사들의 조각상들이 난간에 어른 머리만한 크기로 세워져 있었고 왼쪽 난간에는 역대 바빌로니아와 교역하던 왕국들의 사절과 상인, 풍습 등을 표현한 조각상들이 난간에 총총히 세워져 있었다. 비록 먼지에 파묻히고 군데군데 깨어진 조각상이 많았지만 생생하게 표정마저 살아 있는 듯한 조각상과 우아한 곡선의 난간, 굴곡없이 편안한 마차 여행이 되도록 잘 깔린 대리석 바닥은 과거 옛 바빌로니아 시절의 남쪽 경계이자 관문인 위대함에 이르는 다리의 중요함과 상징성을 잘 알 수 있게 해주었다.

지금도 어둠의 왕이 다스리는 어둠의 왕국의 남쪽 관문이자 외부로 통하는 통로를 맡고 있는 다리에 모처럼 활기가 넘치고 있었다. 위대함에 이르는 다리라 이름 붙여진 다리에 파이어 족과 프로스트 연합군이 점점 가까이 접근하자 다리 저편의 두터운 요새 안쪽이 부산해지기 시작했다. 멀리서 봐도 30여 미터는 족히 넘을 듯한 높은 성벽 위에서 몇몇 검은 인영이 움직이는가 싶더니 높이 15미터, 두께 3미터의 두터운 강철 문이 협곡 건너편까지 울릴 정도로 요란한 소음을 내며 열리며 멀리 마치 검은 점처럼 보이는 많은 적병이 다리를 건너오기 시작했다. 아마도 연합군의 병력이 얼마 안 되는 것을 보고 수성보다는 적극적인 공격을 하려는 듯했다.

'예상대로군.'

얀이 마음속으로 중얼거렸다. 어둠의 문 요새에서 이쪽의 병력 구성을 확인했는지 달려나오는 병력의 대부분은 프로스트 족과 포이즌 족이 주축을 이루고 있었다. 연합군에서 얀과 프로스트 족 120구는 모습을 숨기고 파이어 족만이 위력 시위를 한 결과였다. 대략 1개 천인대의 포이즌 스켈레톤이 3개 천인대 급의 프로스트 스켈레톤들을 앞세우고 열을 지어 다리를 건너오기 시작했다. 얀과 프로스트 족 120구는 나무가 우거진 조그만 숲에 숨어 그들이 다리를 건너와 결전을 벌이기를 기다리고 있었다.

"흐으으으!"

"흐으으으!"

파이어 족에 비해 4배의 전력을 출전시킨 포이즌 족이 다리를 건너와 기세를 올리며 파이어 족에게 접근을 시작했다. 이에 파이어 족은 약간씩 전력을 뒷걸음질치듯 뒤로 물리며 저들이 다리에서 멀리 떨어지도록 유도하기 시작했다. 얀과 다이라멘이 머리를 맞대고 짜낸 전략의 일환이었다.

"케케케, 저들이 겁을 집어먹었다! 전사들이여, 돌격하라!"

포이즌 족의 천인대를 맡은 듯한 스켈레톤 워리어가 큰 목소리로 자신들 군대에 돌격을 명령하였다.

"흐아아아!"

그 순간 두 눈에 붉은색 광망을 번뜩이며 스켈레톤들이 함성을 지르며 파이어 족에게 칼을 치켜들고 돌격을 시작하였다.

챙챙챙!

"끄으!"

도처에서 녹색의 파이어 족과 붉은색의 파이어 족, 그리고 약간 소극적인 프로스트 족의 스켈레톤들이 서로 칼과 방패를 겨누고 후려치며 결전에 들어갔다. 스켈레톤끼리의 결전은 잠시 얀에게 묘한 감흥을 주었다. 몬스터끼리의 대결전은 제법 볼 만했다. 옅은 몸 색이 각 종족을 구별해 주고 있었지만 전체적으로 뼈 본래의 하얀 바탕색을 지니고 있는 터라 흐린 하늘 아래 하얀색의 물결이 역동적으로 움직이고 있었다.

"켈켈, 진형을 유지해라! 방패를 들어 방어하라!"

다이라멘은 파이어 족이 사각형의 밀집 대형을 유지시키도록 샴쉬르를 휘두르며 파이어 족을 지휘하고 있었다. 파이어 족이 방패를 치켜들며 방어 위주로 움직여 적극적인 공격을 자제하면서 아직 쌍방 간에 그리 큰 피해는 없었다. 그러나 파이어 족과 포이즌 족이 서로 칼을 겨눈 일부분은 격렬한 전투가 벌어지고 있었다. 부서진 뼈다귀가 이곳저곳으로 튕겨 나가며 연한 녹색의 독 기운과 함께 불길이 치솟고 있었다. 서로가 증오의 눈빛을 번뜩이며 다리가 부서지면 상반신만으로 기어서라도 상대방의 다리에 칼을 휘두르고 있었다.

챙!

"끄으!"

"프로스트 족의 겁쟁이들아, 적에게 돌격하라! 물러서는 자는 용서치 않겠다!"

결전을 독려하던 포이즌 족의 스켈레톤 워리어가 적극적인 공세를 펼치지 않는 프로스트 족에게 마구 칼을 휘둘렀다.

"흐으으!"

프로스트 족의 병사들이 적개심 어린 눈으로 포이즌 족을 노려보며 마지못해 전투에 하나둘 끼어들기 시작했다. 그러나 파이어 족은 미리 명령받은 대로 프로스트 족과의 적극적인 결전을 피하며 방패로 방어하다가 뒤로 물러서고 있었다. 자신의 몸이 부서져 쓰러져도 상급자의 명령에 무조건 복종하는 그들의 체계는 얀이 은근히 감탄을 일으키기에 충분했다.

'너무 늦으면 안 되겠지?'

얀은 아직 어둠의 문 요새가 건재한 상황에서 파이어 족의 피해가 커지는 것이 바람직하지 않다는 것을 생각하며 기회를 노렸다.

'지금이다!'

계속적으로 파이어 족을 압박해 가며 다리 입구에 몰려 있던 포이즌 족의 경계가 느슨해지고 있었다. 포이즌 스켈레톤들은 초반에 500구의 병력이 다리 입구를 지키고 있었지만 지금은 프로스트 족을 지원하고 감시하기 위해 병력이 추가로 전투가 벌어지는 곳으로 빠져나가며 2개 백인대, 약 200구의 병력만이 입구를 지키고 있었다.

"흐으, 프로스트 족이여, 나를 따르라!"

얀이 자신이 지휘하는 120구의 병력을 이끌며 매복해 있던 숲을 빠져나와 언덕 아래로 질주해 달려가기 시작했다.

"흐아아!"

그 뒤를 100여 구의 프로스트 족이 칼을 휘두르며 얀을 따라 달렸다. 그리고 20구의 프로스트 스켈레톤 아처들이 뒤를 따라 걸으며 지원 사격에 나섰다.

"적이다! 입구를 방어하라!"

"흐으으!"

언덕을 내려오는 프로스트 족을 발견한 다리 입구에 있던 포이즌 족의 후방 방어 2개 백인조에서 지휘를 맡은 포이즌 스켈레톤 워리어가 다급히 경호성을 발했다. 그러나 이미 프로스트 족의 아처들이 발사한 본 에로우가 그들에게 쏟아지고 있었다.

타타탕!

"흐으!"

포이즌 족이 방패를 들어 방어했지만 화살에 맞은 몇몇 병사가 몸이 얼어버리며 동작이 느려졌다. 그 순간 바람처럼 달려 내려간 얀이 포이즌 족의 후방 방어조 2개 백인대 앞에 도달했다.

"켈켈, 배신자 포이즌 족이여, 분노의 칼을 받아라!"

얀의 샴쉬르가 선두의 얼어 있는 포이즌 족을 거침없이 후려쳤다.

퍼퍼펑!

"흐아아아!"

막강한 힘에 그대로 뼛조각들을 사방에 뿌려대며 포이즌 족의 병사들이 비명과 함께 사라졌다.

"흐으으!"

"프로스트 족의 나이트다!"

"나이트다!"

"흐으으!"

얀을 향해 덤벼들던 포이즌 족의 하급 병사들이 얀의 정체를 알아보며 주춤거렸다. 스켈레톤 로드를 섬기는 나이트들은 감히 그들이 쳐다볼 수 없는 위치의 존재들이었기 때문에 일순 포이즌 족들은 공포로 몸을 떨며 뒤로 주춤주춤 물러섰다.

"무, 물러서지… 마, 마라! 적은 숫자가 적다! 본대가 오면 적들은 고, 고립된다!"

백인대를 이끄는 포이즌 족의 워리어가 공포로 몸을 떨며 포이즌 족에게 소리쳤다.

"그래도 워리어가 조금은 낫구먼. 켈켈."

얀은 상급자에 대한 공포를 누르고 소리치는 포이즌 족의 워리어를 보며 미소 지었다.

"타핫!"

다음 순간 얀은 샴쉬르를 품에 안고 포이즌 족의 워리어에게 단숨에 덮쳐들었다. 빨리 다리 입구를 점령하고 파이어 족과 상대하고 있는 본대를 도와줘야 했기 때문이다.

캉!

포이즌 족의 워리어가 다급히 얀의 샴쉬르를 막았다. 그러나 막강한 힘에 밀려 얀의 칼을 막은 손목뼈가 그대로 으스러지며 칼은 저만치 계곡 아래로 날아가 떨어져 내렸다.

카캉!

"흐윽!"

칼을 잃은 포이즌 족의 워리어가 방패로 얀의 다음 공격을 방어했다. 그러나 방패 역시 단 두 번의 연속적인 칼질을 버티지 못하고 부서지며 포이즌 족의 워리어는 머리가 두 쪽이 난 채 얀의 발밑으로 허물어져 내렸다.

"흐아아!"

얀의 뒤를 따라 프로스트 족의 백인대가 공포에 질린 포이즌 족을 덮치며 분노 어린 칼춤을 추었다. 기세가 죽은 포이즌 족이 쉽게 허물어지더니 일부는 요새 쪽으로 도망을 쳤다. 얀은 그들을 뒤쫓지 않았다. 어둠의 종족은 패배자와 도망자를 용서치 않는다. 아마도 도망친 포이즌 족은 그가 손대지 않아도 살아남지 못할 것이다. 역시 요새 입구에 도달한 포이즌 족의 도망병들은 요새에서 날아온 화살 공격에 비명과 함께 쓰러졌다. 이제 다리 입구에 교두보를 확보하고 적의 퇴로를 차단했기에 다음 작전에 들어갈 시간이었다. 얀은 파이어 족이 격전을 치르고 있는 곳으로 시선을 돌렸다. 이미 다리 입구에 새로운 적이 나타난 것을 보고 일부 포이즌 족과 프로스트 족이 달려오고 있었다.

"끼아아아아!"

얀은 망토에 있는 플라이 마법으로 하늘로 날아오르며 드래곤피어 스킬을 최대로 펼쳤다. 황금색으로 이글거리는 눈빛으로 하늘로 날아오른 얀의 입에서 가슴을 후벼 파는 듯한 소름 끼치는 소리가 격전지를 진동시켰다.

"흐으으으!"

챙그랑!

공포에 물든 스켈레톤들이 칼을 놓치며 비틀거렸다. 일부는 몸조차 가누지 못하고 자리에 스르르 주저앉았다.

"들어라, 프로스트 족의 전사들이여! 너희들은 누구를 위해 칼을 휘두르고 있는가?"

얀의 입에서 드래곤피어의 소름 끼치는 소리가 멈추더니 음산한 목소리가 이미 전투가 멈춘 격전지에 울려 퍼졌다.

"너희들을 모욕하고 노예처럼 업신 여기는 포이즌 족을 도와 칼을 들다니, 프로스트 족의 명예를 잊었느냐?"

"흐ㅇㅇㅇㅇ!"

프로스트 족이 공포로 굳어 있던 고개를 들어 얀을 바라보며 적개심에 찬 눈을 빛냈다. 그들의 자존심을 건드리자 공포심이 타오르는 분노에 밀려 사라지고 있었다.

"프로스트 족의 나이트다!"

프로스트 족의 한가운데에서 누군가 얀의 정체를 알아보고 소리쳤다.

"나이트?"

"프로스트 족의 나이트?"

"나이트다, 프로스트의!"

프로스트 족이 웅성거리며 얀에게 천천히 다가오더니 얀의 발밑에 엎드렸다.

"나는 존귀하신 프로스트 스켈레톤 로드의 기사이자 그대들을 이끄는 전사인 얀멘이다. 너희는 어찌하여 포이즌 족에게 고개를 숙이고 있느냐?"

얀의 음성이 다시금 프로스트 족을 주춤거리게 하였다.

"프로스트 족의 위대한 기사시여, 제 말을 들어주십시오."

웅성거리며 엎드려 고개를 숙이고 있던 프로스트 족에서 워리어 하나가 나서며 고개를 조아렸다.

"말하라, 노병이여!"

얀이 허락하자 워리어가 감히 고개를 들지 못하고 입을 열었다. 누렇게 변색한 이빨이 절반도 안 남아 있어 보기에 불쾌했다.

"저들이 프로스트 족의 자랑인 분노의 깃발을 억류하며 저희를 협박했습니다! 나이트여, 우리는 포이즌 족의 노예가 아닙니다! 이제라도 우리를 이끌어 저들에게 복수하고 갇힌 동족을 구할 수 있게 해주십시오!"

"흐ㅇㅇㅇ!"

워리어의 말에 엎드려 있던 프로스트 족들이 일제히 낮게 울부짖으며 동조했다.

"알겠다, 노병이여! 나 얀멘은 스켈레톤 족의 질서를 어지럽힌 포이즌 족을 응징하려 파이어 족의 기사 다이라멘과 힘을 합쳤노라. 그대들은 나를 따라 파이어 족과 방패를 나란히 하여 포이즌 족을 응징하는 데 앞장서 과오를 씻으라!"

얀이 마나 게이지가 떨어지자 자연스럽게 허공에서 내려오며 부복해 있던 워리어의 몸을 일으켜 세웠다.

"프로스트 족의 명예를!!"

얀이 고개를 들어 큰 소리로 외쳤다.

"프로스트 족의 복수를!!"

콰쾅!

얀이 삼쉬르를 들어 땅을 강하게 타격하며 재차 외쳤다.

"흐으, 프로스트 족의 명예를! 복수를!"

“명예를!! 복수를!!”

“ㅎㅇㅇㅇ!”

“프로스트의 명예!! 복수를!!”

엎드려 있던 프로스트 족이 마치 주문을 외우듯이 중얼거리며 일어났다. 그리고 중얼거림이 커질수록 그들의 두 눈에 분노와 복수의 붉은 광망이 짙어짐과 동시에 불끈 움켜쥔 무기에 힘을 주며 아직도 멍하니 지켜보고 있는 포이즌 족에게 돌아섰다.

“저들에게 프로스트 족의 힘을 보여주어라!”

얀의 샴쉬르가 포이즌 족을 가리키며 강한 검기가 뻗어 나갔다.

ㅊㅊㅊㅊ!

콰콰콰!

얀의 샴쉬르에서 뻗어 나온 검기가 땅을 얇게 헤집고 먼지를 피워 올리며 날아가 포이즌 족이 밀집된 곳을 강타했다.

“크ㅇㅇ!”

얀의 검기에 방패와 갑주, 무기가 예리하게 잘라지며 포이즌 족의 일각이 허물어졌다.

“흐아아아아!”

그것이 신호가 되어 프로스트 족이 칼을 높이 세우고 이제껏 그들을 핍박하던 포이즌 족에게 칼을 휘두르며 달려들었다.

“파이어 족이여, 프로스트 족을 도와 포이즌 족을 응징하라!”

다이라멘이 칼을 높이 들며 명령하자 이제껏 밀집 대형으로 수비하던 파이어 족이 우리를 탈출한 맹수처럼 사납게 포이즌 족의 등 뒤를 압박해 들어갔다. 병력의 우위로 파이어 족을 포위하던 포이즌 족은 오히려 병력의 절대적 열세가 되어 앞뒤로 포위된 채 흥분한 파이어

족과 분노한 프로스트 족의 칼날 아래 맥없이 쓰러져 내렸다. 얀은 굳
이 자신이 나설 필요가 없기에 전투에 참여하지 않고 어둠의 문 요새
를 돌아보고 있었다.

'그런데 왜 구원병이 나오질 않는 거지?'

얀은 포이즌 족이 무너지고 있음에도 추가 구원병을 내보내지 않고
굳게 닫혀져 있는 요새의 철문이 은근히 신경 쓰였다.

7

얀이 어둠의 문을 바라보고 있을 때 다이라멘이 다가왔다.

"프로스트 족의 얀멘이여, 무엇을 보고 있는가?"

"왜 저들이 추가 병력을 보내지 않는 것인지 생각하고 있었다."

얀이 다이라멘을 돌아보고 대답하며 슬쩍 그의 등 뒤의 전황을 살폈
다. 이미 기세가 무너진 포이즌 족은 파이어 족과 프로스트 족에게 일
방적으로 학살당하고 있었다. 스켈레톤에게 학살이란 표현은 좀 그렇
지만 부서진 뼈가 가루가 되도록 무기로 내려치는 모습에 그들이 얼마
나 포이즌 족에게 이를 갈았는지 알 수 있을 것 같았다.

"크르, 저들은 지금 내부를 정리하고 있을 것이다."

"내부 정리?"

얀이 다이라멘의 말을 언뜻 이해하지 못하고 반문했다.

"그렇다. 저곳엔 아직 프로스트 족의 병력과 파이어 족의 병력이 상
당수 남아 있다. 이번에 그들을 우리와의 전투에 동원하지 못할 테니

대신 우리에게 동조하지 못하게 어딘가에 감금하고 있을 것이다.”

'감금이라……. 죽이는 것이 더 낫지 않나?'

얀은 어차피 적대 세력이 될 것 같으면 죽이는 것이 마계의 생리에 더 맞지 않을까 생각했지만 그것은 얀이 미처 모르는 마계의 방식이었다. 힘이 모든 것에 우선하는 마계는 적의 수장이 죽거나 항복하면 그 아래에 있던 병력은 이긴 자의 소유가 된다. 포이즌 족은 어둠의 왕이 이곳에 불러들인 파이어 족과 프로스트 족의 지도자 격인 남은 나이트들을 외지로 보내고 남아 있는 중, 하급 병사들을 그들이 지휘해 왔었다. 어둠의 문이라 불리우는 요새는 어둠의 왕국 남부의 유일한 통로로 인간들이 왕국으로 들어오는 길목을 지키는 요충지였다. 당연히 어둠의 왕국의 주력군이 된 포이즌 족은 이곳에 진주해 있었고 또한 그들이 지금껏 노예처럼 부려오던 파이어 족과 프로스트 족의 병력도 상당수 이곳에 함께 있었다. 다이라멘이 파이어 족을 이끌고 이곳으로 접근하자 얀과 프로스트 족의 참가를 몰랐던 포이즌 족은 파이어 족을 감금하고 프로스트 족을 이끌고 토벌하려 했지만 얀의 가세로 오히려 프로스트 족 대부분의 병력을 상대의 전력에 보태주게 되자 이제는 남아 있던 프로스트 족마저 칼을 거꾸로 돌리기 전에 가두고 다이라멘과 얀의 병력을 물리칠 준비를 하고 있었다. 얀과 다이라멘의 병력을 물리친다면 파이어 족과 프로스트 족은 다시 그들의 노예로서 충분히 이용할 수 있기에 그런 것이었다.

“요새에 남아 있는 적들은 얼마나 될 것 같은가?”

얀이 다이라멘의 대화에서 어렴풋이 그 같은 상황을 짐작하며 대화의 주제를 바꾸었다.

“글쎄, 아마도 적지는 않을 것이네. 크르.”

다이라멘이 모호하게 대답했다. 그도 외부에서 떠돌다가 세력을 모아 왔으니 내부 사정엔 어두운 것 같았다. 얀은 새로 합류한 프로스트 족의 위리어를 불렀다. 어둠의 문이라 불리우는 요새의 정확한 병력을 알아보기 위해서였다.

둥둥둥!

트롤들이 다시금 진군의 북소리를 힘차게 울렸다.

척척척!

새로 프로스트 족의 3개 천인대가 합류하여 4개 천인대로 세력이 불어난 다이라멘과 얀의 연합군이 열을 지어 다리를 건너가기 시작했다.

'이거 엄청난 퀘스트구만. 내가 이것을 깰 수나 있을까?'

진군하고 있는 연합군의 뒤편에서 얀이 얼굴을 찌푸리고 있었다. 얀은 새로 합류한 프로스트 족의 위리어를 통해 어둠의 문의 요새에 대한 정보를 얻고 부수적으로 현재 어둠의 왕국의 전황을 대략적으로 파악할 수가 있었다.

어둠의 왕이 오래전 부상을 입고 왕국 내에 일체의 간섭을 않고 어둠의 신전에서 칩거하는 동안 왕국은 2개의 세력으로 분열되고 있었다. 물론 왕국이 2개의 왕국으로 쪼개지는 그런 것이 아닌 어둠의 왕 아래 2인자의 자리를 얻기 위한 내부 권력의 분열이었다. 마신에게 혼을 팔고 힘을 얻은 어둠의 왕은 거의 마왕 급에 근접하는 힘을 얻어 깊은 어둠이라 불리우는 마계에서 병력들을 소환하여 그의 병력 어둠의 힘을 만들었다. 바빌로니아를 멸망시키는 마지막 전쟁 때 어둠의 왕은 신성력에 의한 치명적인 부상을 입어 왕국의 북부에 있는 어둠의 신전에 깊이 은둔해 들어갔는데 문제는 어둠의 왕이 그의 병력인 어둠의 힘에 대한 명확한 처리를 하지 않고 은둔에 들어갔기에 발생했다.

어둠의 왕은 마계의 스켈레톤 3군단과 데스나이트 등을 주축으로 하여 어둠의 힘을 구성하였는데 그가 갑작스런 은둔에 들어가자 어둠의 힘 내부에서 주도권 다툼이 일어난 것이다. 그중 어둠의 왕의 참모를 맡고 있던 가가린이 포이즌 족의 지아렌과 손잡고 먼저 스켈레톤 족을 장악하여 과거 바빌로니아의 수도인 슈바빌에서 스스로 어둠의 수장을 자처하며 어둠의 힘을 장악하는 데 성공했다. 원래 가가린보다 더 막강한 힘을 가진 자도 있었지만 그는 어둠의 왕이 내린 명령을 따라 동쪽으로 인간들의 도시를 점령하려 출전하고 돌아오지 않고 있는 상황이었다. 이때 가가린과 힘을 합한 지아렌이 스켈레톤 족을 장악하는 과정에서 축출된 파이어 족의 다이라멘이 어둠의 왕의 친위대였던 블러드 데스나이트들에게 접근하였다. 데스나이트들이 생전에 원한을 풀지 못해 어둠으로 되살아난 일반 기사라면 블러드 데스나이트들은 전쟁에서 패배한 기사들이 깊은 원한으로 되살아난 존재로 그들 중 소드 마스터 급의 기사들이 블러드 데스나이트로 되살아난다. 얀이 얼마 전 해결했던 절망의 홀 퀘스트에 나왔던 데스나이트 마스터가 바로 이들 블러드 나이트의 하나였다. 가가린에게 불만이 있으나 세력이 약했던 블러드 데스나이트들의 수장인 메카니가 다이라멘의 제의에 이번에 벌어지는 어둠의 축제를 기회로 어둠의 왕국 서부에서 병력을 모아 슈바빌로 진군하고 있다는 것이었다.

'블러드 데스나이트만 해도 레벨이 200은 될 텐데 그 수장이라면 분명 레벨 250의 골드 데스나이트일 테고……'

골드 데스나이트는 그랜드 소드 마스터에 오른 기사가 데스나이트로 되살아난 것으로 마계의 마왕의 친위대가 바로 그들로 이루어져 있다고 한다.

'그들 골드 데스나이트로 이루어진 기사단의 단장인 골드 데스나이트 마스터가 있다고도 하는데… 그렇다면 그놈은 대체 레벨이 얼마나 되는 거야?'

얀은 기가 막혔다. 레벨 200의 블러드 데스나이트 하나만도 얀에게 벅찬 상대인데 현재 메카니의 휘하에는 20구의 블러드 데스나이트가 있다는 것이었다. 그런 그들이 이제야 비로소 힘을 모아 도전하는 가가린이란 어둠의 수장에게도 그것 이상의 병력이 있다는 것이 아닌가?

'아차 실수하면 바로 한칼에 날아갈 수도 있겠군.'

얀은 뼈다귀가 앙상한 목을 쓰다듬으며 한숨을 내쉬었다. 애초에 별 어려움 없을 듯싶었던 퀘스트가 점점 얀의 힘에 부치는 듯한 느낌으로 다가오고 있었다.

'일단은 해볼 수밖에 없겠지? 그래도 잘하면 경험치는 제법 오를지도.'

얀은 스켈레톤으로 변신하여 알게 된 사실이 몇 가지 있었다. 그것은 몬스터끼리 결전을 벌이면 아이템이 떨어지지 않는다는 것이었다. 물론 얀이 죽이는 몬스터에게서는 아이템이나 골드가 떨어진다. 처음 얀은 그가 죽인 몬스터에게서만 아이템이 떨어지자 아이템을 선뜻 줍기도 애매하고 해서 눈치를 보았지만 그것에 대해 프로그래밍이 되어 있는지 다른 프로스트 족이나 다이라멘은 아예 모른 척 별 관심도, 이상하게도 여기지를 않는 듯했다. 아마도 앞으로 변신 마법으로 몬스터로 변신할 유저들을 위해 이미 설정되어 있었던 것 같았다. 그리고 다른 한 가지는 얀이 지휘하는 몬스터들이 적이나 몬스터들을 해치울 때마다 일정량의 경험치가 얀에게 추가된다는 것이었다. 덕분에 얀은 경험치 게이지가 제법 많이 올라간 것을 확인할 수 있었다.

휘리리릭!

쿠쿵!

어둠의 문 요새 앞에 가까이 간 선두 부대의 요새 위에서 본 에로우와 큼지막한 돌덩이들이 쏟아져 내렸다. 화살은 치명상을 주지는 않았지만 돌덩이에 직격된 스켈레톤들은 뼈다귀로 변해 사라져 갔다. 다행히 투석기가 얼마 되지 않는지 돌덩이에 쓰러지는 병사들의 숫자는 적었다.

"흐으으!"

스켈레톤들이 화살이 박힌 몸을 이끌고 성벽을 기어오르기 시작했다. 성벽 위에서 포이즌 족이 칼을 휘두르며 프로스트 족과 파이어 족이 올라오는 것을 결사적으로 방어하고 있었다. 얀과 다이라멘은 대열의 후미에 있다가 서서히 요새의 정문으로 향했다. 적들이 성벽에 신경 쓰고 있을 때 두터운 요새의 문을 깨뜨릴 작전이었던 것이다. 요새 안에 있는 포이즌 족의 병력이 의외로 2개 천인대 병력밖에는 되지 않는다는 정보에 강공책으로 나서게 된 것이다. 그때였다.

크헝!

무언가 크게 울부짖는 소리가 요새 위 이곳저곳에서 들려왔다. 얀이 고개를 들어 요새 위를 살폈다.

요새의 성벽 난간 아래 곳곳에 불쑥 튀어나온 발판 위에 세워져 있던 석상들이 움직이며 고개를 하늘로 하여 길게 울부짖고 있었다.

"이런, 가고일?"

가고일은 보통 때는 사원 같은 건축물의 지붕 귀퉁이에 돌 석상으로 있다가 외부 침입자에 반응하여 움직이면서 건물을 지키고 악령을 쫓는 부적 역할을 하는 몬스터였다.

가고일은 현재도 서양에서 흔히 볼 수 있는 것이다. 조각상 등에 많이 이용되기 때문이다. 큰 사원의 지붕 등에 날개가 있는 몬스터의 상이 놓여 있는 경우가 많다. 이것이 가고일이다. 이것은 원래 악마의 이미지로 만들어진 상이다. 기독교가 서양에 확산되자 그때까지 믿고 있던 신들은 사신(邪神)이 되어버렸다. 이 사신들이 건물 바깥에서 망을 보는 역할을 부여받게 되었는데 그것이 바로 이 조각상들이다. 실제로 그 몸은 바위로 만들어진 것처럼 보이며 움직이지 않을 때에는 조각상처럼 보인다. 그러나 일단 움직이기 시작하면 매우 민첩하며 선인이든 악인이든 상대가 죽을 때까지 공격한다. 가고일이 좋아하는 장소는 동굴 등의 어두운 장소나 얕은 여울—날개가 수영하는 데도 사용된다. 매우 드물게 머리가 좋은 가고일이 있어 마법을 사용하기도 하는데 별로 대단한 것은 아니다—이다.

레벨 140의 몬스터인 가고일에 대한 대비가 전혀 없는 작전이었다. 얀은 전황이 재미없게 변하게 될 것을 느꼈다. 요새의 성벽에 세워져 있던 100여 개의 석상이 하늘로 날아올랐다.

"화살을 쏴라!"

워리어들이 스켈레톤 아처들을 닦달했다.

휘리릭!

아처들이 날린 본 에로우가 하늘로 날아올랐다. 그러나 위로 솟구치는 화살의 힘은 점차 약해졌고 튼튼한 가고일의 외피를 뚫기에 힘들어 보였다. 그동안 가고일들은 성벽 근처를 날아다니며 프로스트 족과 파이어 족의 스켈레톤들을 발톱으로 잡아채 우수수 성벽 밑으로 떨어뜨리거나 잡고 있던 스켈레톤을 강한 힘으로 양쪽으로 잡아당겨 부서뜨리고 있었다.

'젠장, 슈페리어를 쓸 수만 있어도 별것 아닌데.'

얀은 신성력을 품고 있어 현재 쓸 수 없는 슈페리어가 이럴 때 무척 아쉬웠다. 공중에서 날아다니는 가고일을 상대하는 데 현재 스켈레톤 아처들의 화살로는 도저히 역부족인 듯했다.

쿵쿵!

기세가 오른 듯 요새 안에서 다시금 큼지막한 돌덩이들이 날아와 몰려 있던 스켈레톤들의 머리 위로 떨어져 내렸다. 얀은 저 멀리서 다이라멘이 그를 쳐다보는 것을 보았다. 둘은 시선이 마주치자 고개를 끄덕였다.

"후퇴하라!!"

얀과 다이라멘은 각각 프로스트 족과 파이어 족에게 후퇴를 명했다.

크허엉!

얀과 다이라멘의 연합군이 병력에 비해 상대적으로 좁은 다리 위로 밀려 후퇴를 시작하자 가고일들이 성벽 아래까지 내려와 후퇴하는 스켈레톤들을 잡아채려 했다.

츠하학!

시뻘건 검기가 막 스켈레톤 병사들을 잡아채 가던 가고일에게 쏘아졌다.

쾅!

날개가 박살이 나면서 기우뚱거리던 가고일이 다리 난간을 들이박고는 깊은 협곡 아래로 떨어져 내렸다. 다이라멘이 다리 난간에 올라서서 후퇴하는 병력의 후미에서 검기를 난사하고 있었다.

얀 역시 스켈레톤 병사들의 투구를 가볍게 밟고 몸을 띄우며 검기를 뿌려대었다.

콰콰!

얀의 검기에 두 동강이 난 가고일이 다리 난간 아래편에 커다란 몸을 부딪치며 협곡으로 추락했다.

거센 충격이 다리 위로 전해졌으나 다행히 다리는 튼튼한지 실금 하나 생기지 않았다.

크하앙!

가고일들이 병력의 후미에서 자신들을 막는 두 마리의 스켈레톤 때문에 피해가 커지자 추격을 멈추고 허공을 선회하다가 요새 쪽으로 돌아갔다.

요새를 출격한 100여 마리 중 얀과 다이라멘에게 격추(?)된 가고일 10여 마리를 제외하고 아직 80마리가량의 가고일이 요새 위의 자신들의 발판에 다시 석상으로 변하여 내려앉았다.

그 모습을 지켜보며 얀은 병력을 다리 위에서 안전지대로 철수시켰다.

"흐아아!"

멀리 요새 위에서 승리의 함성이 터져 나오는 듯했다. 이번 작전으로 무려 1개 천인대 병력이 허무하게 접전도 벌여보지 못하고 사라졌다. 4개 천인대 병력에서 3개 천인대 병력으로 줄어든 연합군은 상대적으로 위축된 채 다리를 건너 방어진을 치며 다음 결전을 대비했다.

8

"빨리 이곳을 깨뜨리고 어둠의 수도로 진군해야 하네. 크르."

다이라멘이 짙은 안개 때문에 진면목이 잘 드러나지 않는 어둠의 요새를 바라보고 있는 얀에게 다가왔다.

"메카님이 병력을 모아 진군 중이네. 우리도 그곳에 합류해야만 하네. 케르르."

'그 정도 병력이면 우리가 없어도 한 판 붙을 수 있을 것 같은데.'

얀은 그러나 마음속의 말을 삼키며 다이라멘을 바라보았다.

"나도 잘 알고 있다, 다이라멘. 크르, 그러나 가고일이 문제다. 놈들을 처리하지 않는다면 우리 병력은 요새를 깨기도 전에 무너져 버릴 것이다."

"박쥐 같은 것들이 감히 위대한 스켈레톤 전사의 앞길을 가로막다니. 크륵."

다이라멘의 눈이 분노로 이글거렸다. 레벨 140의 가고일 수십 마리가 몰려들어도 눈 하나 꿈쩍일 다이라멘이 아니었다. 하지만 지금은 혼자 싸우는 단독 전투가 아니라 요새를 깨뜨리기 위한 공성전이었다. 자유롭게 공중을 누비며 전투를 벌이는 가고일에 비해 상대적으로 좁은 다리 위에서 아군이자 부하들인 스켈레톤 족들이 앞길을 가로막아 가고일들을 상대하기가 무척 힘들었다. 가고일을 다 죽이더라도 그동안 가고일에 의해 병력의 피해가 커진다면 요새를 공략할 수가 없는 형편인 것이다. 물론 일반 필드의 스켈레톤에 비해 어둠의 스켈레톤 족들은 강력하지만 하급 병사들로는 가고일을 상대하기가 힘들었다. 가고일을 화살로 쏘아 죽이려고 해도 중급 병사인 스켈레톤 레인저가 필요했다.

"중급 병사들은 이곳을 깨뜨려야 합류할 수 있네. 적들의 증원군이 도착하기 전에 이곳을 돌파해야 하네."

"잠시 기다리게. 대책을 강구해 보겠네. 그동안 병력들을 재점검하고 있게나."

얀이 옆에서 시끄럽게 어린애처럼 칭얼대는 다이라멘을 달래어 쫓아냈다.

"크르, 알겠네. 그럼 전투 준비를 하고 있겠네."

"수고하게. 케르르."

얀은 다이라멘을 일단 쫓아냈지만 별 뾰족한 대책이 떠오르지 않았다. 병력은 우위에 있다지만 적들은 튼튼한 요새 안에 버티고 있고 공중전을 치를 수 있는 병력까지 있었다. 병력은 이제 3개 천인대로 줄어 사실상 그리 큰 우세를 점하고 있는 상황도 아니었다. 일반적으로 성이나 요새 등에서 수비하는 병력은 공격하는 병력의 1/3만 있어도 충분히 방어할 수 있다고 하는데 적들은 아군과 그리 큰 전력 차가 없는 상황에서 공중 부대라는 유리한 카드까지 쥐고 있는 형편이었다. 적들이 요새라는 방어벽을 버리고 성문을 나와 적극적으로 백병전을 벌여도 아군이 유리하다고 단정할 수 없었다.

'결론이 뻔한 자살 공격을 해야만 하려나?'

얀은 답답한 마음에 하늘을 올려다보며 한숨을 내쉬었다.

'북쪽 지대라 서늘한 기온도 그렇고 구름 낀 하늘이 흐린 가을 하늘 같구만. 어라? 잠자리도 있네?'

"잠자리?"

문득 흐린 가을 하늘 아래 있는 듯한 착각 속에서 하늘을 올려다보던 얀이 자리에서 벌떡 일어났다.

물론 아르카디아에도 잠자리는 있다. 하지만 하늘에 떠 있는 저놈은 그런 잠자리와는 비교도 할 수 없는 크기를 지니고 있지 않은가? 멀리 조그만 점으로 보이던 것이 제법 가까이까지 다가와 있었다.

얀은 정신없이 언덕을 달려 그것들에게 다가갔다.

"역시!"

멈추어 선 얀이 하늘을 올려다보며 감탄했다. 몸 길이가 15m가 넘는 초대형의 공중형 몬스터 10여 마리가 얀의 머리 위에서 서로 장난치듯 하늘을 비행하고 있었다.

"드래곤 플라이가 있을 줄이야."

드래곤 플라이:레벨 130의 필드형, 공중형 몬스터.

서식지:인적이 드문 평원 지대나 호수 근처에 서식.

몬스터 설명:드래곤 플라이라고는 해도 특별히 하늘을 나는 용이라는 것은 아니다. 대형 잠자리의 일종이다. 공중에서의 운동 능력이 매우 뛰어나 기습 공격 시에 그 능력을 유감없이 발휘하곤 한다. 방어 능력도 뛰어나므로 보통의 공격으로 드래곤 플라이를 명중시킨다는 것은 상당히 어렵다. 단단한 외피는 웬만한 공격으로는 흠집조차 나지 않으며 체력 수치가 매우 높다. 이름에 비해 별로 강력한 공격력은 없으며 공격 방법도 이빨로 물어뜯는 정도이다. 그러나 이빨은 바위도 부술 정도로 단단하고 드래곤에 비해서는 매우 약하지만 포이즌 브래스 공격을 한다고 하지만 확인된 것은 없음.

얀의 머리 속에 몬스터 도감의 드래곤 플라이에 관한 정보가 떠올랐다.

'잘하면 물건이 될 것도 같은데?'

얀이 드래곤 플라이를 올려다보며 생각에 잠겨 있을 때였다.

삐이잉!

이상한 소리가 하늘을 울리더니 드래곤 플라이 한 마리가 얀을 향해 급강하해 왔다.

"이런, 내가 맛있는 먹이로 보였나 본데? 고맙다고 해야 하나?"

얀은 자신을 덮쳐 오는 드래곤 플라이의 쇠기둥 같은 두께를 자랑하는 앞발을 피하지 않고 몸을 맡겼다.

휘잉!

얀은 순간적으로 몸이 꽉 조여지며 어느새 머리를 땅으로 거꾸로 들린 채 하늘을 날고 있는 자신을 발견했다. 그가 방금 전까지 서 있던 언덕이 빙글빙글 돌며 빠르게 멀어지고 있었다. 너무 빠르게 상승하자 얀은 순간적으로 약간의 현기증과 함께 멀미 증상이 일어나는 듯했다.

삐이익!

얀을 잡고 있던 드래곤 플라이가 길게 소리를 질렀다. 동시에 저 멀리 날고 있던 드래곤 플라이들에게서 호응하는 듯한 소리가 들려왔다.

삐이!

삐이잉!

근처를 날고 있던 다른 드래곤 플라이들이 얀을 잡고 있던 드래곤 플라이에게 다가왔다. 흡사 그 모습이 먹이를 나누어 먹으려는 형제들의 모습 같았다. 얀의 얼굴 앞으로 커다란 바위 같은 드래곤 플라이의 얼굴이 다가왔다. 머리의 대부분을 차지하는 두 개의 커다란 겹눈—1만에서 28,000의 낱눈으로 구성되어 있다는—과 3개의 홑눈이 정수리에 붙어 있었다. 그리고 일반적인 잠자리의 입틀이라 불리우는 곳에 자리한 드래곤 플라이의 입은 마치 칼날 같은 송곳니들이 빛에 반짝거리며 얀을 씹기 위해 어느새 벌려져 있었다. 한 개의 크기가 사람의 몸통만한 송곳니를 보며 얀은 순간 몸이 움찔했다.

"끼아아아!"

아득한 허공에서 소름 끼치는 비명(?) 소리가 메아리쳤다.

'……'

질끈 눈을 감았던 얀은 순간 몸을 날카롭게 파고드는 송곳니의 고통이 느껴지지 않자 살그머니 눈을 떠보았다.

"헉!"

무시무시한 드래곤 플라이의 이빨이 얀의 눈앞에서 벌어진 채 정지해 있었다. 그리고 두 쌍의 날개의 기능을 정지한 드래곤 플라이들이 허공을 빙글빙글 돌며 땅으로 추락하고 있었다.

"케르르! 모두 날아올라라!"

얀이 두 눈을 금빛으로 물들인 채 크게 소리를 질렀다.

삐이잉!

삐이!

그러자 맥없이 땅으로 추락하던 드래곤 플라이들이 급히 날개를 진동하며 아슬아슬하게 허공으로 날아올랐다. 얀은 드래곤 플라이의 몸통 위로 올라타며 회심의 미소를 지었다.

'이것, 쓸 만한데? 역시 몬스터로 변신한 상태에서 쓰면 몬스터들에 대한 통제력이 훨씬 강해지는군.'

얀은 드래곤피어 스킬이 몬스터로 변신 시 사용하면 몬스터들에 대한 지배력과 통제력이 아주 막강해지는 것을 새로이 발견하자 몹시 기분이 좋았다. 잘만 하면 나중에 따로 길들이기 스킬이 없어도 몬스터들을 사로잡아 큰돈을 벌 수 있을 것 같았다. 드래곤 플라이의 몸통에는 듬성듬성 굵은 잔털이 있어 비행 시에도 몸을 고정하기에 불편함이 없었다. 얀은 굵은 잔털을 붙잡고 드래곤 플라이의 몸통 위에서 마음껏 고공 비행의 묘미를 느꼈다.

휘이잉!

얀이 웃자 기분이 좋은 듯 드래곤 플라이가 크게 선회하며 묘기를 부렸다. 저 아래로 검은 점들이 모여 있는 듯한 스켈레톤 족의 모습이 보였다.

"내려가자. 크르."

드래곤 플라이들이 얀이 이끄는 대로 크게 선회하며 스켈레톤 족들이 모여 있는 곳으로 내려가기 시작했다.

"프로스트 족의 기사여, 그대의 용맹함이 놀랍다. 저들을 잡아오다니."

다이라멘이 얀이 드래곤 플라이에서 내리자 크게 반기며 다가왔다.

"케르르. 별것 아니다. 저들을 이용하여 요새를 함락하자!"

"저들이 있다면 어려운 일이 아니다. 크르르."

다이라멘이 가고일을 상대할 든든한 전력을 얻음에 기분이 좋은 듯 연신 고개를 끄덕였다. 얀이 생포해 온 드래곤 플라이들은 모두 12마리였다. 얀은 2마리에는 자신과 다이라멘이 탑승해 가고일을 상대하며 전황을 지휘하고 나머지 드래곤 플라이들은 스켈레톤 아처들과 병사들을 탑승시켜 아군이 성벽을 점령하거나 성문을 부술 때 요새 위의 적을 견제하도록 할 계획이었다.

"아처들을 모아라! 케르르!"

얀이 워리어에게 스켈레톤 아처들을 불러오라고 지시했다. 다이라멘이 파이어 족의 워리어에게도 아처들을 데려올 것을 지시했다.

"바로 공격을 나설 것인가? 크르."

다이라멘이 얀에게 작전 계획을 물어왔다. 얀은 고개를 흔들었다.

"아직이다. 일단 드래곤 플라이에 탑승할 병사들을 훈련시킬 시간이 필요하다. 공격은 내일 오전에 시작하는 것이 좋겠다."

"그전에 저들의 응원군이 오지 않았음 좋겠군. 크르."

다이라멘이 약간 우려를 표시했다.

"어쩔 수 없다. 훈련없이 투입했다가는 우리가 패배할 것이다. 저들의 증원군이 늦게 오기를 바랄 수밖에 없다."

"알겠다. 크르."

얀은 많은 인원을 드래곤 플라이에 태우기보다는 기동력을 생각하여 탑승 인원을 15구로 제한했다.

탑승할 15구의 스켈레톤은 스켈레톤 병사 3구와 스켈레톤 아처 12구로 비율을 나누었다. 스켈레톤 병사들은 드래곤 플라이의 조종을 맡는 주 조종수 1구와 부조종수 2구의 개념이었고 스켈레톤 아처들은 공중전 및 적병을 기총 소사 할 화살 부대였다. 하지만 얀과 다이라멘이 탑승할 드래곤 플라이에는 스켈레톤 아처를 10구만 승차시켰다. 얀과 다이라멘의 기동 전투 시 회피력을 늘리기 위해 얀이 병력 수를 줄인 것이다.

삐이잉!

삐이!

요새에서 약간 떨어진 평원에서 밤새 스켈레톤 비행 부대의 전투 훈련이 벌어졌다.

9

"케르르, 전진하라! 성문을 깨뜨려라!"

얀과 다이라멘의 명령에 파이어 족과 프로스트 족의 스켈레톤 병사들이 대열을 이루며 다리를 건너 어둠의 문 요새로 다시 진군을 시작했다.

둥둥둥!

트롤들이 빠르게 북채를 휘둘렀다. 그 옆에서는 스켈레톤 병사들이 트롤들에게 채찍을 휘두르고 있었다. 아직 어둠이 채 가시지 않은 하늘 아래 요새의 성벽 위에는 군데군데 횃불이 밝혀져 있었다. 횃불 아래 요새의 수비 병력들이 모여들어 재결전을 준비하는 듯했다.

휘익!

휘리릭!

얀과 다이라멘의 연합군이 다리를 거의 다 건너가고 있을 때 요새 안에서 화살과 커다란 돌덩이들이 날아오기 시작했다.

타탕!

쿠웅!

본 에로우가 머리 위로 치켜든 방패에 맞아 사방으로 튕겨져 나뒹굴었다. 커다란 바위 같은 돌덩이가 대열의 선두에 떨어지며 앞장서서 진군 중이던 스켈레톤 병사 5구가 비명도 지르지 못하고 뼛조각이 되어 쓰러졌다.

둥둥둥!

북소리가 점차 고조되었다.

"흐으으!"

다리를 건너 요새 입구 부분의 약간 넓어진 공터에 이르자 스켈레톤 족들이 기세를 올리며 달려갔다.

스켈레톤 족들이 칼을 이빨로 물고 요새 성벽을 기어오르기 시작했다.

휘리릭!

요새 위에서 빗발치듯 화살이 성벽을 오르고 있는 스켈레톤 족들에게 쏟아져 내렸다. 화살을 십여 발 몸에 맞은 스켈레톤 병사들이 체력이 떨어진 듯 하나둘 움직임이 멎은 채 성벽 아래로 떨어져 내렸다.

퍽!

수십 미터 위에서 떨어진 스켈레톤 병사가 가루가 되어 사라졌다. 그러나 스켈레톤 족들은 명령받은 대로 동요없이 성벽을 오르고 있었다.

아직 어슴푸레한 새벽의 미명 아래 검은 성벽이 온통 성벽을 오르는 스켈레톤 족들로 인해 하얗게 물감을 칠해놓은 듯 보였다.

크앙!

동시에 요새 성벽의 상단 발판에 세워져 있던 가고일들이 고개를 세우고 울부짖더니 하나둘 날개를 펼치며 날아올랐다. 가고일들은 자신들의 거처로 다가온 스켈레톤 족들을 용서할 생각이 없는 듯 성벽 주위를 돌며 거친 발톱 공격을 가해왔다. 성벽을 오르던 스켈레톤들이 가고일의 발톱 공격에 머리가 부서지거나 성벽에서 미끄러져 아래로 추락해 갔다.

"지금이다, 다이라멘!"

얀이 다이라멘을 바라보며 소리치자 다이라멘이 칼을 힘입게 잡으며 드래곤 플라이 위로 올라탔다.

삐이이!

삐잉!

두 마리의 드래곤 플라이가 얀과 다이라멘을 태우고 일차로 날아올랐다. 나머지 10마리의 드래곤 플라이는 얀과 다이라멘이 올라탄 드래곤 플라이의 뒤를 따르다가 공중에서 빠르게 움직이며 아처들이 성벽 위를 공격하도록 명령을 받고 있었다. 요새 성벽 위의 상공에 쉽게 도착한 비행 편대 중에서 두 마리의 드래곤 플라이가 급속 하강에 나섰다. 얀과 다이라멘이 탑승한 드래곤 플라이는 빠르게 급강하하며 성벽 중간에서 연합군을 공격 중인 가고일들에게 다가갔다.

치이익!

먼저 다이라멘의 불꽃이 실린 검기가 그들을 보며 상승하던 가고일 3마리를 향해 날아갔다.

휘릭!

탑승하고 있던 아처들도 주변의 가고일들에게 마구 화살을 쏘아 보내며 성벽을 오르는 아군을 공격하는 가고일을 저지하고 있었다.

크아!

다이라멘의 검기에 적중된 가고일들이 몸통과 날개가 잘린 채 성벽 아래로 추락했다.

"좋았어!"

얀 역시 질 수 없다는 듯 드래곤 플라이 위에서 몸을 세운 채 달려드는 가고일들에게 푸른색 검기를 선물해 주었다.

끄아아!

측면에서 날개를 펼치며 상승하던 가고일 두 마리가 얀의 검기에 날개와 목을 베인 채 비명을 지르며 성벽 아래로 곤두박칠쳤다.

팅팅팅!

성벽 위의 적병이 발사한 화살이 드래곤 플라이의 외피를 뚫지 못하고 튕겨져 나갔다.

휘잉!

빠르게 급강하하며 가고일의 밀집 지역을 뚫던 드래곤 플라이가 살짝 방향을 바꾸어 요새에서 이탈했다. 드래곤 플라이의 몸체가 땅에서 얼마 떨어지지 않은 상공에서 아슬아슬하게 진행 방향을 바꾸어 재상승을 시도하고 있었다. 그 뒤를 가고일 십여 마리가 울부짖으며 뒤따르고 있었다.

약간 넓게 회전 반경을 그리며 상승하는 드래곤 플라이 위에서 얀이 몸을 세우더니 뒤따르던 가고일들을 노려보았다. 가고일들이 드래곤 플라이에 접근하여 이빨을 드러내며 위협적인 날갯짓을 하고 있었다.

"타핫!"

얀이 샴쉬르에 검기를 주입한 채 몸을 날려 가고일들에게 뛰어들었다. 가고일이 날카로운 앞발톱을 얀에게 휘둘렀다.

크어!

얀이 샴쉬르를 왼쪽으로 짧게 휘둘러 가고일의 팔을 검끝으로 찍어 공중에 떠 있는 몸을 회전시키며 가고일의 품 안으로 파고들었다.

카아악!

날카로운 검광이 번뜩임과 동시에 가고일의 몸이 양분되며 얀의 신형이 가고일의 몸 뒤로 튀어나왔다.

"헛!"

얀은 순간적으로 눈앞이 어두워지자 힘을 잃고 땅으로 떨어지려 하는 등 뒤의 가고일의 잘려진 몸통을 걷어차며 진행 방향을 바꾸었다. 어느새 뒤따라오던 가고일 세 마리가 바짝 다가와 있었다. 얀은 왼쪽에서 공격하던 가고일의 꼬리를 잡아채 몸을 위로 상승시키며 샴쉬르를 횡으로 크게 휘둘렀다. 샴쉬르의 칼끝에서 강한 검기가 뻗어 나왔다.

크아아!

케헥!

카아아!

비명과 동시에 가고일 세 마리가 날개와 몸통이 잘려져 땅 밑으로 떨어져 내렸다.

펑!

"흐윽!"

이때 얀의 공격에 한 팔만이 잘린 오른쪽 가고일의 발톱이 얀의 몸통을 후려쳤다. 얀의 몸이 강하게 튕겨져 아래로 떨어져 내렸다. 떨어지는 얀을 향해 가고일이 송곳니를 드러내며 따라붙었다. 밑으로 떨어지던 얀이 반사적으로 칼을 휘둘러 가고일의 머리를 검기로 공격했다.

케에!

잘려진 가고일의 머리가 얀의 왼편으로 빙글빙글 회전하며 떨어져 내렸다. 남겨진 가고일의 몸통이 날갯짓을 하며 성벽으로 날아가 충돌했다. 얀은 플라이 마법으로 허공에 몸을 세우며 다른 가고일들을 찾았다. 저 멀리 한 떼의 가고일이 모여 있는 곳에서 검기가 난무하고 있었다. 아마도 다이라멘이 가고일들을 상대하고 있는 듯했다. 그리고 나머지 2~30마리의 가고일이 얀을 노리는 듯 날개를 접고 급강하해 오고 있었다. 얀이 왼팔을 들어 올렸다.

"쉴드 스트라이크!!"

얀의 왼팔에서 스몰 쉴드가 허공으로 튕기듯 빠져나오더니 맹렬한 회전을 보이며 덮쳐드는 가고일들의 무리 속으로 거침없이 파고들었다.

크허엉!

몸통이 서너 조각으로 잘려진 가고일들이 무더기로 성문 앞과 다리 아래로 떨어져 내렸다. 얀이 검기를 날려 아직 남아 있는 서너 마리의 가고일을 베어버렸다.

삐이!

어느새 얀에게 되돌아온 드래곤 플라이에 올라타며 얀이 칼을 들어 진행 방향을 지시했다. 스켈레톤 병사가 드래곤 플라이의 방향을 얀의 칼끝이 지시하는 곳으로 유도했다. 얀을 태운 드래곤 플라이가 요새의 성문 앞으로 빠르게 날아갔다. 얀이 남아 있던 마나를 총동원해 강한 검기를 성문에 날렸다.

콰콰콰!

두터운 성문의 아랫부분이 육중한 소리를 내며 횡으로 잘려 뒤로 쓰러져 내렸다. 성문 뒤에 있던 요새의 수비병들이 문에 깔리며 비명을 질렀다.

"공격하라!!"

아직 성벽을 오르지 않고 있던 1개 천인대 병력의 스켈레톤이 칼을 휘두르며 부서진 성문으로 빠르게 돌격해 들어갔다. 얀은 일단 허공을 선회하며 전황을 살펴보았다. 드래곤 플라이들의 견제 사격과 가고일들의 제거로 어느새 요새 위에 교두보를 확보한 스켈레톤 연합군에 의해 요새의 성벽 위는 연합군이 거의 장악하고 있었다. 성벽을 오르는 연합군을 공격하던 것으로 보이는 캐터필러 3개가 파괴되어 검은 연기를 뿜어대고 있었다. 성벽 위의 포이즌 족은 성벽 위에서 밀려 성안으로 이어지는 계단에서 저항하고 있었지만 계속해서 뒤로 밀려나고 있었다. 그리고 아처들을 태운 드래곤 플라이들은 이제 성문을 뚫고 진입을 하는 스켈레톤들을 지원하고 있었다. 포이즌 족에 대한 복수심에 불탄 듯 스켈레톤 연합군은 거칠게 포이즌 족을 몰아붙이고 있었다. 이미 대세가 기울어진 듯 보였다. 이곳에 진주해 있던 포이즌 족은 그리 숫자가 많지 않았고 제공권을 연합군에 내준 상태라 요새의 성벽 위와 공중에서 쏘아대는 화살에 쭉쭉 체력이 떨어진 상태에서 스켈레톤 병사들과 접전하며 차가운 칼날 아래 쓰러져 그들의 고향인 깊은 어둠으로 속속 되돌아가고 있었다.

성문 앞에서 잠시 거칠게 벌어졌던 접전은 성문을 사수하던 포이즌 수비병들의 전멸과 동시에 내성의 광장으로 전선이 빠르게 이동했다. 요새를 사수하던 포이즌 족의 마지막 저항이 광장에서 이루어지고 있었다. 이미 드래곤 플라이에서 몸을 내린 다이라멘이 연합군을 이끌고 광장 앞에서 포이즌 족을 이끌던 적의 수장과 격렬한 전투를 벌이고 있었다. 적의 수장은 5구의 포이즌 스켈레톤 자이언트를 대동하고 있었는데 그들로 인해 광장에서 연합군의 피해가 커지고 있었다.

스켈레톤 자이언트는 스켈레톤 로드의 호위 부대를 이루는 병사들로 나이트보다는 약하지만 워리어보다는 센 병사들이었다. 스켈레톤 자이언트는 스켈레톤의 상급 병사들인 것이다. 그들이 휘두르는 거대한 도끼에 일반 병사들이 맥없이 무너지며 뒤로 밀리고 있었다. 하지만 아처들의 집중적인 사격에 의해 스켈레톤 자이언트 역시 급속히 체력이 떨어지고 있는 듯 점차 동작이 느려지고 있었다.

얀은 시선을 돌려 다이라멘과 접전을 벌이고 있는 적군의 수장을 바라보았다. 세 개의 뿔이 달린 투구를 쓰고 붉은색 하드 레더를 입고 있는 적군의 수장은 제법 커다란 덩치를 지니고 있었는데 제법 기다란 팔에 가시가 달린 채찍을 들고 있었다.

'오버시어인가?'

오버시어(Overseer)는 채찍을 휘두르며 부하들에게 강한 충성과 적군에 대한 맹렬한 증오심을 이끌어내어 공격하게 하는 레벨 180의 데몬 일종이었다. 그러나 일반적인 오버시어는 다이라멘에게 상대가 될 리 없는데도 다이라멘이 검기를 날리면서도 힘들어하는 것을 보니 보통의 오버시어는 아닌 듯했다. 그리고 보니 오버시어가 휘두르는 채찍이 조금 이상했다. 끄트머리가 세 개로 갈라진 채찍 끝에는 끄트머리마다 금속으로 만들어진 듯 보이는 해골 모양의 원형 구가 매달려 있었고 검은 오라가 채찍을 휘두를 때마다 요동치고 있었다.

'저놈이 난폭한 수문장인가? 채찍이 심상치 않은걸?'

얀은 다이라멘이 힘겨워하는 것을 보고 그를 돕기 위해 드래곤 플라이의 등을 박차고 광장으로 뛰어내렸다.

"케케케! 비켜라, 이 허약한 것들아!"

얀이 위협적인 음성을 토하며 거칠게 샴쉬르를 휘둘렀다.

캉!

얀의 샴쉬르에 스켈레톤 연합군을 향해 마구 도끼를 휘두르던 스켈레톤 자이언트가 도끼 한 자루를 잘린 채 비틀거렸다. 잠시 중심을 잃었던 스켈레톤 자이언트의 몸에 십여 발의 화살과 대여섯 개의 무기가 박혀들었다. 스켈레톤 자이언트를 노리던 연합군의 집중적인 공격이 이어진 것이다.

"케르륵!"

진행하는 앞길에 있던 스켈레톤 자이언트가 쓰러지자 얀이 가볍게 고함을 질렀다. 순간 연합군과 포이즌 족의 스켈레톤이 기겁하며 황급히 얀의 앞길을 열어주듯 몸을 피했다. 얀은 미소를 지으며 성큼성큼 걸음을 떼어 그들이 몸을 피하며 열어준 길을 따라 걸으며 다이라멘과 오버시어가 전투를 벌이고 있는 곳으로 향했다.

"케케! 어서 오게, 얀멘! 이자를 물리치고 요새를 함락하세나!"

다이라멘이 얀을 보고 반색을 하며 전장을 이탈했다. 혼자서 힘겹던 터에 얀이 오자 잠시 숨을 고른 후 협공을 하려는 것이었다.

"다이라멘이여, 수고했다! 같이 저놈을 해치우자! 케케!"

얀은 다이라멘의 제의를 수락했다. 빨리 전투를 종결하고 퀘스트의 완성을 위해 다음 길을 떠나고 싶었다. 그렇기에 무리하게 혼자 상대하기보다는 그도 안전하게 이번 함락전을 마무리하고 싶었던 것이다. 다이라멘이 힘들었다면 얀이 혼자 상대해도 힘겨울 것이 뻔했다. 점차 만만한 몬스터들이 나오질 않고 있는 퀘스트의 여정이었다. 위험 요소는 되도록 줄이는 것이 좋았다.

파팡!

얀이 날아오는 채찍을 방패를 들어 방어하며 오버시어의 오른쪽으로 이동했다. 다이라멘이 오버시어의 왼편으로 이동하며 얀과의 공조를 준비했다.

"크크, 나이트들이여, 비겁하게 협공을 하려는가?"

오버시어가 얀멘과 다이라멘을 비웃는 듯 입을 열었다.

"켈켈, 전쟁에서는 만용보다는 피해 적은 승리가 진리라네."

얀멘이 오버시어의 말을 받으며 샴쉬르를 휘둘렀다.

파파팡!

그러나 오버시어가 휘두르는 채찍에 가까이 접근하지도 못하고 다급히 몸을 피했다. 채찍이 방금 얀이 서 있던 자리에 떨어지며 돌바닥에 깊은 자국을 남겼다.

"켈! 여기도 있다!"

다이라멘이 오버시어의 관심이 얀에게 향하자 주저없이 검기를 날렸다.

파팡!

순간 바닥에 늘어뜨려져 있던 채찍이 마치 뱀처럼 꿈틀대더니 어느새 다이라멘이 날린 검기를 쳐내듯 방어하고 있었다.

"크크, 내게 복종의 채찍이 있는 한 쉽지는 않을 것이다. 너희 둘을 제거하고 너희들의 부하를 내가 지휘하리라!"

아마도 오버시어가 들고 있는 채찍에 여러 몬스터를 통제하는 옵션이 있는 듯해 보였다.

'저놈을 죽이면 저 채찍이 떨어질까, 사라질까?'

얀은 문득 그의 컬렉션에 진열될 가치를 지닌 듯한 아이템을 보며 입맛을 다셨다.

어느덧 주변의 전투는 거의 마무리되어 가고 있었다. 마지막까지 저항하던 스켈레톤 자이언트들도 원거리에서 날아오는 화살과 인해전술에 하나둘 쓰러져 버리고 스켈레톤 연합군은 적의 잔여 병력을 소탕하고 있었다.

"흐으으!"

어느 순간 성안의 한쪽 문이 열리더니 수많은 파이어 족과 프로스트 족 병력이 쏟아져 나오기 시작했다.

갇혀 있던 병력들이 풀려난 듯했다.

"크크, 네놈들만이라도 내가 데리고 가리라!"

이미 수차례 무기를 교환한 오버시어가 대세가 꺾이고 상대하는 얀과 다이라멘에 점차 고전을 하게 되자 채찍을 휘감아 들며 입을 열었다. 채찍에서 검은 오라가 마치 안개가 피어오르듯 일어났다.

"케르, 얀멘! 조심하게! 저자의 공격이 심상치가 않네!"

다이라멘이 주의를 주었다. 얀도 오버시어가 마지막 발악을 하는 듯해 보이자 긴장을 하며 샴쉬르에 힘을 주었다.

파파팡!

오버시어가 채찍을 마구잡이로 휘두르는 듯 후려치며 몸을 회전하였다. 채찍의 끝에 달려 있는 해골 모양의 두 눈에서 붉은색의 빛이 흘러나왔다. 마치 검은 회오리바람이 몰아치듯 오버시어의 몸이 급속하게 회전했다.

파파팡!

회전력에 가속도를 주듯 채찍이 연신 땅을 강타했다. 그에 따라 주변에 있던 모든 것들이 은연중 회오리의 중심에서 일어나는 흡입력에 이끌리고 있었다.

"흐으으!"

연합군의 스켈레톤들이 불안에 몸을 떨다가 얀의 손짓에 급히 뒷걸음질치며 멀리 몸을 피했다.

"다이라멘, 놈이 공격하기 전에 먼저 공격하세나. 심상치가 않네."

얀은 불안감에 오버시어가 스킬을 발동하기 전에 공격을 하자고 다이라멘에게 급히 제안했다. 다이라멘이 동의하듯 고개를 끄덕이더니 붉은색 검기를 일으키고 있는 샴쉬르를 품에 안고 오버시어가 일으키고 있는 회오리로 달려들었다.

얀도 일루전 스텝을 밟으며 샴쉬르를 몸 앞에 세운 채 오버시어의 세력권으로 뛰어들었다.

"크크, 파멸의 바람이여! 블랙 토네이도!!"

오버시어가 얀과 다이라멘이 빠르게 덮쳐 오자 아직 완성되지 않은 스킬을 다급하게 발동했다.

"스톤 토네이도!!"

"소드 오브 파이어!!"

얀이 눈에는 눈, 이에는 이, 토네이도엔 토네이도라는 생각에 자신의 광역 공격 스킬인 스톤 토네이도를 발동시켰다. 다이라멘은 오버시어가 일으킨 블랙 토네이도에 샴쉬르의 불줄기를 발출하였다.

콰콰콰콰!

땅 위에 있던 어른 머리만한 돌들이 허공으로 팅겨져 올랐다.

쩌억!

마치 오른쪽으로 회오리치는 듯한 흔적을 남기며 땅이 갈라지고 있었다. 왼쪽 방향으로 회전하고 있던 오버시어의 블랙 토네이도와 오른쪽으로의 회전력을 품고 있는 얀의 스톤 토네이도의 공격력이 비슷한 지점에서 겹치며 거센 충격파를 일으켰다.

쿠쿠쿠!

10여 미터 위로 치솟은 먼지구름 속에서 우박처럼 큼지막한 돌들이 쏟아져 내렸다. 성안의 건물들이 거친 진동에 굵은 균열을 일으키며 무너져 내렸다. 거센 바람이 뜨거운 열기를 품고 주변을 불사르며 퍼져 나갔다. 얀은 땅에 샴쉬르를 꽂은 상태에서 충격파에 몸이 날아가지 않도록 단단히 칼을 부여잡고 몸을 안정시키려 노력했다. 땅을 디딘 두 발이 충격파와 거친 바람에 자꾸만 뒤로 밀려나려 했다.

"크아아아!"

문득 비명 소리가 환청처럼 아련하게 시끄러운 소음 속에서 얀의 귀를 울렸다.

'누구의 비명인가?'

점차 잦아드는 바람에 망토를 펄럭이며 얀이 고개를 들었다. 주변은 온통 무너져 내린 건물의 잔해로 가득했다. 100미터 이내가 일순간에 폐허가 되어 있었다. 특히 서로의 스킬이 중첩된 30미터 안쪽은 거의 모든 것이 가루가 된 듯 황색의 모래만이 가득했다. 아직도 불길이 사그라지지 않았는지 주변은 화광이 넘실대고 있었다. 얀이 오버시어가 있던 곳으로 시선을 주었다. 검게 그슬린 숯덩이 같은 형상을 가진 물체가 균열을 일으키며 부서져 내리고 있었다.

반짝!

숯덩이 아래 무언가 빛을 반사하는 것이 있었다. 얀이 다가가 살피니 오버시어가 들고 있던 채찍의 끄트머리에 달린 해골 모양의 금속 구가 모래 위로 살짝 드러나 빛을 반사하고 있었다.

'빙고!! 아이템으로 떨어졌군.'

얀이 기분 좋은 듯 채찍을 들어 인벤 창에 넣었다. 혹시 더 떨어진 것은 없나 찾아보았지만 아이템은 없고 대신 10만 골드짜리 주화를 찾을 수 있었다. 얀이 그것들을 챙기고 있을 때 다이라멘이 비틀거리며 모래를 털며 다가왔다.

"얀멘이여, 우리가 이겼다. 하지만 이제 시작일 뿐 어서 병력을 모아 집결지로 이동해야 하네."

다이라멘이 주변을 돌아보며 말했다. 멀찌감치 피해 있던 스켈레톤 연합군이 승리의 함성을 지르며 다가오고 있었다.

"그래야겠지."

　얀은 다이라멘에게 답하며 혹시나 하고 퀘스트 창을 살폈지만 ‘스켈레톤의 복수’라는 퀘스트는 아직 사라지지 않았다. 아무래도 수도로 가서 포이즌 족의 우두머리를 제거해야 해결이 되는 듯했다.

　“어서 병력을 모으세나. 빨리 집결지로 이동하세.”

　얀이 그제야 제법 많이 떨어져 있는 체력 게이지를 살핌과 동시에 몸의 모래를 털며 다이라멘을 재촉했다.

4장
외출

1

　현수는 모처럼 아침 일찍 일어나 외출을 했다. 아르카디아에 새로운 패치가 있어 약 하루 동안 서비스가 중지된 것이 그 이유였다. 모처럼 게임에 접속하지 않는 시간이었기에 집에서 충분한 수면을 취하고 싶었지만 오히려 그동안 밀렸던 자질구레한 일들을 이럴 때 해결해 놓는 것이 나중에 부담없이 게임을 할 수 있기에 집을 나선 것이다. 전부터 현수에게 자잘한 일거리를 챙겨주던 이태원 과장이 이번에 독립하여 사무실을 열었다는 소식을 들었으나 차일피일 방문을 미루다가 이번에 일거리도 얻을 겸 해서 찾아가 볼 생각이었다.

　빠아앙!

　깊은 어둠 속을 빠르게 달리는 전철 안에서 현수는 신문을 펴 들었다. 학생 때부터 지하철을 이용할 때 잠을 자기보다는 책이나 신문을 보던 것이 습관이 되어서인지 약간 피곤했지만 결국 눈을 감고 휴식을 취하지 못하고 누군가 다 읽은 뒤 선반에 올려둔 신문을 얼른 수중에 넣었다. 경제는 그런대로 오랜 불황을 조금 벗어났지만 아직도 정치는 부정부패로 악취를 풍기며 신문 1면을 장식하고 있었다. 현수는 더러움이 옮을까 봐 정치면은 건너뛰고 신문을 읽기 시작했다. 한때 학생시절, 현수의 꿈도 남들이 감탄해 마지않는 대기업에 입사해 멋진 양복을 차려입고 출퇴근하는 것이었지만 지금은 오랜 경제 불황과 극심한 취업 전쟁에 결국 포기하고 목표를 변경하고야 말았다. 하지만 오랫동안 현수의 의식을 지배해 왔던 한 가지 길을 버리자 그때까지 눈에 보이지 않던 새로운 길들이 그의 앞에 나타나기 시작했다. 세상에 오직한길만 있는 줄 알고 달려왔던 현수에게 무수한 길들이 나타나며 그의 선택을 기다리고 있었던 것이다. 물론 그중엔 함정도 있었고 구부러진 길도 있었다. 눈앞에 화려해 보이지만 들어서면 진탕길도 있었고 선뜻 들어서기 망설여져도 의외로 알찬 길도 있었다. 백수 생활 2년여 만에 현수는 겨우 자격증 한 장을 밑천 삼아 프리랜서의 길로 나서고야 말았다.

현수는 그런대로 지금의 생활에 만족하고 있었다.

돈벌이는 좀 안정적이지 못하지만 대신 자유가 있었고 치열한 삶을 버린 대신 여유로움을 얻고 있었다. 그가 다니던 회사를 뛰쳐나오고 방황할 때 그를 챙겨주던 이태원 과장이 독립한다는 소식에 현수는 무척 반가웠지만 한편으로는 걱정을 많이 할 수밖에 없었다. 약간의 짠돌이 기질만 빼면 인정 많고 이해심 많은 이태원 과장이 든든한 울타리를 벗어나 자신만의 길을 걸을 수 있을지 걱정되었던 것이다. 그렇지만 들려오는 소식은 현수의 걱정을 보란 듯 무시하고 이태원 과장의 승승장구를 알려주고 있었다. 현수도 한참 빠져 있는 게임사인 ㈜아르카디아의 협력업체 자리를 얻었다는 것이 아닌가? 일반적인 협력업체들과는 달리 ㈜아르카디아는 요즘 한참 널뛰기하는 주가가 알려주듯 한 다리를 걸치기만 해도 제법 실속을 차릴 수가 있는 곳이었다. 그동안 자기 이익을 추구하기보다는 넉넉한 인심으로 인맥을 넓혀왔던 이태원 과장이 결국 그 보상을 받는 것 같았다.

느닷없이 일거리가 있는데 일손이 부족하다는 연락에 현수가 바로 승낙한 것도 큰형님 같은 이태원 과장과 일을 해보고 싶기 때문이었다. 물론 일손이 딸려도 현수밖에 부를 사람이 없다는 것은 그도 믿지 않았다. 다른 것은 몰라도 인맥 하나는 탄탄한 양반이 아닌가? 아마도 요즘 현수가 뜸하니까 일거리를 주고 싶었는지도 몰랐다. 현수 역시 요즘은 게임만 하면서도 별 어려움이 없지만 사람 냄새가 그리워 승낙한 것이었다. 핑계 김에 서로 얼굴이라도 한번 보고 또 독립을 축하해 주고 싶었다.

'응?

현수가 신문을 대충대충 넘기다가 시선이 멈추었다. 사회면의 한 면에 ㈜아르카디아에 대한 인터뷰 기사가 나와 있었다. 새로 대대적인 패치를 하게 되어 홍보성 광고용 인터뷰인지 신문의 이벤트성 인터뷰인지는 모르지만 아직 발표되지 않은 이번 패치에 대한 정보들이 실려 있었다.

아르카디아—혼돈의 새벽

이번 주 ㈜아르카디아에서는 새로운 패치를 단행한다고 한다. 혼돈의 새벽이란 명칭이 붙은 이번 패치는 그동안 또 하나의 현실이란 주제로 게임계의 전설이 되었던 아르카디아에 엄청난 지각 변동이 일어날 것임을 예고하고 있는 듯하다. ㈜아르카디아의 기획조정실의 실장인 정진호 실장과의 인터뷰에서 그것을 확인할 수가 있었다. 이미 많은 유저가 아르카디아를 단순한 게임이 아닌 새로운 세계로 인식하고 캐릭터로 표현되는 게임 내의 자신에게 의미를 부여하며 인생의 재출발을 선언하는 경우가 많은데 이에 게임사는 어느 정도 유저들의 기대에 부응하는 의미로 이번 패치를 준비했다고 한다. 혼돈의 새벽 패치의 가장 큰 변화는 바로 작위 시스템의 등장이다. ㈜아르카디아 측은 각 왕국의 수도와 작은 마을을 제외한 영주가 상주하던 도시에서는 이번의 패치 이후에 작위 퀘스트를 실시한다고 밝혔다. 수여되는 작위는 최소 작위인 남작위를 받는다. 작위 퀘스트는 일정 레벨 및 기준 조건을 갖춘 이가 영주관의 경비대장에게 퀘스트를 받는다.

㈜아르카디아에서는 앞으로 한 달 후 각 도시별로 남작 작위를 받은 이들 중 한 명을 선출하여 도시의 영주로 삼는데 도시의 영주가 되는 이는 자작으로 작위가 승급된다. 승급된 작위는 영주가 물러나게 되면 다시 남작으로 강등된다. 영주는 세금을 걷어 국가에 내고 일정량은 자신이 소유하며 각 도시를 발전시킬 의무를 갖는다. 영주의 임기는 선출된 후 게임 시간 1년이고 이후에는 다른 작위를 가진 이들 중 한 명이나 길드와 경쟁하여 새로운 영주를 선출한다. 지금껏 길드전은 각 도시별 이권을 중심으로 도시 내 유력 길드와의 전쟁이었다면 앞으로는 도시 단위의 영주전도 기대해 볼 수 있을 것 같다.

……(중략)…….

그리고 아이템 드롭률의 조정과 더불어 새로운 아이템 시스템을 도입한다고 한다. 다름 아닌 목걸이에 팬던트 시스템을 도입하여 하나의 팬던트만 달려 있던 목걸이에 2개 정도의 팬던트를 추가할 수 있게 한 것이다. 몬스터들에게 얻을 수도 있지만 앞으로 한 달간 한시적으로 기존 목걸이를 팬던트용 목걸이로의 개조와 일반 목걸이를 팬던트로 개조할 수 있다. 각 도시나 마을의 직업별 협회의 대장장이 마스터가 앞으로 한 달간 목걸이를 개조해 준다고 한다. 대장장이들은 협회 소속의 대장장이 마스터에게 퀘스트를 받아 수행하면 팬던트 개조 스킬을 보상으로 받을 수 있다. 더불어 드워프 족을 위한 새로운 제조 스킬이 나왔는데 바로 소켓을 추가할 수 있는 소켓 추가 스킬이다. 기존의 아이템 중 소켓이 없는 아이템들에 1~2개의 소켓을 새로 뚫어 아이템을 넣을 수 있게 해주는 스킬로—일반 1개, 마스터 급 2개를 뚫을 수 있다. 이미 소켓이 1개 뚫려 있는 것은 안 되고 처음 뚫을 때 한 번에 한하여 1~2개의 소켓을 뚫어야 한다—아울러 몇몇 아이템의 능력치 및 옵션의 조정도 이루어진다고 한다.

…(중략)…….

또한 그동안 독점적 지위를 누려왔던 상단을 분리하여 조만간 자유 경쟁을 유도한다고 한다. 이로 인해 가이아 상단은 휴먼 족에 있는 상점만을 그 소속으로 하고 가이아 상단에 부속되어 있던 각 종족의 상단이 독립하게 되어 차후 대륙에는 유저들을 잡으려는 각 상단들의 뜨거운 상권 경쟁도 예상된다. 한편으로 그동안 분리 운영되었던 종족별 랭킹도 앞으로는 통합하여 통합 랭킹을 별도로 발표한다고 한다. 기존의 종족별의 직업별, 레벨별 랭킹은 그대로 유지하면서 종족을 뛰어넘는 새로운 통합 랭킹이 추가되는 것이다. 유저들의 경쟁 심리를 어느 정도 자극하는 효과가 있을 것 같다. ㈜아르카디아는 이번 패치는 단지 시작이며 앞으로 새로운 패치를 계속 추가하며 유저들이 원하는 새로운 인생을 설계할 수 있도록 아르카디아를 환상의 대륙으로 만들기 위해 노력할 것을 다짐했다. 이번 패치 이후의 아르카디아의 변화를 주목해 볼 만하다.

—담당 기자 유민지.

　현수는 기사를 신중하게 읽어보았다. 어차피 소속 길드 같은 세력이 없어 영주는 무리겠지만 작위를 받을 수는 있기에 작위 시스템에 흥미가 생겨서였다. 작위 퀘스트는 언제든 할 수 있으니 이번 퀘스트들을 마치면 도전해 봐야겠다는 생각이 들었다. 더구나 새로 등장하는 팬던트 시스템도 어느 정도 마음에 들었다. 기존에 목걸이 하나를 착용했다면 새로이 팬던트를 추가한다면 목걸이 3개를 착용하는 효과를 얻을 수 있는 것이 아닌가? 아마도 상급의 몬스터를 잡을 때 큰 도움을 얻을 수 있을 것 같았다.

　"이번 정차할 역은……."

　현수가 신문을 펼쳐 놓고 생각에 잠겨 있을 때 귓가로 현수의 목적하는 곳의 역명이 방송으로 나오고 있었다. 신문을 접어 챙긴 현수가 자리에서 일어나 열려진 문을 통과했다.

　'어디로 가야 하나?

　역에 내린 현수가 안내 지도를 보며 목적지를 찾았다. 6번 출구를 통해 역을 나서니 눈앞에 거대한 빌딩군들이 모습을 드러내고 있었다. 그중에 새로 지은 지 얼마 되지 않은 듯한 99층의 건물로 그의 걸음이 향했다.

　"타워 블루문이라……."

　현수가 서 있는 중앙 현관의 오른쪽 옆으로 커다란 바위에 금색으로 빌딩 명이 새겨져 있었다. 그가 가야 할 곳은 타워 블루문의 82층이었다.

　"어떻게 오셨습니까?"

　현수가 들어서자 내부 안내(Information box)라고 표시된 접수대에서 안내를 맡은 듯한 아가씨가 일어나 방문 목적을 물었다. 아마도 직원증을 가슴에 패용하지 않아 외부인임을 알아본 듯했다. 제법 미모의 안내 직원 옆에는 날카로운 인상의 보안 요원 2명이 조용히 앉아 있었다.

"네, 82층에 있는 '지식의 문' 사를 방문하려 합니다."

현수가 안내 직원에게 다가가 답했다.

"그러시다면 신분증을 제시하시고 대신 82층 전용의 출입증을 받아 가세요. 이 출입증을 엘리베이터의 인식 장치에 갖다 대고 숫자 82를 입력하시면 엘리베이터를 이용하실 수 있습니다. 단, 주의하실 점은 82층만을 이용하실 수가 있습니다. 명심하세요."

안내 직원이 친절한 미소를 입가에 지으며 현수에게 임시 출입증을 건네주었다.

"감사합니다."

현수가 임시 출입증을 받아 신기한 듯 들여다보았다.

삐~

인식 장치로 보이는 기계에 출입증을 갖다 대자 짧은 식별음이 울리며 '숫자를 입력하세요' 라는 단어가 조그만 창에 붉은 글씨로 떠올랐다. 현수가 메시지 창 아래의 숫자판에서 82를 찍자 80~89층 전용 엘리베이터의 문이 열렸다.

"어서 오십시오. 타워 블루문에 오신 것을 환영합니다."

이미 현수가 입력하지 않았어도 현수가 올라가려는 층 번호에 불이 들어와 있었다. 안내 맨트와 함께 엘리베이터가 움직이기 시작했다.

'목소리가 예쁘군.'

현수가 마음속으로 중얼거리며 문 위에 달려 있는 조그만 화면에 찍하는 숫자가 의미하는, 빠르게 변하는 층 번호에 시선을 고정시켰다.

2

땅!

"82층입니다. 오늘도 좋은 하루 되십시오."

엘리베이터에서 내린 현수는 일단 어디로 가야 할지 몰라 제자리에 우두커니 서 있어야 했다. 휴게실인 듯 전망 좋은 창가에 화단과 소파, 탁자들을 예쁘게 배치한 넓은 공간이 엘리베이터 앞에 자리하고 있었고 좌우로는 기다란 복도가 펼쳐져 있었다. 두리번거리던 현수의 눈에 잠시 후 엘리베이터 옆에 부착된 입주 회사 및 사무실들에 대한 안내도가 부착되어 있는 것이 보였다.

'지식의 문, 지식의 문……. 여기 있군. A∼102 구역이라…….'

현수는 안내도를 보며 현재의 위치에서 '지식의 문' 사가 위치한 곳으로의 최단 경로를 찾아냈다. 가까우면 좋겠는데 건물의 구석진 곳에 있어서 제법 걸어가야 할 것 같았다. 건물이 넓고 또 미로처럼 복잡해서 현수는 걸으며 마치 얀이 되어 던전을 탐사하는 느낌이 들었다. 사람들이 많이 오가지 않고 조용한 분위기이기에 더 그런 느낌이 드는지도 몰랐다.

'요즘의 내 생활을 보면 현수라는 현실보다는 가상인 얀이 더 나인 것 같군.'

문득 던전같이 고요한 복도를 걸으며 마음속으로 중얼거렸다. 일 년이 넘는 기간 동안 약간의 일을 하는 시간과 기타 자질구레한 시간을 빼고 나면 오로지 게임만을 하고 지냈던 것이다. 게임 아르카디아의 시간은 현실 시간의 5배니까 게임 속에서 5년이 흘렀다면 현수는 거의 4년 정도의 실제 게임 접속 시간을 가지고 있었다. 강제 로그아웃과 특별한 일을 처리할 때를 제외하면 대부분의 시간을 게임을 위해 보낸 것이라고 볼 수가 있었다. 얼마 전 보았던 신문에서 아르카디아 게임 속의 거주 기간이 3년이 넘은 사람은 폐인급이라는 기사를 보았는데 그 사설대로라면 자신은 중증의 폐인인 셈이었다.

그러나 폐인이란 용어보다는 제2의 인생, 혹은 대체 인생이라 부르자는 움직임도 있는데 현수도 일면 공감되는 점이 많았다. 그들은 게임 아르카디아를 단순한 게임이 아닌 진지한 삶의 일부로 여기는 사람들이었다. 현실에서 사람들이 성장기와 교육기를 빼고 나면 보통 20대 초반에서 60대까지 40년이 이른바 경제 활동기이고 인생의 가장 빛이 나는 시기이다. 그런데 게임 아르카디아에서는 현실 개념 10년이면 게임 시간 50년의 시간이 지나가는 것이다. 그만큼 자신에게 주어진 새로운 시간이 늘어나는 효과가 있기에, 중년층과 노년층에서 먼저 게임에 접근을 시도하여 점차 퍼지기 시작한 움직임은 현재 아르카디아에 폭넓은 공감을 얻고 있었다.

아직 구현되지 않은 것도 많지만 현실과 거의 별 차이 없는 다양한 생활을 할 수 있기에 그들은 기존의 게임과 차별하여 자신의 새로운 모습과 인격을 이곳에서 재창출하며 새로운 인간관계를 열어가고 있었다. 만약 현실에서 오로지 일만 하다가 노년을 맞이했다면 이곳의 남부 휴양 도시에서 춤을 추고 술을 마시고 사냥을 나서고 남들과 어울려 유흥을 즐겼으며 평소에 하고 싶었지만 현실의 제약에 묶여 하지 못했던 것을 이곳에서는 할 수가 있었다. 장사를 하고 싶으면 대상단의 꿈을 꾸며 조그만 상점을 열거나 장인을 하고 싶으면 대장장이가되었다. 물론 부정적으로 P.K를 일삼는 살인자들도 있었지만 그들은그것도 세계의 일부로 받아들이고 있었다. 어차피 길드전이라 불리우는 합법적인 P.K도 있지 않은가?

그들의 특징은 현실에서의 지위는 일절 무시하고 게임 속의 자신만을 인정한다는 것이다. 그들은 게임을 또 다른 현실로 인정하기에 남들에게도 진지했다. 게임이니까 하고 사기를 치거나 혹은 무시하거나행패를 부리던 이들이 점차 이들에 의해 추방되었다. 얼마 전에는NPC 주민과 결혼을 할 수 있게 해달라는 요청을 ㈜아르카디아에 한한 유저의 사건이 한동안 홈페이지를 찬성과 반대의 설전으로 뜨겁게달군 적도 있었다. ㈜아르카디아에서는 유저끼리의 결혼은 인정해도NPC 간 결혼은 허용치 않겠다는 입장을 단호히 밝힘으로 이 사건을넘겼다. 그러나 유저끼리의 캐릭터 간 결혼은 인정하며 이혼도 인정되었다. 물론 이에 따른 패널티로 이혼 시 일정 기간 재혼은 금지되었다.그러나 이것도 게임을 하지 않는 사람이 자신의 배우자가 게임 속에서의 결혼 생활을 하고 있는 것에 대해 법원에 신고하여 문제가 생기자요즘에는 현실에서 미혼인 사람에게만 심사하여 결혼을 허가해 주고있었다.

문들이 더덕더덕 붙은 복도는 일전에 한번 탐험했던 큐브 던전을 생각나게 했다. 문을 열면 일정한 크기의 방이 나오고 방에 있는 몬스터들을 해치우고 보물 상자를 열면 새로운 문들이 사면에 생성되었으며다시 문을 열면 또다른 방이 나오는, 던전으로 들어가는 것은 쉬워도나오기 위해서는 오로지 던전에서 몬스터를 잡을 때 어쩌다 나오는 탈출 스크롤로만 나올 수가 있었다. 귀환용 텔레포트 스크롤도 그 던전에서는 작동하지 않았고 사망해도 벗어날 수가 없었다. 얀도 딱 한 번 들어가서 일주일이 걸려서야 탈출 스크롤을 얻어 나올 수가 있었다. 중급 이상의 유저라면 한 번씩 찾게 되는 큐브 던전은 높은 경험치와 레어 급 이상의 아이템이 빈도수가 높게 나오기에 유명한 곳이었지만 한번 들어갔던 이들은 고개를 설레설레 내젓는 곳으로도 유명했다. 얀 역시 호기심에 한번 갔다가 두 번 다시 그곳으로 발걸음을 하지 않았다. 그러나 그곳에서 나름대로의 추억은 한 가지 생겼었다. 원래 이틀 만에 탈출 스크롤을 얻었지만 5일 동안 미로를 헤매는 유저를 보고 스크롤을 양보했던 것이다. 나중에 자신의 탈출에 일주일이 걸릴 줄 알았다면 심각하게 고려해 봤겠지만 설마 하며 그 당시에는 미래를 예측하지 못했던 것이다.

'이쪽 구역은 아이템 매거진이 거의 접수했나 보네?

현수는 복도를 지나가면서 고개를 갸웃했다. 아이템 매거진의 이름을 달고 있는 문들이 많이 있었기 때문이다. 아이템 매거진—기획부, 아이템 매거진—총무부, 아이템 매거진—출판정보부 등 20여 개의 문들이 복도 양쪽으로 아이템 매거진의 이름을 달고 있었다. 아마도 이곳이 ㈜아르카디아의 자회사인 ㈜아이템 매거진의 본거지인 듯했다. 현수가 아직 모르지만 80층부터 89층에는 아이템 매거진처럼 ㈜아르카디아의 자회사와 협력업체들이 몰려 있었다. 물론 자회사의 대표 이사실은 90층부터 92층에 있어 ㈜아르카디아의 영역에 포함되어 있었는데 아마도 각종 회의 등에 참석하기 쉽게 그렇듯 배치한 것 같았다.

현수가 생각에 잠겨 복도를 걷고 있을 때였다.

"수진이 너, 안 설래?"

"안 돼! 좀 더 쓰다가 돌려줄게! 나 먼저 간다!"

덜컥!

갑자기 현수가 무심코 진행 중이던 방향에 있던 복도의 문 중 하나의 문이 열리며 두 개의 인영이 복도로 튀어나왔다.

콰당!

"아야!"

세 마디의 비명성이 복도를 울렸다. 현수가 느닷없이 앞으로 튀어나온 사람과 부딪쳐 같이 넘어지고 그 뒤를 따라오던 사람마저 걸려 넘어지는 3중 충돌 사고가 발생한 것이다. 현수가 갑자기 당한 사고에 일순 정신을 차리지 못하다가 한손으로 어깨를 잡고 일어섰다. 넘어지면서 복도 바닥에 어깨로 쓰러진 것이다. 그의 앞에 20대 초반으로 보이는 아가씨 두 명이 쓰러져 있었다.

"어디 다치시지 않았어요?"

현수가 자신도 어깨의 통증이 있었지만 두 명을 일으켜 세우며 물었다.

"잡았다! 빨리 목걸이 돌려줘!!"

"힝~ 아프단 말야! 지지배, 요번에 무도회에 차고 갔다가 돌려줄게!"

"나 그거 끼고 파티 사냥 가야 해! 안 그럼 힐링 포션이 많이 든단 말야!"

황당하게 서 있는 현수를 무시하고 그녀들은 설전에 열심이었다.

"저… 그럼 두 분, 괜찮으신 거죠? 저는 이만 실례하겠습니다."

현수가 열심히 돌려줘, 안 돼, 이따가 줄게를 연발하고 있는 두 아가씨에게 인사치례를 하고 가던 길을 가려고 하자 두 명의 아가씨가 그제야 현수를 돌아보았다.

"어디 가요? 아저씨 때문에 잡혔는데 책임지세요!!"

"어머? 지지배가 아무나 보고 책임지라는 말을 막 하면 안 된다고 그렇게 말을 해도……."

"그런가? 그럼 사과하고 가세요!"

현수와 부딪친 아가씨가 은근슬쩍 분위기를 바꾸려고 하는지 현수를 붙잡고 늘어졌다.

"수진이 네가 무턱대고 튀어 나가다가 부딪친 건데 왜 저 아저씨가 사과하니? 네가 사과해야지. 어서 수진이 네가 사과해! 아저씨, 죄송해요. 제가 저 철없는 수진이를 대신해 사과할게요."

현수는 눈앞에서 속사포처럼 서로 주고받는 아가씨들의 말에 잠시 석화 마법에 걸린 듯 굳어 있어야 했다. 그러다가 문득 불쾌지수 게이지가 빠르게 상승하는 것을 느낄 수 있었다. 원인은 두 여자의 말에 자주 등장하는 단어 때문이었다. 아저씨라니? 아직 팔팔한 총각보고. 요즘 게임 때문에 수척해지긴 했어도 어디 가도 다들 동안이라고들 하는데 말이다.

"아뇨. 나도 미처 피하질 못했으니 일정 부분의 과실이 있겠죠. 죄송합니다. 그럼 별일없는 것 같으니 이만 실례할까 합니다. 마저 대화 나누세요, 두 분 아.주.머.니!!"

잠시 후 현수는 그의 석화 마법에 두 눈을 동그랗게 뜨고 굳어 있는 두 명에게 꾸벅 인사를 하며 오른쪽 복도로 방향을 돌려 사라졌다.

"끼아아악!! 아주머니래! 이 아저씨, 어디 갔어?"

"아저씨라니? 오빠, 어디 가셨어요? 이리 좀 오세요! 이.뻐.해(?) 드릴게요!!"

복도 저편에서 그제야 마법이 풀린 두 아가씨의 음성을 등 뒤로 하며 현수는 미로 속을 헤치며 결국 목적지에 도달했다.

'지식의 문' 이란 상호 명이 붙어 있는 문 앞에 도착한 것이다.

똑똑.

문을 두드린 후 현수는 문을 열고 안으로 들어섰다.

"안녕하세요?"

현수는 말을 하다가 말꼬리를 흐렸다. 넓은 공간에 3~4개의 책상이 단출하게 놓여져 있는 사무실은 텅 비어 있었다. 그리고 한쪽 면에는 온통 자질구레한 집기들이 산처럼 쌓여 있었다. 그 앞에 앉아 담배를 피우고 있는 사람은 오늘 현수가 방문 목적의 대상인 이태원 과장이었다.

"어서 와, 현수 씨."

이태원 과장이 약간 초췌한 모습으로 현수를 반겼다. 현수는 그 모습에 가슴이 뜨끔했다. 독립해 잘 나간다고 들었는데 황폐한 사무실을 배경으로 초췌하니 담배를 피우고 있는 모습을 보니 어딘지 불안함이 들었다.

'혹시 일 처리를 잘못해서 이삿짐을 꾸리는 것일까?

"안녕하세요, 과장님? 제가 날을 잘못 찾아왔나요?"

현수가 조심스럽게 말을 꺼냈다.

"무슨 소리, 자네가 와서 내가 얼마나 기쁜지 모르겠네."

현수의 말에 이태원 과장이 정색하며 답했다.

"오늘 드디어 전에 있던 사무실에서 짐들이 도착했는데 사람들이 전부 월차에 휴가들을 가버려서 말이지. 혼자 이것들을 정리하다가 잠시

쉬고 있었지 뭔가. 마침 잘 왔어. 온 김에 운동 좀 하지 그래? 이따가
근사한 점심 사줄 테니."

그 말을 듣던 현수는 산더미처럼 쌓인 집기들을 바라보고 얼굴을 하
얗게 탈색해야 했다. 항상 회식을 열어도 짜장면이나 짬뽕만을 대접하
는 것으로 유명한 이 과장이 아닌가? 그 덕분에 별명도 만리장성인 이
과장이었다.

'이것들을 다 나르고 겨우 짜장면을 먹으면 손익 계산을 따져 봐도
엄청난 손해인데?

현수는 고개를 숙이고 심각하게 고민을 한 후 눈빛을 이글거리며 고
개를 들어 이태원 과장을 찌릿 노려보았다. 그의 기세에 이태원 과장
이 찔끔 시선을 회피했다. 승기를 잡은 듯 현수의 얼굴이 의기양양해
졌다.

"최소한 볶음밥은 시켜주셔야 합니다. 아니면 전 그냥 게임이나 하
러 가렵니다."

"헉! 볶음밥이라니? 그것은 좀……. 할 수 없군. 오늘은 내가 졌네."

현수의 입에서 단호한 말이 떨어지자 그것만은 안 된다는 표정으로
얼굴을 돌리던 이태원 과장이 재차 현수의 이글거리는 눈빛을 보더니
시선을 회피하며 꼬리를 내렸다. 그리고 둘은 서로 얼굴을 마주 보고
고개를 뒤로 젖히며 웃었다.

"반가워, 현수 씨. 얼굴 본 지 좀 오래됐지?"

"네, 과장님. 아니, 이젠 사장님이라고 불러야겠네요. 사장님, 늦게
나마 독립을 축하드립니다."

둘은 집기들을 하나씩 나르며 정겹게 밀린 이야기들을 나누었다.

3

치키치키차카차카초코초코초~

거울을 앞에 두고 안은 열심히 이를 닦았다. 볶음밥은 역시 먹고 나면 입 안이 온통 기름 범벅이 된 것 같은 느낌이 든다. 날것을 거의 먹지 않는 중국 사람들의 특징상 기름에 볶거나 튀기는 요리가 중국 음식의 대부분을 차지한다. 그래서 중국 음식은 먹고 나면 차로 입을 헹궈야 하지만 현수는 일단 양치질을 한 이후에 자판기에서 커피를 뽑아 들고 갈 생각이었다.

윙~

쪼르륵.

자판기에서 커피와 프림, 설탕이 믹스된 커피 액이 종이컵 안으로 쏟아져 내렸다. 김이 모락모락 나는 커피 두 잔을 들고 현수는 사무실로 되돌아갔다.

"사장님, 커피 두 잔, 배달 왔습니다."

현수가 사무실 문을 열고 들어서며 외쳤다.

'……?'

사무실에는 이제는 사장님이 된 이태원 사장과 30대로 보이는 말쑥한 정장 차림의 한 사람이 자리하고 있었다.

"오! 마침 잘됐네. 그렇지 않아도 차 한잔 대접하려고 했는데 커피포트가 고장이 나서 애를 먹고 있었네. 고맙네!"

이태원 사장이 마침 잘 가져왔다는 듯 냉큼 현수의 손에서 커피를 뽑아 들고 손님에게 한 잔을 권했다.

"일단 드시면서 마저 보시죠."

"아, 감사합니다. 그런데 이분은?"

30대의 손님이 현수를 돌아보며 의문의 눈빛을 보냈다.

"네, 전에 우리 사무실에 도움을 주던 후배인데 이번에 새로운 동영상 프로젝트부터 같이 일을 할 예정입니다."

이태원 사장이 그에게 어딘지 변명성으로 들리는 말을 하며 현수를 소개시켰다. 아마도 보안을 의식한 상대의 눈빛에 상대를 안심시키려는 의도가 엿보였다.

"현수 군, 인사드리게. ㈜아르카디아의 기획조정실을 맡고 계신 실장님이시네."

"안녕하세요? 오현수입니다."

현수가 빠릿하게 인사했다.

"반갑습니다. 정진호입니다. 앞으로 자주 보게 될 것 같군요."

그제야 약간 표정을 푼 정진호 실장이 현수의 손을 잡고 악수를 청했다.

"현수 군, 자네 것도 한 잔 더 타 오게. 그리고 실장님, 완성된 동영상을 한번 보시죠. 이미 올려 보낸 동영상이 있지만 말씀해 주신다면 수정도 가능합니다."

이태원 사장이 정진호 실장에게 이번에 주문받아 완성한 동영상의 관람을 건의했다.

"네, 바로 개발실로 돌려지는 바람에 저도 아직 보지 못해서 대신 이곳에서 그것을 볼 수 있을까 걸음을 하게 됐답니다. 완성도가 높다는 소리를 듣고 잔뜩 기대하고 있답니다."

"잘됐군요. 그럼 잠시 기다리십시오."

현수는 그들의 대화를 들으며 일단 커피 한 잔을 더 뽑으러 사무실 문을 나섰다. 커피 한 잔을 더 뽑아 들고 사무실에 들어오니 이미 이태원 사장과 정진호 실장은 벽에 걸린 LCD 화면을 통해 이번에 제작한 듯한 동영상을 보고 있었다.

넓은 평원은 마치 지옥의 불길이 강림한 듯 온통 불과 검은 연기가 자욱했다. 그리고 주변으로 수많은 병사와 몬스터의 주검이 온통 평원을 뒤덮고 있었다. 마치 아마게돈을 연상시키듯 참혹한 광경에 현수는 흠칫 몸을 떨어야 했다. 평원의 중앙에 한 마리의 거대한 골드 드래곤이 생명의 활동을 멈추고 길게 누워 있었고 그 앞에 세 명의 전사, 마법사, 신관이 전투 흔적이 보이는 모습으로 서서 대화를 나누고 있었다.

"일단 국왕 폐하께 칼리아스의 죽음을 알리고 이곳을 정리할 병사들을 보냅시다."

전사가 쓰러진 골드 드래곤의 뿔을 잘라냈다. 보고를 위해 증거물을 가져가려는 행동인 듯 보였다. 그들은 마법사로 보이는 푸른색의 로브를 입은 반백 노인의 텔레포트 마법으로 평원에서 사라졌다. 잠시 후 그들이 사라지는 모습을 몸을 숨긴 채 지켜보고 있던 한 명이 칼리아스의 주검 앞에 모습을 드러냈다.

"지금은 힘이 없어 저들을 징계치 못함을 용서하시길. 다만 더 이상 그들에게 욕됨을 당하지 않고 당신의 힘으로 당신을 배신한 저들에게 복수하도록 하겠습니다."

눈물을 머금고 칼리아스의 주검 앞에서 복수를 맹세한 청년이 마법으로 드래곤의 주검을 공간 저편으로 옮겼다.

"두고 보자, 인간들이여, 너희들은 오늘의 일이 단지 끝이 아님을 알
게 될 것이다. 내가 힘이 부족하다면 나의 육체를 어둠에 제물로 바쳐
서라도 너희들을 징계하리라!"

복수를 다짐하며 남쪽의 하늘로 저주의 외침을 토하던 청년은 곧 마
법의 불꽃을 그 자리에 남기며 사라졌다.

"다음은 Part 4의 동영상을 보고 싶군요."

아직 동영상이 끝난 것은 아니지만 정진호 실장이 만족했다는 표정
을 지으며 다른 동영상의 시청을 부탁했다.

"알겠습니다. 잠시 후면 나올 겁니다."

정진호 실장의 말에 이태원 사장이 키보드를 조작해 새로운 동영상
을 화면으로 불러냈다.

쿠콰콰콰!

산과 들로 마법의 빛줄기가 내리꽂히고 있었다. 9클래스의 메테오
레인 마법으로 소환된 운석들이 불꽃 뒤에 검은 연기를 매달고 하늘을
가로질러 대지에 육중한 충격과 막강한 파괴력을 안겨주고 있었다.

콰아아아!

운석이 짙은 화염과 짙은 흙먼지구름을 하늘로 피워 올리며 폭발할
때마다 수많은 오크가 비명을 지르며 이곳저곳으로 날아가 대지에 곤
두박질치고 있었다.

"저들의 함정에 빠지고 만 것 같네, 마하루이!"

"이럴 수가? 저들이 휴먼 족을 끌어들였다니? 우리에게 협조하기로
약속한 휴먼 족이 우리를 배신하고 적에게 붙을 줄이야. 빠드득!"

마법 공격으로 난장판이 된 전장에 몇몇 생존한 오크와 동맹 참전한
다크 엘프 족의 전사들이 엘프와 드워프, 휴먼 족의 연합 병력에 무참

히 학살당하는 것을 지켜보는 2명의 오크 전사가 있었다.

"이제 우르하이 제국은 돌이킬 수 없는 손실을 입었네. 아마도 당분간 대륙을 도모할 세력은 고사하고 종족의 생존을 위해 투쟁할 전사도 부족할 것이네. 이 모든 것이 우리를 배신한 휴먼 족이 그 중심에 있네."

백발이 성성한 오크가 젊고 패기가 넘치는 오크에게 마치 동화책을 들려주듯 잔잔한 음성으로 말하고 있었다. 하지만 그의 두 눈을 타고 흐르는 피눈물은 그가 결코 편한 마음이 아니라는 것을 보여주고 있었다.

"벨로크라님, 이제 어찌해야 할까요? 솔직히 저곳으로 내려가 적들과 싸우다 죽고 싶지만 이미 대세가 꺾인 상황에 무의미한 죽음을 추가할 뿐일 것 같군요. 제게 길을 일러주십시오!"

청년 전사가 나이 든 전사에게 역시 울먹이는 듯한 목소리로 자신의 진로에 대한 조언을 구했다.

"마하루이, 그대는 젊고 유능한 지휘관이네. 자신감을 갖게. 일단 살아남은 동족을 구해 남쪽으로 내려가 힘을 기르게. 나는 황제가 계신 황도로 가서 동족을 구해 서쪽의 황무지로 몸을 피하겠네. 적들의 추격을 피해 둘 중 살아남는 종족이 오늘의 복수를 하도록 하세나."

늙은 오크 전사가 젊은 오크 전사의 손을 굳게 잡고 복수를 다짐하는 듯 피눈물을 흘리며 서로의 행운을 빌어주었다.

"다시 볼 그날까지 몸조심하게, 마하루이."

"복수의 그날까지 건강하십시오, 벨로크라님!"

두 명의 오크 전사가 자신을 따르는 병력들을 이끌고 불꽃과 검은 연기, 비명 속에서 엘프와 드워프, 휴먼 족의 연합군이 지르는 승리의 함성을 등 뒤로 하며 길을 나누어 산을 내려갔다.

"좋군요. 나머지를 보지 않아도 '지식의 문' 의 실력을 충분히 알 수 있을 것 같습니다. 앞으로도 좋은 협력사가 되어주시길 부탁드리겠습니다."

정진호 실장이 자리에서 일어나며 이태원 사장에게 살짝 고개를 숙였다.

"이런, 그저 감사할 따름입니다. 앞으로도 저희 회사를 믿고 일을 주시길 바랍니다. 기대에 부응하도록 최선을 다하겠습니다."

어느새 사무실 천장에 불을 밝혀지고 동영상은 꺼져 있었다. 이태원 사장은 정진호 실장의 손을 잡고 허리를 숙이며 '지식의 문' 이 ㈜아르카디아의 좋은 협력사가 될 것을 재차 강조했다.

'저분, 많이 허리가 얇아지셨네?

현수가 이태원 사장의 모습을 보며 마음속으로 중얼거렸다. 역시 회사를 꾸려 나가기 위해서는 허리를 많이 접을수록 좋다는 것을 이태원 사장이 몸으로 실천해 보이고 있었다.

바람직한 현상이지만 조금은 입이 쓴 것은 어쩔 수가 없었다.

"그럼 다음에 또 뵙겠습니다."

정진호 실장 역시 예의를 지키며 이태원 사장과 현수에게 인사를 하고 자리를 떴다.

"먹고 살려면 어쩔 수 있는가. 직원들 월급에 보너스 넉넉히 얹어주려면 허리를 숙이는 것이 아니라 큰절이라도 하라면 할 것이네."

현수의 씁쓸한 표정을 보며 이태원 사장이 다가와 미소 지으며 말했다.

"그럼 보너스는 얼마를 주실 건데요?"

현수의 말에 이태원 사장이 찔끔하는 표정으로 뒤로 한 걸음 물러났다.

"보너스라니, 무슨 말인가?"

"방금 보너스도 준다고 얘기하셨잖아요. 600%는 기본으로 주시는 거겠죠?"

현수가 슬쩍 방금 전 대화를 무기로 이태원 사장을 압박했다.

"험! 자네 그동안 어떻게 살았기에 그리되었는가? 예전의 수더분한 현수 씨는 어디에 간 거야?"

"그때의 현수는 역시 큰형님 같던 이태원 과장님과 지금 손잡고 여행을 하고 있을 겁니다. 어서 보너스를 얼마 주실 건지 말씀해 주시죠?"

배 째라고 하면 등까지 따(?)는 행동을 할 가능성이 많아 보이기에 이태원 사장은 차마 배 째라는 그의 독문 스킬의 사용을 자제하고는 현수의 공세에 반격의 실마리를 찾으려 이마에 땀을 송글 맺고 있었다.

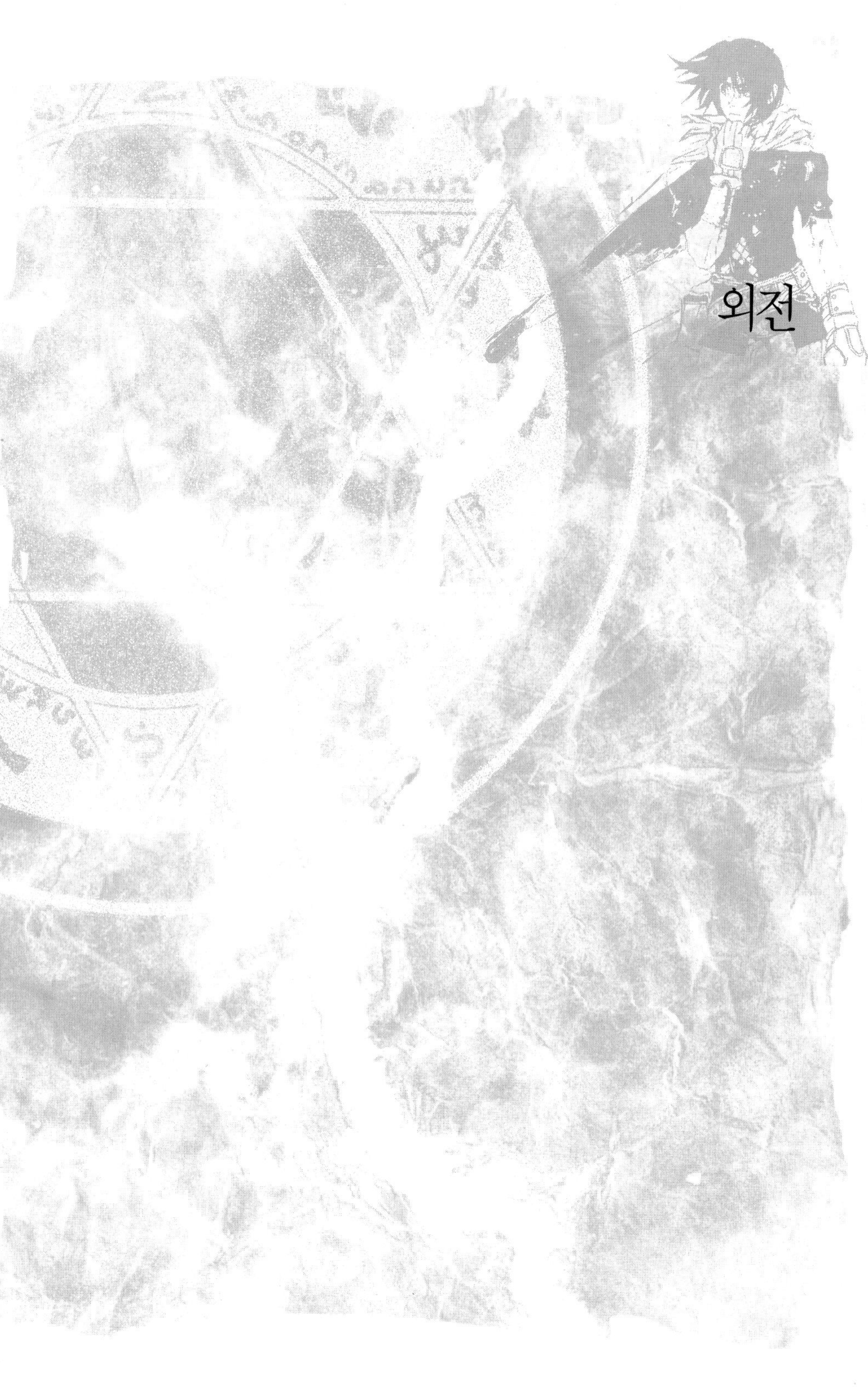
외전

1

오늘도 그의 모습이 모니터 안에 보인다. 아침 일찍 출근하기 위해 아침을 거르고 온 것일까? 약간 얼굴이 마른 듯 보인다. 아침은 꼬박꼬박 먹고 나와야 하는데. 그에게 맛있는 밥을 해주고 싶다.

'어머, 내가 무슨 생각을? 까아~ 수아야, 정신 차리자!'

혼자 마음속으로 중얼거리던 수아는 화면으로 보이는 남자의 단정하게 입은 양복과 깔끔하게 면도한 얼굴이 너무 보기 좋아서 잠시 화면으로 얼굴을 바짝 가져갔다. 그는 선배 언니가 주었던 X-file에서 5개 부분의 리스트에서 상위권을 지키고 있다. 그중 하나가 베스트드레서, 바로 옷 잘 입는 남자들—엄밀하게는 총각들 중에서—에 3위에 올려져 있었다.

누가 셔츠를 다려주는 것일까? 세탁소에 맡기는 것일까, 아님 직접 다려서 입는 것일까?

그가 시계를 본다. 평소보다 일찍 나온 것 같은데 그래도 늦은 듯 자주 시계를 본다.

엘리베이터가 99층에 오르는 것은 30초가 걸린다. 요즘 수아는 엘리베이터가 움직이는 시간을 늦출 수 없을까 고민 중이다. 그의 모습을 보는 30초는 행복했지만 너무 짧은 시간이다. 엘리베이터의 움직이는 시간이 1분이 되면 아침의 행복이 2배가 될 텐데.

선배 언니가 해주었던 말에 요즘은 자주 공감하게 되고 이해가 되고 있었다.

'그때는 이해가 되지 않았었는데.'

선배 언니가 X-file을 건네주며 해준 여러 가지 경험담을 들으며 설마 하는 마음으로 조금 웃었었다.

'미안해요, 언니. 담에 애기 기저귀 사 들고 갈게.'

결혼을 앞둔 선배 언니는 전통을 이어야 한다며 수아에게 조금은 두툼한 서류철을 건네주었다. 당연히 갓 입사한 햇병아리 신입 사원인 수아는 어리둥절해 서류철을 받아 들고 있었다. 엄밀한 보안을 유지하며 건네준 서류철은 수아의 기대를 저버리고 시시콜콜 남자들에 관한 정보로 가득 담겨져 있었다.

"휴~ 사실 네게 이것을 전해줄까 말까 고민하긴 했어. 하지만 전통은 이어가야 하지 않겠니?"

그렇게 서두를 꺼낸 선배 언니의 지키고 싶어하는 전통은 언니의 입사 전 직장과 관련이 깊었다. 언니는 이전의 직장에서도 빌딩의 종합적인 관리를 담당하는 시스템 통제실에 근무를 했었단다. 그곳에는 10년이 넘게 여직원들에게 내려오는 극비의 전통이 있었으니, 일명 X-file 이라 칭하는 회사 안의 미혼남들에 대한 모든 것을 담은 서류철이었다. 회사 안의 나이 많고 시집 못 간 왕언니들에게 대대로 수정, 보완되어 시집갈 때 후보 노처녀 왕언니에게 전수되어지는 X-file의 전통이 선배 언니의 전 직장에 있었단다.

그런데 선배 언니가 그 서류철을 물려받고 얼마 안 되어 다니던 회사가 그만 문을 닫게 되어 선배 언니는 수아가 지금 근무하는 이곳으로 새로 입사해야 했다. 그래서 그만 제일 중요한 정보인 회사 안의 미혼남에 대한 정보가 휴지 조각이 되어버린 서류철을 들고 언니는 고민을 해야 했다고 한다. 하지만 전통을 되살려야 한다는 사명 하에 불굴의 노력을 경주하여 결국 새로운 X-file을 만들었고 이미 사고(?)를 저질러 결혼과 동시에 애를 돌봐야 하는 입장이라 수아에게 서류철을 넘기게 된 것이었다.

X-file이라 불리우는 서류철에는 여자들 특유의 꼼꼼하고 치밀한 작품들로 가득 차 있었다. 먼저 일목요연하게 알아볼 수 있도록 정리된 목차 부분을 넘기면 회사 내의 타워 블루문을 관리하는 직원들의 수는 적기에 가나다 순으로 타워 블루문에 사무실을 두고 있는 회사들의 미혼남들 리스트로 사진과 함께 자세한 신상명세서가 수록되어 있었다. 가족 관계에서 음주 여부 및 주량, 고향과 현재 거주 지역, 애인 유무 및 이전에 사귀다 헤어진 여자 친구의 이름까지 어떻게 조사했는지 시시콜콜한 모든 자료가 사진과 이름 아래 근무 부서명과 함께 첨부되어 있었다. 더불어 미남, 베스트드레서, 자상함, 재력 등등 갖가지 항목의 순위를 매긴 리스트가 역시 첨부되어 있었다.

'대단한 언니야. 어떻게 이런 것들을 다 조사할 수 있었을까?'

　신상 명세 다음의 항목에는 역대 X-file을 소유했던 선배 언니들의 이름과 사진, 결혼 성공담들이 실려져 있었다. 그 언니들은 결혼 후에도 모임을 갖고 있다고 한다. 물론 결혼에 성공한 언니들만 모임에 참가할 자격을 얻는다고 한다. 아직 X-file의 역대 보유자 중 실패한 언니는 나오질 않았다. 다음 항목에는 선배 언니들이 겪은 경험과 수집한 정보들, 해주고 싶은 조언들이 어우러진 조언편이 나온다.
　'미니스커트와 롱 치마, 반바지와 청바지를 입었을 때의 남자들의 시선에 대한 고찰 및 심리 상태', '남자들의 시선을 사로잡는 섹시 스타일링 100가지', '남자를 사로잡는 미소 짓기, 이렇게 연습하라', '결혼 성사율이 높은 데이트 명소 100곳, 피해야 할 데이트 코스 100곳' 등등 수많은 선배 언니의 노고가 깃들어져 있는 보석과도 같은 자료들이 그곳에 실려져 있었다.
　'이러니 다들 이것을 탐내지.'
　선배 언니가 새로 자료를 꾸미며 이 X-file에 대한 정보가 약간 외부로 새어 나간 듯 요즘 타워 블루문 내의 몇 곳에서 이 X-file과 유사한 서류철들이 꾸며지고 있다는 소식을 수아는 듣고 있었다.
　'아마도 불여우 같은 해경이 지지배가 퍼뜨렸을 거야.'
　수아는 비교적 정확한 정보를 바탕으로 그 진원지를 알고 있었다. 해경이는 같은 부서의 후배였는데 세 자매가 모두 이곳 타워 블루문의 각 사무실에서 근무하고 있었다. 선배 언니는 해경이를 한동안 정보원으로 거느렸었다. 그때 해경이가 아마 이 서류철의 존재를 눈치 챈 듯했다. 선배 언니가 떠나고 자기 차지가 될 줄 알았던 서류철이 수아의 손에 떨어지자 한동안 배 아파하는 것이 눈에 보일 지경이었다. 그러나 대놓고 수아에게 뭐라고 말도 못하고 있었다.

'하긴 뒤에서 험담도 맘대로 하지 못할 테지.'

선배 언니가 X-file로 구축한 정보망은 상당해서 누구도 선배 언니에 대해 도전을 하지 못했었다. 한때 선배 언니가 누리는 왕언니의 권위를 무시한 동갑내기 언니와 선배 언니가 찍은 남자를 노리던 언니가 선배 언니가 발송한 종이 한 장에 굴복하여 선배 언니의 발목을 잡고 울고불고 매달린 사건은 쉬쉬하며 모른 척하면서도 다들 아는 무시무시한 사건이었다. 바로 서류철의 맨 마지막 항목인 일명 Red-file의 결과였다. X-file의 가장 무섭고 살벌한 권위가 바로 여기에 있었다. 사내 연애를 할 때 노리는 먹이를 가로채려 덤비는 이들을 응징하기 위해 만들어진 항목으로 모든 사내 여직원의 비리가 여기에 담겨져 있었다. 누구의 가슴은 패드 5장이 넣어진 일명 뽕 브라이고 누구의 눈은 강남의 유명 성형외과가 아닌 변두리 조그만 성형외과에서 시술한 건데 나중에 알고 보니 의사가 면허도 없는 사람이었다는 것과 명품이라고 주렁주렁 달고 있는 것들이 사실은 동대문표라는 등 여자들끼리 두고두고 입방아에 찧어지고 날개 달려 돌아다닐 약점들이 수록되어 있었다. 덕분에 수아가 X-file을 인계받은 순간 타워 블루문 내 여직원들의 보스로 등극한 것은 당연했다. 해경이와 그 언니들이 나름대로 이 X-file을 모방하여 만들고는 있다지만 전통과 불굴의 의지가 어린 X-file에 비할 수가 없는 것은 당연했다.

'해경이 이 지지배, 누가 너 같은 불여시에게 넘겨줄 줄 알고? 국물도 없다!!'

선배 언니가 서류철을 건네주며 누누이 강조한 것이 바로 비인부전—자격이 안 되는 사람에게 전수하지 않는다—이었다.

요즘 은근히 자신에게 접근해 아양을 떠는 해경이를 생각하며 수아가 코웃음을 쳤다.

'어머? 벌써 내릴 때가 됐네?'

수아가 지켜보던 엘리베이터가 99층에 도달했다. 그녀가 살짝 마이크를 가까이 대며 그녀 어머니가 옆에서 귀로만 들으면 내 딸이 아니야 하고 고개를 저을 듯한 목소리로 방송을 했다.

"좋은 하루 되세요, 정진호님."

그러자 모니터 속의 남자가 미소를 지으며 엘리베이터에서 내렸다.

"수아 언니, 좋은 하루!!"

그때였다. 해경이가 출근한 듯 사무실로 들어서며 수아에게 인사를 해왔다.

탁!

황급히 방송 스위치를 내렸다. 모니터 속의 엘리베이터가 닫히는 건너편에서 고개를 갸웃하는 남자의 모습이 보였다.

'어머, 어떡해! 들었을까?'

수아의 가슴이 물건을 처음 훔친 좀도둑의 가슴마냥 마구 떨렸다. 해경이를 향해 돌아서는 수아의 두 눈이 도끼눈이 되어 있었다.

'해경아, 너… 오늘 너 죽고 나 죽자!!'

2

후다다닥!

수아는 정신없이 뛰고 있었다. 그만 늦잠을 잔 것이다.

‘어떡해. 이러다 아침 인사도 못하겠네. 힝~’

수아는 아침의 행복을 놓치게 될까 봐 화장도 제대로 못하고 서두르고 있었다. 아침에 그가 사무실로 이동하는 30초의 엘리베이터 기동시간은 수아에게는 놓칠 수 없는 행복한 순간이었기에 모처럼 숨이 턱에 차오르도록 달려가고 있었다.

꽈당!

“아야!”

막 타워 블루문의 현관으로 들어서던 수아는 그만 한 남자와 강하게 부딪치고야 말았다.

“어머, 죄송해요.”

“아뇨. 어디 다치시지 않았나요?”

남자가 수아에게 손을 내밀어 일으켜 주었다.

“괜찮아요.”

수아가 고개를 들다가 말을 잇지 못했다. 일순 숨이 막히는 듯했다. 수많은 날을 엘리베이터의 모니터로만 보아오던 그가 눈앞에 서 있었다. 순간 아무 말도 못하고 불과 몇 초도 안 되는 시간이 10여 분이 넘는 듯 느리게 흘러갔다.

후닥닥!

수아는 꾸벅 고개를 숙이고는 정신없이 엘리베이터들이 서 있는 모퉁이로 복도를 꺾어 들어가며 달렸다. 그때였다. 수아의 눈에 99층으로 향하는 엘리베이터가 1층에 정지해 있는 것이 보였다. 그녀의 사무실인 55층으로 향하는 엘리베이터도 마침 1층에 정지해 있었다. 순간 수아는 아직 늦지 않았다는 생각이 들었다. 그녀의 머리 속에 번뜩 한 가지 계획이 세워졌다. 99층으로 엘리베이터를 먼저 보내고 55층으로 향하는 엘리베이터를 탄다면 그 남자가 엘리베이터를 기다려 탈 때쯤에 사무실에 들어설 수 있을 것 같았다. 수아가 전자 사원증을 꺼내어 55층으로 운행하는 엘리베이터를 열었다. 이어 핸드백을 엘리베이터의 입구에 걸쳐 놓아 문이 닫히는 것을 방지하며 99층으로 운행하는 엘리베이터의 문을 열었다.

띠띠띠익!

수아의 손이 90층부터 99층의 보턴을 일일이 다 누르고 있었다. 재빨리 문이 닫히기 전에 엘리베이터를 빠져나오는 수아의 눈에 이제 막 모퉁이를 돌아오는 남자가 보였다. 허둥지둥 핸드백을 집어 들고 그녀는 사무실이 있는 55층으로 운행하는 엘리베이터에 올라탔다.

탁탁탁!

숨이 턱에 차도록 재빨리 사무실로 달려온 그녀의 눈에 막 99층으로 운행하는 엘리베이터의 문이 열리며 탑승하는 남자의 모습이 모니터에 보였다.

"정진호님, 어서 오십시오. 올라갑니다."

문득 남자가 고개를 약간 들었다.

'어머?'

수아는 숨이 고르지 못해 약간 목소리가 떨리는 것을 스스로 느낄 수가 있었다. 거친 숨소리가 마이크를 통해 나가지 않도록 조심하며 그녀는 필사적으로 30초간 숨을 고르게 하기 위해 애썼다. 99층에 도달하자 문이 다시 열렸다.

"좋은 하루 되세요, 정진호님."

이번에는 그리 목소리가 떨리지 않은 듯했다.

털썩!

긴장이 풀린 듯 자리에 주저앉은 수아가 전자 사원증을 잃어버린 것을 알아차린 것은 시간이 많이 지나서였다.

3

오늘도 그녀의 목소리가 달콤하게 하루를 열어준다. 출근할 때 들려오는 그녀의 목소리는 하루의 활력소가 되어주고 퇴근할 때 그녀의 목소리는 피곤을 씻어주는 마법의 목소리였다. 언령 마법으로 힐링 마법을 시전해 주는 것 같았다.

'드디어 내가 노총각 말기에 접어든 것일까?

정진호는 한숨을 내쉬며 고개를 내저었다. 출퇴근 때 이용하는 엘리베이터의 스피커에서 들려오는 안내 목소리에 마음을 빼앗기다니, 그 목소리만 들으면 가슴이 뛰고 마음이 포근해지다니……. 간밤엔 엘리베이터랑 사랑의 밀어를 속삭이는 꿈까지 꾸었다.

'휴~'

한숨이 터져 나왔다. 요즘엔 한숨을 입에 달고 살았다. 금욕을 하는 수도사처럼, 산중 절간의 스님처럼 너무나도 오랜 세월을 홀로 살아온 것 같았다. 보통 노총각들이 말기에 접어들면 괴팍해지고 과격해지며 남들과 어울리지 못하는 성격이 된다던데, 그래서 그런 것일까? 요즘엔 엘리베이터를 이용할 때 전에는 모르던 새로운 것들이 느껴진다. 어떨 때의 그녀의 목소리는 막 잡아놓은 생선처럼 힘이 있고 싱싱하지만 어떨 때는 감기에라도 걸린 듯 조금 부자연스러울 때가 있다. 또 어제 같은 경우에는 그녀의 목소리가 들리던 끄트머리에 이상한 잡음이 섞여 들렸다.

'수아… 좋은……'

분명 그런 소리가 들린 것 같았다. 정진호는 그러다가 다시금 고개를 내저었다. 녹음된 안내 맨트에 잡음이 섞였을 리가 없다. 분명 이것은 자신에게 문제가 있는 것이다. 노총각 말기에 접어들며 환청 현상마저 일어나고 있는 것이다. 올 초에 있었던 정기 건강 검진에서 의사는 매우 건강하다고 건강 판정을 AAA를 주었는데 아마도 그놈이 돌팔이인 듯했다. 조만간 다시 전문 병원에 가서 재검진을 받아보아야겠다.

"휴~"

또다시 한숨이 터져 나왔다. 요즘엔 너무 한숨을 입에 달고 산다. 어느새 버릇이 되어버린 듯 회의 시간에도 다른 사람들 의견을 듣다가 무심코 한숨을 내쉬고 있는 자신을 볼 수 있었다. 그가 그렇게 회의 시간에 한숨을 쉬면 회의장은 잠시 아이스 마법에 직격된 듯 경직되고 이순호 과장과 문길호 과장, 장재욱 과장은 각기 안쓰럽다는 표정과 함께 측은한 눈빛을 그에게 보냈다.

'장재욱 과장, 으드드득!!'

문득 장재욱 과장을 떠올리자 지진으로 치면 진도 9.0의 강도로 이빨이 빠드득 갈렸다. 같이 노총각으로 늙어 죽자고, 술에 빠져 죽자고 맹세하며 술잔을 나눈 게 얼마 전이건만 드디어 어제 그의 책상으로 배달 온 청첩장을 보는 순간 정진호는 눈앞이 아득해지는 듯한 배신감과 이제 사무실에서 홀로 감당해야 할 노총각의 오명과 비웃음, 수치심과 자괴감 등이 겹치며 현기증이 나서 잠시 눈을 감고 침묵해야 했다.

그가 다시 눈을 떴을 때 그의 살기 어린 눈빛을 감당할 자신이 없는 직원들은 모조리 이런저런 핑계로 모두 자리를 비우고 없었다. 사장님도 사무실에 들렀다가 그의 눈빛에 어린 살기에 얼굴이 하얗게 탈색되어 급히 사장실로 허둥지둥 도망치듯 가버리고 새로 패치에 대한 보고를 받기 위해 그를 불렀던 이사님은 요즘 몸이 허해지셨는지 그가 나오자 비서를 호출하여 급히 물과 청심환을 가져오라고 외치는 소리가 문을 나서는 그의 귓가에 이사실 비서 책상의 인터폰을 통하여 들려왔다. 그리고 오후에 느닷없이 당분간 모든 결제를 전자 결제로 대체한다는 지침이 내려왔다. 노친네들이 심심하다고 전자 결제를 폐지하고 서류 결제로 전환한 지 일주일도 안 됐건만.

4

　오늘은 드디어 자잘한 문제로 미루어졌던 AR—1224의 패치를 하는 날이다. 정진호는 평소보다 약간 일찍 집을 나섰다. 퇴근 후에 매일같이 술을 마시기에 오늘도 지하철을 탔다.
　덕분에 지하철에서 신문을 볼 여유가 있어 좋았다. 사무실에선 요즘 패치 때문에 신문조차 읽을 시간이 없었다. 목적지에 도착했다는 안내방송에 신문을 선반 위에 올려놓으려다가 미처 보지 못한 부분이 있어 재빨리 훑어보았다. 들고 갈까 생각도 해보았지만 옆자리에서 아까부터 그의 신문을 노린 듯 흘끔거리며 그의 행동을 주시하고 있는 대학생인 듯한 청년이 마음에 걸렸다. 요즘 청년 실업이 문제라고 하던데 신문 살 돈이라도 아끼게 해주고 싶었다.

귀하의 오늘의 운세.
귀인이 그대 앞에 모습을 보일 겁니다.
행운은 잡으려 내민 손에 들어오는 법,
망설이지 말고 손을 내미세요.
행운 색은 하늘색. 행운의 숫자는 55.
금전운 보통, 애정운 대박, 승진운 보통…….

역시 평소와 다를 게 없었다. 신문의 운세를 누가 믿으랴. 단지 좋다고 나와 있으면 조금은 기분이라도 좋으니 보는 것이고 조심하라면 평소에도 험악한 세상 조금 더 주의를 기울이는 것뿐.

청년이 신문을 잘 챙길 수 있게 그의 자리 위 선반에 곱게 접어 올려놓고는 열려진 출입문을 나섰다. 오늘도 그의 아침을 황홀하게 해줄 엘리베이터의 목소리를 그리며 걸음을 빨리했다.

꽈당!

"아야!"

타워 블루문을 들어서다가 정진호는 그만 접촉 사고를 일으키고야 말았다. 누가 오는지는 알았지만 알아서 피하겠지 하고 신경을 쓰지 않았는데 상대도 미처 그를 보지 못한 듯했다.

"어머! 죄송해요."

자신과 접촉 사고를 일으킨 상대방이 먼저 사과를 했다.

"아뇨. 어디 다치시지 않았나요?"

정진호는 급히 일어나 상대방에게 손을 내밀어 일으켜 주었다.

“괜찮아요.”

같은 빌딩에 근무하는 듯한 여자가 고개를 들었다. 옅은 하늘색 정장을 입은 귀여운 아가씨였다. 문득 정진호는 그녀의 목소리가 아주 좋다는 생각이 들었다. 마치 늘 듣던 엘리베이터의 안내 방송에 녹음된 아가씨의 목소리처럼.

그러고 보니 약간 익숙한 음성인 것도 같았다.

‘……’

하늘색 정장 차림의 아가씨가 그를 잠시 쳐다보더니 꾸벅 고개를 숙이고는 후닥닥 엘리베이터가 있는 모퉁이를 돌아 사라졌다. 정진호는 혹시 넘어지며 얼굴에 먼지라도 묻은 것이 아닌가 현관문의 유리에 비친 자신의 얼굴을 살펴보았다. 다행히 얼굴에 먼지가 묻어 있지는 않았고 다른 곳도 이상이 있는 곳을 찾을 수가 없었다. 고개를 갸웃하며 엘리베이터를 타기 위해 복도 모퉁이를 돌았다.

‘……?’

방금 전 그와 부딪쳤던 그녀가 엘리베이터를 잘못 탔는지 후닥닥 내리더니 옆에 막 닫히려는 엘리베이터에 타는 것이 보였다.

피식.

허둥대는 그녀 모습이 귀여워 보여서 살짝 미소를 지었다.

‘이런?’

그녀가 내렸던 엘리베이터가 바로 자신이 타야 하는 엘리베이터가 아닌가?

그가 보는 앞에서 엘리베이터는 이미 문이 닫히더니 운행을 시작했다. 그런데 누가 탔는지 각 층마다 전부 정차하며 올라가는 것이 아닌가? 정진호는 약간 조바심이 일어 시계를 몇 번이나 다시 봐야 했다.

엘리베이터의 운행 시간이 너무 긴 것 같았다. 그런 그의 눈에 발밑에서 반짝이는 한 가지 물건이 띄었다. 빌딩을 출퇴근하는 직원들에게 발급되는 전자 사원증이었다.

'㈜블루문 시스템 통제실 윤수아.'

아까 그와 부딪쳤던 아가씨가 사진 속에서 예쁘게 미소 짓고 있었다. 아마도 출근 시간이 늦어 허둥대다가 떨어뜨린 것 같았다.

띵!

드디어 엘리베이터가 1층에 멈추며 문이 열렸다.

"정진호님, 어서 오십시오. 올라갑니다."

익숙한 그녀의 목소리가 아름답게 정진호의 귓가를 울렸다.

그런데 역시 병원에 가보아야 할 것 같았다.

그녀의 목소리가 오늘은 약간 숨이 가쁜 듯했다.

'신경과를 가야 할까, 이비인후과를 가야 할까?

"좋은 하루 되세요, 정진호님!"

역시 신경 써서 들어보니 평소와 다름없는 목소리였다.

"Me too."

정진호는 가볍게 중얼거리며 엘리베이터를 나섰다.

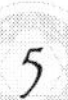

점심 시간. 식사를 마친 정진호는 55층에 와 있었다. 아침에 주은 전자 사원증을 찾아주려 온 것이었다. 그런데 왁자지껄 주변을 돌아다

니는 이 여자들의 물결이란…….

엘리베이터 옆에 부착된 55층에 입주한 회사 및 사무실 명을 보고서 조금은 이해가 되었다. 주로 남자들보다 여자들을 많이 채용해야 하는 업종들이 이곳에 몰려 있었다. 여자들이 많은 곳에 서 있으려니 정진호는 왠지 쑥스러운 기분이 들었다. 이곳저곳에서 유혹하듯 풍겨오는 향수 냄새에 머리가 어지러울 정도였다. 잘 알지도 못하는 여자에게 전자 사원증을 건네주려 왔지만 모르는 사무실에 덜컥 들어서기도 난감했다. 그곳에도 이렇게 많은 여직원이 있다가 그에게 시선이 집중된다면 아마도 무슨 실수라도 하지 않을지…….

여자들이 많은 55층이지만 남자 화장실은 있었다. 잠시 마음을 가라앉히려 화장실에 들어가 앉았다. 그때 화장실에 누가 들어온 듯 남자 2명의 목소리가 들려왔다.

"최 대리, 자네 윤수아 씨에게 관심있다며? 요즘 시스템 통제실에 자주 기웃거린다던데?"

"헉! 조 대리! 그거 자네 애인인 선자 씨가 알려준 거지? 이런, 벌써 소문이 다 났겠는데? 어쩐지 여직원들이 나만 보면 피하며 구석에서 수군대더라니. 전파 바이러스에 감염된 선자 씨가 주범이었구만?"

"뗵!! 형수님 될 분에게 선자 씨라니? 그나저나 수아 씨, 눈이 높다고 하던데 잘해보게!"

"형수님은 무슨, 제수씨겠지. 아직 호감만 느끼고 있을 뿐이야. 너무 억측 말라고."

여자들만 수다를 잘 떠는 것이 아니다. 남자들도 어떨 때는 여자들보다 더 재담(?)을 즐겨 한다. 이들도 여자들이 많은 곳에 있어서인지 재담의 경지가 제법 높아(?) 보였다.

"나도 미선 씨에게 발목 잡히기 전에 수아 씨에게 마음이 흔들렸었지. 특히 그 목소리는 예술이잖아?"

"정말 그 목소리는 예술이지. 그래서 엘리베이터의 안내 방송을 새로 녹음할 때 수아 씨가 사내에서 추천받아 방송 녹음을 했잖아. 난 엘리베이터를 탈 때마다 그녀 목소리에 가슴이 뛰어."

"이거 중증이구만? 상사병이 현대에 재현되겠네."

최 대리라는 사람의 떠보는 말에 조 대리라는 사람이 걸려든 듯했다.

"이봐, 조 대리. 내가 입사 동기이자 친구니까 이런 말 해주는 건데 말이야, 수아 씨를 포기하고 다른 아가씨를 찾는 것이 나을 것 같아. 아직 상사병 초기인 것 같아 해주는 말이야."

최 대리라는 사람이 약간 목소리를 진지하게 하며 말했다.

"웅? 그럼 혹시 수아 씨에게 사귀는 남자가 있다는 소문이 있던데 그 소문이 정말인가? 정말이야?"

조 대리라는 남자가 놀란 목소리로 최 대리의 대답을 독촉했다.

"조 대리도 알지? 시스템 통제실에서 각 층에 방송을 할 수 있다는 거. 엘리베이터에도 비상 시 직접 통화를 할 수도 있잖아? 음, 시스템 통제실에 있는 미선 씨의 후배가 전해준 정보에 의하면 요즘 아침마다 일찍 출근해서 어떤 남자에게만 자신이 직접 안내 방송을 해준다더군."

"으아아!! 말도 안 돼! 나의 여신님이 이미 다른 남자를 마음에 품고 있다니!"

"더 큰 마음의 상처를 입기 전에 내가 이야기를 해주는 것이 좋을 것 같아 조 대리를 부른 거야. 자자, 이따가 나랑 술이나 한잔하자구. 내가 미선 씨에게 소개팅도 부탁해 놓았어. 어서 일어나, 조 대리!!"

한참을 흐느끼던 조 대리란 남자를 최 대리란 남자가 데리고 사라진 후에도 정진호는 폭주하듯 미친 듯이 날뛰는 가슴을 억누르며 마음을 가라앉혀야 했다.

6

전자 사원증을 찾지 못하고 임시 출입증을 달고 다니던 윤수아는 퇴근 준비를 했다.

"휴~"

가방을 정리하다가 무심코 한숨이 터져 나왔다. 벌써 몇 달쨌지 모르겠다.

언제였더라, 그 남자에게 처음 시선이 간 것이?

돌아가신 아빠의 얼굴과 닮은 그 남자를 본 순간 윤수아는 미래를 예감했다. 자신이 저 남자를 좋아하게 될 것이라는걸.

처음 떨리는 마음으로 비상용 스위치를 조작하여 직접 안내 방송 맨트로 그에게 방송했을 때의 기분이란……

수아의 방송에 '아가씨도 안녕?', '아가씨도 좋은 하루 보내세요' 하고 꼬박꼬박 남의 눈을 피해 멋쩍은 표정으로 말할 때의 그 순진한 모습에 수아의 가슴은 행복으로 하루가 가득했다. 그런데 언제까지 이렇게 보낼 수 있을까? 문득 그와 직접 대화를 나누고 싶었지만 용기가 나질 않았다.

‘나를 이상한 여자라고 오해하면 어쩌지?’

문득 아침에 그와 부딪친 것이 생각났다. 모니터로 볼 때와는 다른 색다른 그 느낌.

‘그 사람과 그렇게 이야기를 하고 싶은데. ‘수아, 맛난 것 사주세요’ 하고 투정도 부려보고.’

“휴~”

또다시 한숨을 내쉬며 엘리베이터에서 내려 빌딩을 나서고 있을 때였다. 누군가 조용히 그녀의 앞을 막아섰다.

“저…….”

윤수아는 눈을 들었다. 잘 닦여진 구두에 제법 깔끔하게 차려입은 남자가, 모니터 속에서 멋쩍게 미소 짓던 그 남자가 그녀의 눈앞에 서 있었다.

“저기… 윤수아 씨죠? 별일없으시다면 잠시 저에게 시간을 주실 수 있을지…….”

모니터 옆에 달려 있는 스피커를 통한 음성보다 더욱 황홀(?)한 목소리가 그녀의 고막에 감미롭고 몽롱하게 전달이 되어왔다.

순간 눈앞이 아득했다. 설마 이것이 꿈은 아닐까? 그러면서도 입을 열면 혹시 꿈이 깨질까 봐 서둘러 고개를 끄덕이는 수아였다.

『아르카디아 대륙 기행』 3권에 계속…

아르카디아의 세계

1. 종족

아르카디아 대륙에는 신족과 마족, 용족과 요정 등 수많은 종족이 있지만 유저들이 플레이할 수 있는 종족은 휴먼, 오크, 엘프, 다크 엘프, 드워프 족의 5개 종족이다.

· 휴먼 족

휴먼 족은 아르카디아 대륙의 중앙 대륙에 가장 커다란 세력을 형성하고 있으며 특별한 능력은 없지만 전사 계열과 마법 계열의 직업을 고루 키울 수 있는 것이 큰 장점이라고 할 수 있다. 다른 종족에 비해 스탯의 분배가 안정적이다.

· 오크 족

오크 족은 우르하이 오크 족이 서부 대륙에 벨로크라 제국을 건설해 중앙 대륙으로의 진출을 노리고 있다. 휴먼 족과 엘프, 드워프 족에게 적대적으로 설정되어 있다. 초반 지식 수치에 패널티가 있어 마법 계열을 익히기에 힘이 들지만 스탯 중에 힘이 높게 설정되어 있어 전사 계열을 키우기에 유리하며 종족의 특성상 마법 저항력이 높게 설정되어 있다.

· 엘프 족

엘프 족은 천연적으로 고립된 동부 대륙에 있는 엘프의 숲 속에 그들의 왕국이 있다. 휴먼 족에게 배타적인 입장을 취하고 있으나 일부 중립 지대에서는 휴먼 족과 거래를 하기도 한다. 그러나 그들의 거주 구역 안으로 들어오는 이종족에 대해서는 적대적이다. 민첩과 지식 수치가 높아 아처 계열의 전사와 마법 계열을 키우기가 유리하다. 자연 친화적인 캐릭터의 설정상 정령 마법을 익히기에 유리하다.

· 다크 엘프 족

종족 전쟁 시 엘프 족 중 일부가 저주를 받아 탄생한 종족으로 동부 대륙 엘프의 숲에 그들의 왕국이 존재하지만 모든 것이 비밀에 싸여 있다. 엘프 족과 오크 족과는 상대적으로 중립을 취하고 있으며 휴먼 족과 드워프 족에게 적대적이다. 민첩과 지식 수치가 높아 아처, 레인저 계열을 키우기 유리하며 정령 마법에는 패널티가 존재하고 암흑 마법을 익히기에 유리하다.

· 드워프 족

대륙의 곳곳에 중소 왕국들이 건설되어 있다. 그 왕국들은 지하에 마련된 게이트를 통해 왕래가 가능하다. 기본 스킬로 주어지는 제조 스킬과 재료 조합 스킬로 장인 계열을 키우기에 유리하다. 힘 스탯이 높아 전사로서의 능력도 탁월하다. 현재 엘프와 휴먼 족과는 중립을, 다크 엘프와 오크 족과는 적대적인 관계에 있다.

2. 캐릭터의 스탯 분배

힘(Str), 민첩(Dex), 지식(Int), 행운(Lucky)으로 기본 스탯이 구성된다. 최초 캐릭터의 생성, 견습 레벨(10)에서 최초로 직업을 가지는 기본 직업으로의 전직 시 이외에 전사 계열은 최초로 마스터 등급(150)으로 승급, 그랜드 마스터(250)로 승급, 엠페러 급(350)으로 승급 시 재조정의 기회가 한 번씩 주어진다. 마법 계열은 기본 직업 전직 시, 8클래스(160)로 승급, 9클래스(250)로 승급, 9클래스 마스터(350)로 승급 시 스탯의 재분배의 기회가 주어진다. 괄호 안의 숫자는 해당하는 등급으로 승급 시 요구되는 최소 레벨을 나타냄.

· 힘(Str)

캐릭터의 레벨과 더불어 무기나 방어구 등을 착용할 수 있는 제한 요건을 구성한다. 힘이 높을수록 공격력이 높아지며 인벤토리에 아이템을 많이 저장하고 다닐 수 있다. 체력(HP)에 영향을 미친다. 주로 검과 도끼 등 휘두르는 무기를 많이 사용할수록 잘 오른다. 힘이 5 오르면 민첩이 1 오른다.

· 민첩(Dex)

캐릭터의 레벨과 더불어 무기나 방어구를 착용할 수 있는 제한 요건을 구성한다. 민첩이 높을수록 공격 성공율이 높아지며 회피력이 증가한다. 빠르게 움직일 수 있으며 시야가 넓어지고 스태미나가 높아진다. 활이나 투척용 무기를 많이 사용 시 잘 오른다. 스킬 성공율에 영향을 미친다. 민첩이 5 오르면 힘이 1 오른다.

· 지식(Int)

캐릭터의 레벨과 더불어 무기나 방어구를 착용하는 제한 요건을 구성한다. 지식이 높아질수록 마법 공격력이 증가하며 지식이 5 증가 시 지혜(Wis)가 1 증가한다. 마나량(MP)에 영향을 미친다. 마법을 많이 사용할수록 지식 포인트가 증가한다(지혜:마법을 배울 수 있는 제한 요건을 구성. 지혜 수치가 높을수록 강력한 마법을 배울 수 있으며 상위 클래스로 승급하는 데에도 영향을 미친다).

· 행운(Lucky)

특정 아이템—신급, 퀘스트 아이템 등—의 착용에 제한 요건을 구성한다. 상급 퀘스트의 발생, 매직 급 이상 아이템의 드롭률, 공격 시 일정한 확률로 터지는 크리티컬 데미지 등에 영향을 미친다. 승급 시 주어지는 스탯 재분배 시 유저가 임의로 스탯을 재조정할 수 없다. 퀘스트나 용병 길드 협회의 의뢰 성공률, 보스 급 몬스터의 제거, 유저를 많이 해친 몬스터의 제거 등을 통한 명성치의 상승에 따라 행운 수치가 올라간다(명성이 10 오르면 행운이 1 오른다).

3. 레벨

몬스터를 사냥하거나 길드전에 참여 시 얻을 수 있는 레벨 업 경험치를 통해 상위 레벨로 오를 수 있다. 레벨은 견습 직업의 레벨, 기본 직업의 레벨, 보조 직업의 레벨로 나누어진다.

· 견습 직업의 레벨

최초로 캐릭터 생성 시 모든 캐릭터는 자동적으로 견습자—혹은 수련자—가 되며 레벨 10에 오르면 기본 직업으로 전직이 가능하다. 레벨 업 시 유저가 임의로 올릴 수 있는 스탯 5 포인트가 주어진다. 최초로 기본 직업으로 전직 시 스탯 포인트의 재조정—행운 제외—이 가능하다.

· 기본 직업의 레벨

견습 레벨에서 전직을 하면 기본 직업의 레벨이 1이 된다. 레벨 업 시 주어지는 포인트가 없다(유저가 플레이하는 결과로 스탯이 오른다). 전사 계열과 마법사 계열로 나누어진다.

· 전사 계열의 레벨(예: 검사 직업)

@소드맨(레벨 1~49)

초급(1~19), 중급(20~39), 상급(40~49)

@워리어(레벨 50~99)

초급(50~69), 중급(70~89), 상급(90~99)

@소드 익스퍼트(레벨 100~149)

초급(100~119), 중급(120~139), 상급(140~149)

@소드 마스터(레벨 150~249)

초급(150~199), 중급(200~224), 상급(225~249)

@그랜드 소드 마스터(레벨 250~349)

초급(250~299), 중급(300~324), 상급(325~349)

@소드 엠페러(레벨 350)

· 마법사 계열의 클래스별 레벨

@견습 마법사(레벨 1~19)

초급(1~6), 중급(7~12), 상급(13~19)

@1클래스(레벨 20~39)

초급(20~26), 중급(27~32), 상급(33~39)

@2클래스(레벨 40~59)

초급(40~46), 중급(47~52), 상급(53~59)

@3클래스(레벨 60~79)

초급(60~66), 중급(67~72), 상급(73~79)

@4클래스(레벨 80~99)

초급(80~86), 중급(87~92), 상급(93~99)

@5클래스(레벨 100~119)

초급(100~106), 중급(107~112), 상급(113~119)

@6클래스(레벨 120~139)

초급(120~126), 중급(127~132), 상급(133~139)

@7클래스(레벨 140~159)

초급(140~146), 중급(147~152), 상급(153~159)

@8클래스(레벨 160~249)

초급(160~199), 중급(200~224), 상급(225~249)

@9클래스(레벨 250~349)

초급(250~299), 중급(300~324), 상급(325~349)

@9클래스 마스터(레벨 350)

· 보조 직업

레벨 50에 보조 직업을 가질 수 있다. 원칙적으로 1개의 보조 직업을 가질 수 있으나 마스터 급에 오른 기본 직업이 있다면 보조 직업을 2개 가질 수 있다. 보조 직업이 원래의 레벨보다 높아지면 보조 직업을 기본 직업으로 전환이 가능하다.

4. 마법

속성 마법(화, 빙, 뇌, 대지), 신성 마법, 암흑 마법, 정령 마법 계열로 나누

어진다. 하나의 계열을 기본 마법 계열로 다른 마법 계열을 보조로 배울 수
있다. 기본 마법 계열이 마스터에 이르면 2개의 보조 마법 계열을 보조 직업
으로 2개 가질 수 있다. 전사 계열의 보조 직업도 가능하다.

　5. 스킬
크게 고유 스킬과 일반 스킬로 나눌 수가 있다.

　· 고유 스킬(기본 스킬):각 직업으로 전직 시 자동으로 생성되는 그 직업
만의 기본 스킬로 해당 직업의 일반 스킬에 크게 영향을 주는 스킬이다.

　· 일반 스킬:기본 스킬 이외의 스킬로 그 직업으로 전직을 하지 않아도 초
급의 일반 스킬은 아무나 스킬 북을 구입하여 익힐 수가 있다. 그러나 전직
하여 고유 스킬을 익히지 않고 일반 스킬만을 배운 경우 본래의 공격력과 방
어력, 마법 효과가 반감되고 실패율이 높다. 마스터한 직업이 있는 경우 동종
계열의 중급 스킬도 배울 수 있다.

　6. 스킬 조합
　기본 스킬을 포함하여 3~10개의 스킬을 조합하여 유저만의 스킬을 생성
시킬 수 있다. 실패 시 기본 스킬을 제외한 조합에 동원한 스킬이 사라진다.
기본 스킬은 스킬 레벨이 하락하며 레벨 업 경험치도 10% 하락한다. 레벨
다운은 없다.

　7. 국가
　중앙, 동, 서, 남, 북에 트라자켄 제국을 중심으로 메노아 연방(메노아, 자

치 도시 연합, 다마스 공국), 카드모스 동맹(베시아, 모이아, 메이아 왕국), 드래고니아 왕국, 스바시에 왕국으로 크게 나누며 중소 규모의 공국들과 자치 도시 연합들이 존재한다.

8. 블랙 드래곤의 위엄 세트 아이템

· 블랙 드래곤의 레더 아머

재질:블랙 드래곤의 가죽.

방어:기본 방어력 20.

    +재료 방어력 100(세트 아이템 착용 시 +50 데미지).

    +포이즌 방어 50%.

    +7클래스 마법 방어.

    +모든 저항력 30%.

    +체력(착용자의 레벨 +200).

    +착용자의 마나 소모량 1/3 감소.

· 블랙 드래곤의 단검

재질:블랙 드래곤의 송곳니.

공격력:기본 단검 공격력 10.

    +재료 공격력 100(세트 아이템 착용 시 +50 데미지).

    +포이즌(독) 공격력 150(세트 아이템 착용 시 +50 중독 효과).

방어력:포이즌(독) 방어 50%.

부가 옵션:중독 시 빠른 치유력.

    중독 데미지 1/3 감소.

· 블랙 드래곤의 망토

재질:블랙 드래곤의 날개 가죽.

방어력:기본 망토 방어력 10.

　　　+재료 방어력 50(세트 아이템 착용 시 매직 아이템 드롭 확률

　　　+20% 증가).

　　　+30 마법 공격력.

　　　+5클래스 체온 유지 마법.

　　　+5클래스 헤이스트 마법.

　　　+7클래스 블링크 마법.

　　　+7클래스 플라이 마법.

· 블랙 드래곤의 스몰 쉴드

재질:블랙 드래곤의 비늘.

방어력:기본 스몰 쉴드 방어력 20.

　　　+재료 방어력 100(세트 아이템 착용 시 +50).

　　　+방어 성공율 30% 증가.

　　　+15% 데미지 감소 효과(물리, 마법 등에 타격 시).

　　　+30% 확률로 마법 공격을 디스펠해 준다(7클래스 급 디스펠

　　　마법 발동).

부가 옵션:다중 공격 스킬(쉴드 스트라이크).

　　　회전하며 방패 테두리에 솟아 나온 칼날로 적을 공격한다.

소요MP:40.

공격 지속 시간:15초.

· 블랙 드래곤의 레더 부츠

재질:블랙 드래곤의 발바닥 가죽.

방어력:기본 레더 부츠 방어력 10.

　　　+재료 방어력 100(세트 아이템 착용 시 민첩 +50).

　　　+민첩성 10% 증가.

　　　+회복 속도 30% 증가(체력, 마나).

　　　+회피율 20% 증가.

　　　+매직 아이템 드롭 확률 5% 증가.

· 블랙 드래곤의 본 헬름

재질:블랙 드래곤의 어금니.

방어력:기본 본 헬름 방어력 20.

재료 방어력 +100(세트 아이템 착용 시 힘 +50).

　　　+스킬 공격 시 적중률 30% 증가.

　　　+매직 아이템 드롭 확률 20레벨당 1% 증가.

　　　+체력 100.

　　　+마나 50.

9. 얀의 롱 소드(구스타프):영웅의 업적 세트 아이템

재질:골드 드래곤의 뼈.

공격력:기본 롱 소드 공격력 30.

재료 공격력 +150(세트 아이템 착용 시 데미지 +50).

부가 옵션:+50 라이트닝 데미지.

+7클래스 라이트닝 저항력.

+라이트닝 데미지 1/3 감소.

+적 제거 시 체력과 마나 +5.

10. 얀의 샴쉬르(얀의 저주받은 프로스트 스켈레톤의 샴쉬르)

재질:프로스트 스켈레톤 로드의 저주받은 뼈.

공격력:기본 샴쉬르 공격력 30.

　　　+재료 공격력 80.

부가 옵션:공격 시 강한 결빙 효과를 줌.

　　　언데드에게 150% 추가 데미지를 줌.

　　　언데드 계열에 타격 시 데미지 25% 감소.

　　　암흑 계열 물리, 마법 공격력 15% 증가.

　　　암흑 계열 물리, 마법 데미지 10% 감소(타격 시).

변신 마법:프로스트 스켈레톤으로 변신할 수 있다(하루에 한 번

　　　사용 가능. 현재 레벨과 능력치에 영향을 받음).

11. 얀의 활(슈페리어):신급 아이템

재질:신성력을 품고 있는 알 수 없는 금속.

공격력:기본 롱 보우 공격력 30.

　　　재료 공격력 +200.

비거리:일반 롱 보우 사거리 3배.

부가 옵션:모든 화살에 홀리 에로우 스킬 발동(매회 MP 5소모.

　　　마법 화살 공격 시 제외).

　　　+언데드나 암흑 계열 공격 시 추가 데미지 15%.

+100(민첩, 체력).

+5(모든 아처 스킬).

+5클래스 급 마법 화살을 날릴 수 있음(아이스, 파이어, 라이트닝).

가이드 에로우(스킬):공격 시 빗나가더라도 스스로 근처의 적을 쫓아가

타격함(최대 3발 가능. 매회 MP 10소모).

그레이트 홀리 에로우(스킬):신성력을 극대화하여 암흑, 언데드 계열에

강한 타격을 줌(매회 MP 500소모. 매회 1발 발사).

12. 얀의 액세서리

· 영웅 링:영웅의 업적 세트 아이템

모든 수치 +10(모든 스탯 +10, 공격력, 방어력, 독 저항력,

마법 저항력, 체력, 마나량… +10, 세트 아이템 착용 시

공격력 10% 증가).

스킬:일반 스킬 +10, 조합 스킬 +10% 데미지 증가(일반 스킬의

스킬 레벨이 10레벨을 초과할 수 없다).

· 다크 링:레어 아이템. 언데드, 암흑 계열의 공격(마법, 물리 공격)

데미지를 1/3로 감소.

언데드, 암흑 계열의 공격(마법, 물리 공격) 데미지를 30%

증가시켜 줌.

언데드, 암흑 계열의 스킬 레벨 +3.

· 왕의 문장의 반지:레어 아이템

모든 스탯 +5(힘, 민첩, 지식, 행운), 5% 데미지(물리, 마법 효과)

상승.

10% 확률로 크리티컬 데미지를 줄 수 있음.

· 회복의 꽃 향기 반지: 레어 아이템

착용 시 HP, MP +20, 체력과 마나 회복 속도

5% 상승(2개 한 쌍으로 드롭되며 2개 착용 시 HP, MP +50,

체력과 마나 회복 속도 20% 상승).

연인들을 위한 커플링으로 인기가 높으며 특별한 기능이

추가된다고 함.

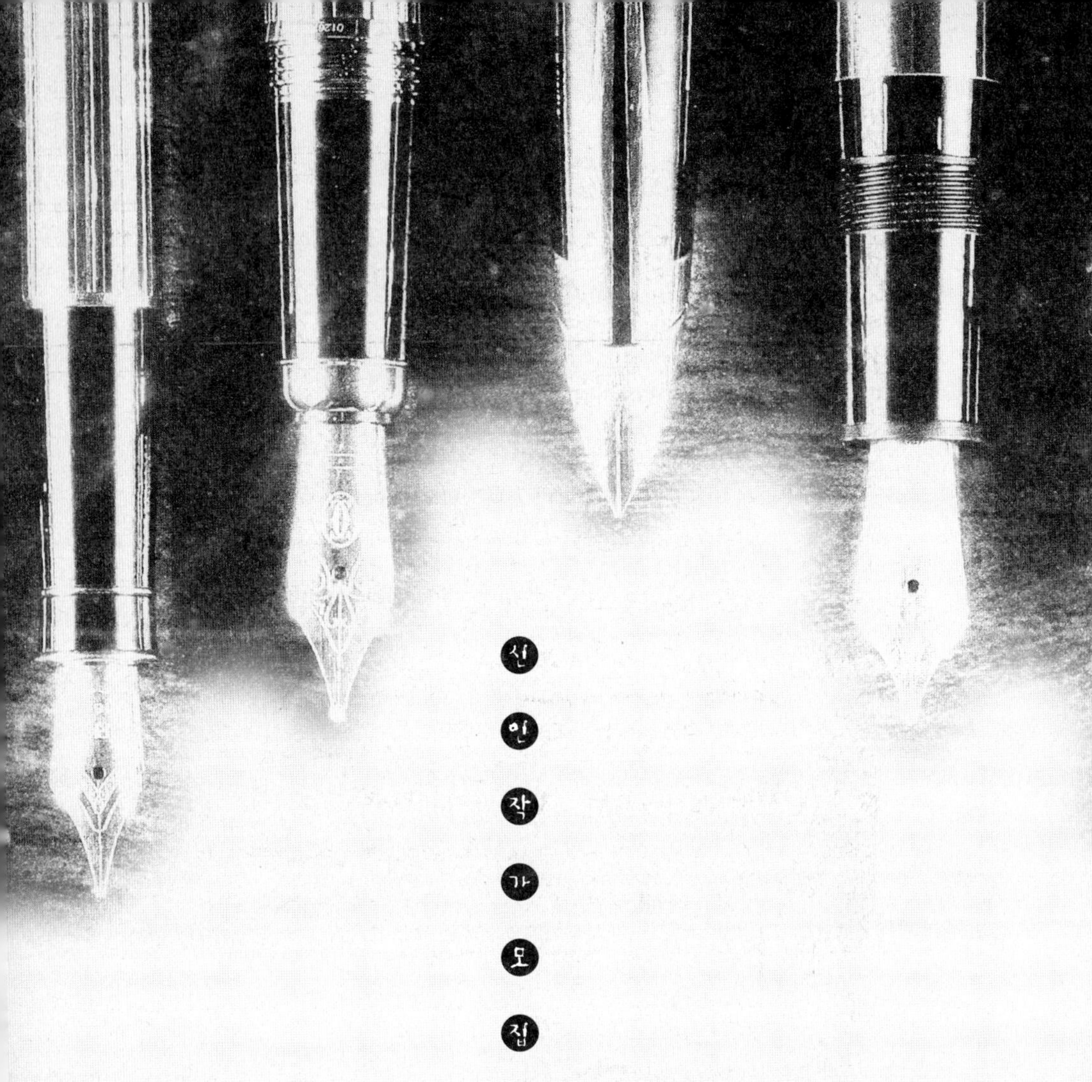

신
인
작
가
모
집

시작이 반이라고 했습니다.
작가의 길에 대한 보이지 않는 벽을 과감히 깨뜨리십시오!
청어람은 작가 지망생 여러분들의
멋진 방향타가 되어드리겠습니다.

저희 도서출판 청어람에서는
소설 신인 작가분들을 모집합니다.
판타지와 무협을 사랑하시는 분들의 많은 참여를 바랍니다.
소정의 원고(A4용지 150매)를 메일이나 우편으로 보내주시면
검토 후 출판 여부를 알려드리겠습니다.

주소:경기도 부천시 원미구 심곡1동 350-1 남성B/D 3F 우편번호420-011
TEL:032-656-4452 · FAX:032-656-4453
http://www.chungeoram.com
e-mail:chungeoram@chungeoram.com